Moni

CHARLOTTE RICHTER-PEILL

Das letzte Zimmer

Buch

Noch immer kein Lebenszeichen von Meret. Esther ist beunruhigt über das Schweigen ihrer besten Freundin. Regelmäßig schrieb Meret aus dem beschaulichen Ort Mühlenstedt, wo sie sich in der Pension Moormann eingemietet hatte: zunächst positive, fast euphorische Briefe, dann immer seltsamere Botschaften und seit geraumer Zeit gar nicht mehr. Kurz entschlossen reist Esther selbst nach Mühlenstedt. Als sie in der Pension Moormann ankommt, wird sie herzlich begrüßt. Ja, Meret habe hier gewohnt, sei aber bald zu Herrn Mollner gezogen und habe Mühlenstedt inzwischen verlassen. Esther könne aber gern in der Pension bleiben.
Alles in Mühlenstedt wirkt idyllisch, und dennoch hat Esther das Gefühl, dass etwas nicht stimmt. Die Menschen wirken geradezu obsessiv fröhlich, scheinen aber gleichzeitig eine panische Angst vor dem Schloss am Stadtrand zu haben, in dem Mollner angeblich lebt. Obwohl Esthers Suche nach ihrer Freundin erfolglos bleibt, verlässt sie Mühlenstedt nicht; eine seltsame Kraft hält sie an dem unheimlichen Ort fest. So nimmt sie auch an einem Gartenfest der Pension teil, zu dem fast ganz Mühlenstedt kommt. Herr Mollner ist ebenfalls anwesend; und Esther versteht, dass Meret von ihm angetan war, denn von Mollner geht eine ganz eigene, geheimnisvolle Anziehungskraft aus. Doch plötzlich verschwindet Mollner und mit ihm wie in Trance Patrick Busch, ein junger Mann aus dem Ort. Das Fest ist im selben Moment zu Ende – und Esther hat eine böse Ahnung von Merets Schicksal …

Autorin

Charlotte Richter-Peill, 1969 in Nürnberg geboren, lebt in Hamburg, wo sie als freie Schriftstellerin arbeitet. Bisher hat sie vor allem in Anthologien veröffentlicht; viele ihrer Texte wurden für den Hörfunk vertont. 2001 erhielt sie den Förderpreis für Literatur der Stadt Hamburg und 2004 ein Aufenthaltsstipendium für Autoren im Künstlerhaus Kloster Cismar. »Das letzte Zimmer« ist Charlotte Richter-Peills erster Roman. Weitere Titel der Autorin sind bei Goldmann in Vorbereitung.

Charlotte Richter-Peill

Das letzte Zimmer

Roman

GOLDMANN

Umwelthinweis:
Alle bedruckten Materialien dieses Taschenbuches sind chlorfrei und umweltschonend.

1. Auflage
Originalausgabe November 2004

Umschlaggestaltung: Design Team München
Umschlagfoto: photonica
Satz: DTP im Verlag
Druck: GGP Media GmbH, Pößneck
Verlagsnummer: 45761
BH · Herstellung: Sebastian Strohmaier
Made in Germany
ISBN 3-442-45761-0
www.goldmann-verlag.de

1 AUFBRUCH

Noch immer kein Lebenszeichen von Meret. Allmählich beunruhigte mich das inzwischen mehrwöchige Schweigen meiner besten Freundin. Mich beunruhigte außerdem, dass der siebte August näher rückte. Der Tag, an dem mein Vater gestorben war. Im August ging es mir nie besonders gut.

In dem Versuch, meinen Gedanken eine andere Richtung zu geben, begann ich zu putzen, Ordnung in meiner Wohnung zu schaffen. Die Gummibänder, die an einem Haken über der Spüle hingen, sortierte ich nach Farben. Meine Schuhe stellte ich blank poliert und mit sauberen Sohlen in einer Reihe neben der Fußmatte auf. Meine Bücher, die sich im Küchenschrank und auf dem Spülkasten der Toilette und überall in meiner Wohnung stapelten, entstaubte ich und schob sie Rücken an Rücken in die Regale.

Draußen ging die Sonne unter. Ich verstaute das Putzzeug, schob eine Pizza in den Ofen und setzte mich an den Küchentisch. Regentropfen tippten gegen die Scheibe. Ich blätterte eine Illustrierte nach der anderen durch, versuchte meinen Kopf leer zu blättern, wärmte den Kakao von gestern auf, verschlang die Pizza und stopfte eine halbe Packung Vanilleeis nach. Mein Hunger war nicht zu stillen. Ein alter Hunger, gegen den nur ein Mittel half.

Ich kochte frischen Milchreis – das Zeug aus dem Kühlregal kam mir nicht auf den Teller –, streute Zimt und Zucker in einer dicken Schicht darüber und aß das Ganze heiß. So heiß wie möglich. Später schrubbte ich den Herd und spülte das Geschirr. Mein Bauch drückte gegen den Bund meiner Jeans. Mit einer Wärmflasche legte ich mich ins Bett und hoffte, dass es morgen besser würde.

Die Nacht war schlimm. Ich lief durch einen Traum, in dem mich die Fetzchen zerrissener Briefe umtanzten wie ein böses Schneegestöber. Die Schnipsel flogen mir ins Gesicht, in die Augen, den Mund. Ich versuchte sie abzuwehren. Immer mehr Papier schneite auf mich herab. Um mich herum gab es kein Fleckchen Luft mehr zum Atmen. Dann begannen die Schreie. Ich fiel zwischen den Schreien hindurch in mein Bett. Mit pochendem Herzen lag ich da und versuchte in die Wirklichkeit zurückzufinden. Noch immer hörte ich die Schreie. Es war eine Katze im Hinterhof. Ich lauschte, gebannt zunächst, dann erleichtert, als die Schreie sich entfernten. Die Digitalanzeige des Radioweckers sprang auf 4 Uhr 49. Mein Magen schmerzte, mein Kopf fühlte sich schwer an. Ich konnte nicht aufhören zu denken, und alle meine Gedanken waren dunkel und traurig.

Um halb sechs lag ich noch immer wach. Wieder und wieder versuchte ich aufzustehen und schaffte es nicht. Ich tauchte in einer zähen Masse, die in mir ausgegossen war. Im Haus gegenüber begann ein Baby zu weinen. Ich schaute an die Decke, auf das schwarzgraue Spinnennetz, das dort im Luftzug schaukelte. Das Spinnennetz gefiel mir, es sah so zart und geduldig gewoben aus. Ich überlegte, ob ich mir einen Becher Nescafé kochen und mich richtig wecken sollte, doch ich blieb liegen. Je länger ich lag, desto sinnloser erschien es mir, diesen Tag zu beginnen, ihn herumzubringen, ihn irgendwie durchzustehen. Wozu mir die Zähne putzen, mich anziehen, mein Leben leben. Reglos lag ich da. Hier, im Morgengrauen, spann es mich ein, kalt und atemberaubend, das Dunkel, das ich seit Tagen so deutlich gespürt und gegen das ich mich zu guter Letzt mit Pizza und Milchreis zur Wehr gesetzt hatte.

Schweiß sammelte sich in meiner Kehlgrube und in meinem Bauchnabel. Das Laken umschlang meine Beine wie ein feuchter Wickel. Das Dunkel wuchs. Und wie immer, wenn es wuchs, war es hungrig. In mir war das Schlaraffenland, dorthin wollte es, wollte sich in meinen Magen bohren, meine Lunge verschlingen, mir das Herz wegfressen, es wollte mich leeren und das leere Gefäß, in das ich mich verwandeln würde, mit sich selbst füllen, klebrig und grau, sehr weich, sehr endgültig.

Mit der Zeit hatte ich eine gewisse Fertigkeit in der Kunst entwickelt, dem Dunkel auszuweichen, es nicht anzusehen, so dass es zurücksank in seinen kalten, schweren Schlaf. Ich konnte arbeiten, studieren, Freunde treffen. Ich konnte mich verlieben, konnte mich in Schokolade stürzen, zu Hollywood-Schnulzen weinen, auf Partys gehen, mir noch ein Referat aufhalsen und noch eins und noch eins und eine Zeit lang glauben, begeistert und voller Zuversicht zu leben.

Jetzt lag ich festgeklebt in meinem Bett.

Ich durfte nicht liegen bleiben. Warten war Gift. Ich musste diesen Tag beginnen, ihn in Angriff nehmen, das wusste ich. Von dem Moment an, da ich mich bewegte, würde es leichter werden. Den Tag hinter mich bringen, es wäre nicht das erste Mal.

Wie gern wollte ich glauben, dass es nur um das Aufstehen ging. Dass es von diesem Punkt an erträglicher würde.

Ich schlüpfte in meinen Morgenmantel, tappte in die Küche und schaltete den Wasserkocher ein. Drei Löffel Nescafé. Auf der Suche nach der Zuckerdose entdeckte ich zwischen einem Stapel Krimis und dem Olivenöl Merets letzte Postkarte. Lange betrachtete ich die grauweiß gebänderten Kieselsteine, zwischen denen sich ein einzelner Klatschmohn hervorschob, der Stängel fast zu zart für den feurigroten Blütenschirm. Die Feuermohnkarte war vor vier Wochen eingetroffen. Seither kein Wort mehr von Meret. In diesem Moment, an diesem Morgen kam mir zum ersten Mal in den Sinn, dass etwas passiert sein könnte.

Ich sollte ihr noch einmal schreiben, dachte ich. Doch Schreiben schien sinnlos, schon allein deshalb, weil sie nicht antwortete.

Ich könnte fahren, dachte ich. Nach Mühlenstedt. Ich könnte meine Freundin suchen.

Ein paar Sekunden stand ich da, die Karte in der Hand; eine Stunde später warf ich meine Reisetasche in den Kofferraum und stieg in meinen Polo. Unter einem Wust von Papiertaschentüchern, Schokoladenpapier und Plastiktüten kramte ich einen Autoatlas hervor, der nur noch von einem Streifen Paketband zusammengehalten wurde. Ich schaltete das Radio ein. »Hotel California«. Ich war auf dem Weg. Wie Meret vier Monate zuvor.

An einem Tag im Frühling war sie losgefahren, ins Blaue, nach Irgendwo. Meret, die ihren Roman woanders schreiben wollte. Nicht in Hamburg. Keine Horrorheftchen mehr. Einen richtigen Roman. Eine Woche später war der erste Brief eingetroffen.

Esther! Das glaubst du nicht! So was von idyllisch! Zu idyllisch, könnte man sagen, aber im Moment genieße ich das nur.

Meret hatte das Ziel ihrer Reise erreicht. Ein Städtchen mit knapp fünftausend Einwohnern, einem Kino, einer Bibliothek, Sonnenuntergängen in Technicolor und dem Namen Mühlenstedt.

Die Pension Moormann muss ein Trick sein. Stell dir vor: ein Zimmer zum Verlaufen, tolles Essen und das für fünfzehn Mark am Tag. Zum Lachen. Übrigens, ich habe wirklich zu schreiben begonnen. Dieses Mühlenstedt ist der richtige Ort. Ich glaube, das wird gut. Ich werde noch eine Weile bleiben.

Fröhlich hatte dieser erste Brief geklungen. Ich hatte heißes Wasser über meinen Nescafé gegossen, Papier und Kugelschreiber hervorgeholt und mir viel Zeit genommen, Meret zu antworten. Ich vermisste meine Freundin. Und zugleich freute ich mich für sie.

Mehrere Wochen vergingen. Sieben Briefe. Acht. Ich fragte mich, wann Meret neben den vielen Briefen Zeit fand, ihren Roman zu schreiben. Vielleicht war sie in eine Art Schaffensrausch geraten.

Noch einige Wochen später. Inzwischen trafen die Briefe seltener ein. Immer seltener. Aus Gewohnheit schickte ich auch weiterhin Post nach Mühlenstedt. Die Antworten meiner Freundin schrumpften. Eilig hingekritzelte Sätze, die kaum noch eine Karte füllten. Mühlenstedt wurde nicht mehr erwähnt. Jetzt ging es um den Roman. Offenbar gab es Probleme. Die ersten Kapitel hatte sie verworfen. Die anfängliche Euphorie war verschwunden.

Das Schreiben verändert mich, Esther. Früher habe ich mich auf das verlassen, was mir in den Kopf kam. Je angestrengter ich mir jetzt etwas auszudenken versuche, desto leerer wird es in mir. Und dann die Nächte. Stundenlang liege ich wach. Manchmal fürchte ich mich. Erinnerst du dich an die Mauer, von der ich dir erzählt habe? Da ist diese Tür in der Mauer, erinnerst du dich auch an die? Ich kann die Tür nicht mehr schließen. Das, was auf der anderen Seite ist, drückt dagegen, drängt herein. Davor habe ich Angst.

Wieder und wieder las ich diese letzten beiden Sätze. Schließlich faltete ich den Brief zusammen, nahm meine Jacke vom Haken und drehte eine Runde im Stadtpark. Wind zerzauste das Gefieder der Krähen. Eichhörnchen wühlten in den Abfallkörben.

Ja. Merets Brief beunruhigte mich. Die Mauer. Die Tür in der Mauer. Wenn sich Meret eine neue Geschichte ausdachte, ging sie durch diese Tür, als müsste sie erst in eine andere Welt eintreten, ehe sie schreiben konnte.

Ich wusste nicht, was sich auf der anderen Seite der Mauer befand. Vielleicht lag dort ein Land, in dem die Steine Gesichter hatten und der Mond mit schriller Stimme kicherte. Vielleicht traf Meret dort Geschöpfe mit weißen Augen, die niemals blinzelten – eine unauslotbare Welt, in der alles überallhin führen konnte.

Du musst mal Pause machen, schrieb ich.

Unmöglich, schrieb sie. *Die Zeit dieser Geschichte ist jetzt.*

Weil niemand sie von ihrem Entschluss abbringen würde, schickte ich Durchhalteparolen und ein Päckchen mit Schokoladentrüffeln. Sie schwieg. Noch einmal las ich ihre letzte Karte. Und noch einmal. Ich las die Karte so oft, bis sich eine gewisse Klarheit einstellte.

Der Roman war nicht das Problem. Meret war verwirrt. Meret hatte sich verliebt. Das war es, was ich glaubte. Es hatte sich, in Nebensätzen gut versteckt, ein Mann in ihre Briefe geschlichen. Erik Mollner. Das war der Name. Die Methode, mit der sie sich immer wieder an ihn herangeschrieben hatte, um dann doch zurückzuweichen, schien mir eindeutig. Eindeutig für eine Frau wie Meret. Nichts war ihr mehr zuwider, als ihre Gefühle auszubreiten, damit andere sie durch eine Lupe betrachten konnten.

Natürlich beschäftigte ich mich in dieser Zeit nicht nur mit Meret. Die Semesterferien hatten begonnen, und mit ihnen mein Job in dem Imbiss-Lokal, in dem Meret und ich seit zwei Jahren arbeiteten: ich, um mein Germanistik-Studium zu finanzieren, sie, weil der Horrorheftchen-Verlag, für den sie schrieb, zu oft an Aufträgen sparte. Ich arbeitete gern in dem Imbiss. Ich mochte es, mich stundenlang mit Grillhähnchen und Softdrinks zu beschäftigen. Mein Denken konnte sich dabei erholen. Sogar die Fett- und Frittierdünste roch ich inzwischen gern.

Die Tage vergingen. Jever zapfen, getrocknetes Ketchup von den Resopaltischen kratzen, Chicken-Burger in die Mikrowelle schieben und in meiner spärlichen Freizeit eine lang aufgeschobene Hausarbeit beenden. Aber ich tat noch mehr. Mit dem Heranrücken des Augusts wickelte ich die Erinnerung an meinen Vater, die sich nun immer häufiger meldete, jeden Abend ein bisschen fester in ein dickes, dunkles Tuch. Dieses Päckchen legte ich in die unterste Schublade meines Schreibtischs.

Die Erinnerung blieb nicht an dem ihr zugewiesenen Platz. Nachts verließ sie die Schublade und ging auf Wanderschaft. Starr lag ich in meinem Bett und sah sie über den Boden in meine Richtung kriechen. Ich knipste das Licht an. Die Schublade war zu. Natürlich war sie zu. Trotzdem konnte ich nicht wieder einschlafen. Ich legte ein Video ein; etwas Lustiges mit Julia Roberts. Dazu eine Tafel Schokolade, vielleicht auch zwei. Die Unruhe blieb. Sie klebte an meinen Gedanken, stahl ihnen das Helle und das Leichte, ließ sie dunkel und schwer zurück und ...

Der Herd.

Hart trat ich auf die Bremse. Hatte ich den Herd abgestellt? Ich fuhr an den Straßenrand. Gestern Abend, Pizza Funghi, der Boden des Backrohrs verklebt von dem Käse, der heruntergetropft war. Bevor ich ins Bett gegangen war, hatte ich eine Viertelstunde lang an den Spritzern herumgescheuert. Immer wenn ich meinen Herd reinigte, zog ich den Stecker. Ich hatte ihn nicht wieder angeschlossen, so weit wenigstens reichte die Erinnerung. Ich kehrte auf die Straße zurück.

Es wurde immer wärmer. Ich kurbelte das Fenster herunter. Der Fahrtwind sauste herein und griff in mein Haar. Ich fühlte mich besser als seit Tagen. Es war gut, unterwegs zu sein. Die Wolken am Himmel hatten sich aufgelöst. Um mich war es hell und weit.

Gegen Mittag verließ ich die großen Straßen. Es folgte ein Gewirr von Kreuzungen und Abzweigungen, das nur ein Ziel zu verfolgen schien: mich so weit wie möglich vom bewohnten Teil der Welt zu entfernen. Immer häufiger sah ich in den Atlas. Immer ratloser. Mühlenstedt versteckte sich in dem Falz zwischen zwei Seiten. Das Spinnennetz der Wege, die zu dem Falz führten, bestand fast ausschließlich aus zerrissenen Fäden. Südwesten war jedenfalls richtig. Blieb zu hoffen, dass Südwesten die Richtung war, in die ich fuhr.

Zu beiden Seiten der Straße floss die Landschaft in Wellen dahin. Bald würde ich Merets Geheimnis lüften. Ich würde sie wieder sehen und Erik Mollner kennen lernen. Alles kam mir plötzlich leicht vor. Schon die Fahrt war ein Genuss. Nicht einmal mehr Kreuzungen gab es hier noch – kein Rechts, kein Links, nur einen Weg, dem ich folgen musste. Kein Problem.

In sanften Kurven schlängelte sich die Straße um Kornfelder herum und an Flüssen entlang. Die Silhouette einer Burgruine hob sich kurz gegen den Himmel ab, zerfranste und verschwand. Ringsum von Bäumen gekrönte Hügel, die sich im Licht auflösten, eine Landschaft wie von einem Impressionisten gemalt. Der Asphalt flirrte in der Hitze. Ich zog einen Schokoriegel aus dem Handschuhfach. Warmes Karamell zog Fäden zwischen meinen Zähnen. Nach zwei Bissen legte ich den Riegel beiseite. Auf einmal merkte ich, wie sehr ich mich auf Mühlenstedt freute; ich freute mich auf einen Badesee mit kreischenden Kindern, auf hausgemachten Apfelstrudel und über allem eine puddinggelbe Sonne. Auch mit weniger freundlichem Wetter ließe sich leben. Nichts Schöneres als ein verregneter Nachmittag in einer gemütlichen Pension. Genau genommen wusste ich nichts über Pensionen. Doch ich konnte mich immer deutlicher sehen, unter einem Reetdach, in einem verwinkelten Zimmer voller Bauernmöbel, und dort das ausladende Bett, in dem ich schlafen würde wie ... Nun, jedenfalls besser als letzte Nacht.

Und dann Meret, die sich freuen würde, mich zu sehen. Oder auch nicht. Die, alles war möglich, vielleicht keine Zeit für mich haben würde. Weil irgendwo in Mühlenstedt dieser Erik Mollner lebte. Und weil es den Roman gab. Mit dem offenbar nicht alles lief, wie es laufen sollte.

Ein leises Unbehagen meldete sich. Mein letztes Gespräch mit Meret fiel mir ein. Das Unbehagen wuchs.

Bei unserem letzten Treffen hatte Meret von einem See erzählt. »Früher sind meine Eltern mit uns im Sommer oft dorthin gefahren«, hatte sie gesagt. »Schwarz wie Teer war dieser See. Im Wasser konnte man überhaupt nichts sehen. Mein kleiner Bruder hat sich nie getraut, da reinzuspringen.

Es lag an der Schwärze. Er fürchtete sich vor dem, was dort unten lebte – Ungeheuer, Kraken, Riesenquallen. Er sprang nie. Er fand nie heraus, dass es in dem See keine Riesenquallen gab.«

»Und was heißt das jetzt?«, hatte ich gefragt.

»Keine Ahnung.« Sie hatte die Stirn gerunzelt. »Vielleicht, dass man immer Angst hat, wenn man nicht springt.«

Wovon schrieb Meret in Mühlenstedt? In welche Geschichte war sie hineingesprungen? Ich stellte mir meine Freundin in einem Haus vor, das hungrig seine Bewohner verschlang. Ich stellte sie mir in einem Wald vor, in dem leises Weinen widerhallte. Durch die Windschutzscheibe sah ich auf das Straßenband, doch eigentlich sah ich Meret. Ich sah sie am Tag ihrer Abreise, als ich sie hatte umarmen wollen und sie rasch in ihren Wagen geschlüpft war. Zuweilen glich sie einer verwirrten Fee, während ich wohl eher den Eindruck erweckte, als könnte man mich unbesorgt mit Hammer und Stacheldraht in die Pampa schicken, um Viehzäune zu reparieren – ein Pfadfinder-Mädchen mit Pferdeschwanz und Muskeln, die man sehen konnte. Dass mich manchmal das Dunkel einwickelte, merkte mir so schnell keiner an. Selbst wenn ich in einem Gewand aus Spinnweben und Raureif durch einen Rosengarten gesprungen wäre, hätte mich niemand mit einer Fee verwechselt. Meret wirkte auch ohne Spinnweben feenhaft. Sekundenlang tauchte sie vor meinem inneren Auge auf, dann verschwamm ihr Gesicht in den vorbeiflitzenden Büschen. Nach der nächsten Kurve war sie wieder da. Die Farben wurden klarer. Rote Locken, die sich in einem wirren Wust um ihren Kopf bauschten. Auf der Nase, fast unsichtbar hingestreut, eine Hand voll Sommersprossen. Grüne Augen, die zu oft nach innen blickten.

Am Horizont stieß eine Reihe Tannenwipfel in den Himmel. Durch das offene Fenster drängte schwer und weich, fast cremig die vom Sommer gesättigte Luft herein. Ringsum Wiesen aus Samt, Butterblumen steckten ihre Gesichter aus dem Gras. Von Norden – hoffentlich war es Norden – zogen Wolken auf, grauschwarz an den Rändern, aufgequollen hier, in Fetzen gerissen da. Grüne Dämmerung begann nach mir zu tasten. Der Tannenwald rückte näher, ragte als Wand vor mir auf. Nein. Keine Wand. Das war etwas Organisches, Lebendiges, das mich einsog. In dieser Atmosphäre erreichte mich sogar das Brummen des Motors nur noch gedämpft. Das Radio, das die ganze Zeit gedudelt hatte, stieß eine Art Würgen aus, als hätte der Äther die Musik zerkaut und spuckte sie nun zurück in meinen Wagen. Ich stellte das Radio ab.

Die Tannen dünnten sich aus, wurden von Birken und Weiden verdrängt. Auch der Geruch veränderte sich. Noch überwogen Harz und Holz, doch ihr Duft wurde bereits von den Dünsten eines in der Hitze gärenden Sumpfes unterwandert. Es roch lebendig, aber zugleich musste ich an sterbende Frösche und Größeres denken, das in warmer Tiefe verweste. Zu beiden Seiten der Straße rückten Teiche und Schilf heran. Ich war jetzt mittendrin.

Eine halbe Stunde später war ich es noch immer. Über mir wölbte sich ein Dach aus Birkenblättern, die jeden Sonnenstrahl in schwarzgrün marmorierte Dämmerung zerlegten. Ich schaltete die Scheinwerfer an. Mücken ditschten gegen die Windschutzscheibe. Zwischen moos- und pilzbefleckten Bäumen wucherte ein wirrer Filz. Rechts der Straße lag ein Teppich aus Entengrütze in Form einer riesigen Niere.

Die vierte Niere in zehn Minuten.

Das ist schön, dachte ich. Dass du im Kreis fährst. Das kann nicht der Weg nach Mühlenstedt sein. Weil das überhaupt kein Weg ist. Weil es die Zufahrt zu irgendeinem Schleimloch ist. Bin ich jetzt an diesem Baumgerippe schon mal vorbeigefahren? Warum hängen die Wolken so tief? Und warum sehen sie aus wie lauter Gehirne?

Die Luft waberte. Zu beiden Seiten der Straße ragten mächtige Schwertlilien auf. Ihre Köpfe neigten sich. Esther, wisperten die Lilien. Esther kommt ...

Mit der flachen Hand schlug ich aufs Armaturenbrett. »Hör auf!«, sagte ich laut. »Und mach die Scheinwerfer an!«

Was nicht nötig war. Die Scheinwerfer stocherten ja bereits in dieser Dämmerung herum, wenn auch ohne große Wirkung. Der Weg war kaum noch als solcher zu erkennen.

Ich fuhr. Beide Hände am Steuer. Der Rücken so steif, dass es schmerzte. Zwei Minuten noch, dann würde ich umkehren. Falls ich eine Stelle zum Wenden fand. Noch zwei Minuten. Zwei. Ich biss die Zähne zusammen. Und fuhr. Ich fuhr und fuhr. Meine Finger tasteten nach dem Radioknopf. Das Jaulen einer E-Gitarre drang aus weiter Ferne an meine Ohren. »Hotel California«. Keine Ahnung, wie oft mein Radio das noch spielen wollte. Ich drehte an den Knöpfen. Je angestrengter ich den Sender zu wechseln versuchte, desto stärker verbog sich die Musik. Ein Rauschen legte sich um meinen Kopf und schwappte in meine Ohren. Ich schaltete das Radio ab.

Meine Augen brannten. In meinem Wagen hing der Geruch des Sumpfes. Wasser, das aus der Erde gequollen war und sich auf der Straße gesammelt hatte, glänzte vor mir in schmierigen Pfützen. Gleich würden die Scheinwerfer versagen. Etwas würde aus dem Schlamm herauskriechen und ...

Zwischen Birken und Weiden, zwischen Grützeglitsch und Wurzelgekrauch guckte ein Haus zu mir herüber, verschwand und spähte aufs Neue hervor.

Mühlenstedt. Das Wort war in meinem Kopf, noch ehe am Straßenrand das Ortsschild aufleuchtete. Mühlenstedt.

Aus Merets Aufzeichnungen. Mühlenstedt, Juli

»Er kam nach Mühlenstedt, an einem hellen Tag, so strahlend, dass niemand die Dunkelheit sah, die an seiner Seite ging.

Das Eindringen. Es ist eine Möglichkeit.

Eine andere Möglichkeit ist das Gebären. Diese zweite Möglichkeit ist das, woran ich glaube. Ich glaube, dass Mühlenstedt ihn gebar.

Was ich außerdem glauben könnte:

Niemand weiß, wann er geboren wurde. Oder von wem. Hundert Stunden lag seine Mutter in Wehen. Sie starb, als die Hebamme die Nabelschnur durchtrennte. Sein Vater, doch auch das ist nur eine Möglichkeit, liebte ihn.

Was ich wirklich glaube, ist etwas anderes. Ich glaube:

Mollner wurde nicht geboren. Er war immer da. Von Anfang an war er, was er ist: Das Gesetz von Mühlenstedt.

Die Menschen hier lächeln. Sie lächeln unentwegt. Als wollten sie mit dem Lächeln von ihrem Schweigen ablenken. Nur eines sagen sie laut, sagen es immer wieder, so lange, bis sie selbst daran glauben: Mühlenstedt ist ein Paradies.

Doch Mollner kommt, kommt noch einmal und noch einmal. Die Menschen fürchten sich und verbrämen ihre Furcht mit funkelnden Lichtern, mit Tanz und Musik, mit Kuchen und Fleisch. Mollner ist da, lasst uns lachen und fröhlich sein.

Sie feiern und fügen sich.«

2 KONTAKT

Die Nebelschlieren krochen zurück zwischen die Bäume. Das krautige Gebüsch sortierte sich. »Ja!«, rief ich und lachte fast hysterisch auf. Meine um das Steuer geklammerten Hände lockerten sich. Sumpf und Wildnis spuckten mich zurück in die Zivilisation. Auf einer Wiese, umgeben von wuselnden Ferkeln, kaute eine rosa Sau am Klee. Kühe mit prallen Eutern, zwei Pferde trabten Seite an Seite über eine weiß umzäunte Koppel. Gärten mit mannshohem Phlox, Blüten in Buttergelb und Blutrot, fedrige Büschel von Kuckucksnelken, und dazwischen alte und moderne Villen, aus deren Mauern Wintergärten, Erker und Mansarden wuchsen. Autos kamen mir entgegen, groß und teuer, mit schnittigen Schnauzen, Autos, die nicht zu fahren, sondern die Straße entlangzuflanieren schienen. Ich folgte einem Bus, bis dieser bei einem Schwimmbad mit Glasfront und Yucca-Palmen-Begrünung abbog. Hauseigene Tennisplätze, cremefarben verputzte Zierpavillons, Doppel- und Dreifachgaragen, Dächer aus glänzenden Ziegeln, Terrassen, voll gestellt mit Gartenstühlen und gelbroten Kinderlastern. In meiner Herzgrube meldete sich ein Bohren. Schön musste es sein, hinter solchen Fenstern zu wohnen, sich morgens auf so einem Balkon die Zähne zu putzen, so ein Haus zu verlassen und zur Arbeit zu fahren, nicht an das Minus auf dem Konto zu denken und vielleicht nicht einmal an die Zukunft, sich nur auf den Abend zu freuen, den man dann im eigenen Garten genoss, inmitten eines knallbunten Sonnenuntergangs, umgeben vom Gezirp der Grillen, mit einem Glas in der Hand, einem sommerlichen Cocktail, der nach Maracuja und Karibik duftete.

Dann kamen die Menschen. Fruchtbare Menschen: Fast jede Frau schob einen hohen Kinderwagen vor sich her oder trug einen zum Platzen gefüllten Bauch spazieren. Jungen und Mädchen sausten auf Mountainbikes um die Kurve, mit Beinen, die wie Kolben hebelten, getrieben von einer Energie, die niemals versiegen würde. Männer, wie ich sie sonst nur in der Fernsehwerbung zu sehen bekam, joggten die Straße entlang: gesunder Teint, in den Augen das Leuchten des Erfolges.

Ich nahm das alles wahr und fühlte mich fremd und sehnsüchtig zugleich. Aber noch etwas anderes regte sich in mir. Etwas Vorsichtiges. *So was von idyllisch. Zu idyllisch, könnte man sagen.* So hatte Meret es formuliert. Ein Idyll, das mich frösteln ließ.

Entschlossen drängte ich das Frösteln beiseite und überlegte, was als Nächstes zu tun war. Eine Straße mit Kopfsteinpflaster gefiel mir. Zwischen Linden und Fliederbüschen holperte ich auf ein weiß getünchtes Schild zu. *Pension Moormann.* Meine Suche nach der Pension hatte noch nicht einmal begonnen, da hatte ich sie schon gefunden. Ich blinzelte irritiert. Glück. Zufall. Fügung?

Der mannshohe Rosenwall, der das Grundstück umgab, erlaubte keinen Blick hinein. Hier und da ragte eine Ranke hervor und tastete ziellos in der Luft umher. Ein von Rosen umwucherter Torbogen, dahinter eine gekieste Auffahrt. Der Rasen zu beiden Seiten war ein Paradies aus Obstbäumen und noch mehr Rosen. Ein großer Birnbaum bewachte eine Torte von einem Haus: zwei Stockwerke aus Buttercreme, Balkone und Fensterrahmen in dunkler Schokolade, die Rosen am Spalier feinstes Marzipan – ein modernes und zugleich auf nostalgisch getrimmtes Dornröschenschloss. Auf der Veranda vor dem Haus saßen an einem gusseisernen Tisch ein Mann und eine Frau. Als sie mich kommen sahen, öffneten sich ihre Gesichter vor Neugier.

Ich fuhr auf den Parkplatz, auf dem im Schatten eines Birnbaums bereits mehrere von Staub überpuderte Autos standen. Ich stellte den Motor ab und stieg aus. Die Hitze legte sich wie feuchtwarmer Mull auf mein Gesicht. Kein Wind. Die Luft hielt den Atem an. Über mir tschilpten Vögel. Doch auch ferne Geräusche – das Schreien eines Babys, das Kreischen einer Motorsäge – waren so nah, als lebte ganz Mühlenstedt in einem winzigen Zimmer. Und dann dieses Licht, dieses seltsame Unterwasserlicht, das den Dingen einen unwirklichen Glanz gab und die Umrisse verschwimmen ließ, so, als gelänge es mir nicht, den Blick scharf zu stellen. Ein Licht, das ich aus meinen Träumen kannte.

Drei Stufen führten auf die Veranda, das Äußerste, was sich bei dieser Hitze bewältigen ließ. Der Mann und die Frau schauten mir auf eine Art entgegen, als hätten sie den ganzen Nachmittag auf mich gewartet. Die Frau winkte. Der Mann erhob sich aus seinem Gartensessel.

Esther, sagte eine Stimme in meinem Kopf, sieh zu, dass du wegkommst.

»Besuch, wie nett.« Der Mann reichte mir die Hand. »Thomas Schwab.« Energisch drückte er meine Finger, wollte offenbar prüfen, ob ich mich bei kräftigerem Zugriff in Luft auflösen würde. Ich rieb mir die Knöchel und stellte mich vor.

»Ist hier noch Platz?«

»Nur zu.« Er machte eine einladende Geste. »Warten Sie mit uns auf das Abendessen.«

Sein Lachen ließ zwei Reihen großer und sehr weißer Zähne sehen – Zähne, die hungrig wirkten und seinem Gesicht eine überraschende Sinnlichkeit verliehen. Aufrecht stand er da, in schöner Haltung, die Brust leicht vorgewölbt. Sein Alter war schwer zu schätzen. Vierzig, fünfzig? Ich hätte ihn gern angefasst. So etwas passiert mir manchmal. Ich sehe die Leute an und spüre, wie es mich in den Fingern juckt.

Die Frau lächelte mich über ihr mit Eistee gefülltes Glas hinweg an. Ihre Hand klopfte eine Einladung auf das Polster eines Sessels. Ich setzte mich. Das Rattangeflecht knirschte. Die Frau beugte sich mir leicht entgegen. »Ich bin Anna. Anna Kanzler«, sagte sie.

Anna war ungefähr fünf Jahre älter als ich. Und fünfmal so schön. Das honiggelbe Kleid schmiegte sich um ihre Figur und ließ ihre Haut leuchten. Ihr Lächeln verwandelte ihre Augen in die Augen einer Mutter; ein Blick, der mich geradezu in die Arme schloss und mich mit allem, was ich war, willkommen hieß.

Ich deutete auf die Pension. »Sie wohnen hier?«

»Seit vierzehn Tagen. Und unser Professor Schwab hält es sogar schon zwei Monate aus. Ehrlich gesagt, ich glaube ja, das hat etwas mit der Wirtin zu tun.« Sie blinzelte ihm zu. Er lehnte sich in seinem Sessel zurück, schlug die Beine übereinander und studierte gelassen ihr Gesicht.

»Glauben Sie getrost weiter, Anna«, sagte er.

Sie lachte.

Eine Windbö, die sich in den Rosengarten verirrt hatte, sorgte für Unordnung in den Bäumen. Schweigen senkte sich über den Tisch. Ich gähnte, war aber zugleich hellwach. Noch keine fünf Minuten saß ich hier, und doch spürte ich bereits, wie sich etwas um mich legte: ein dünner Draht, der bei fortdauerndem Stillsitzen angezogen würde. Als dürfte ich auf keinen Fall die Beine übereinander schlagen und in den Himmel schauen. Erneut wandten sich meine Gedanken Meret zu. Wo steckte sie?

Gerade wollte ich Anna Kanzler und Thomas Schwab auf meine Freundin ansprechen, da geschah etwas. Aus der Tür der Pension trat eine weitere Person – ein Puzzlestück, das nicht passte und das man besser wieder in die Schachtel legt.

Ich starrte die Frau an. Ich wollte woanders hinsehen, aber mein Blick hing an ihr fest. Sie mochte vierzig Jahre alt sein, doch ihr Gesicht kam aus einem vergangenen Jahrhundert. Eine Haut, durchscheinend wie Wachs. An den Schläfen ein Geflecht blaugrüner Adern, in dem ihr Herzschlag pulsierte. Das karamellfarbene Kleid reichte ihr bis zu den Knöcheln. Sie kam auf uns zu. Mit ihr rückte eine Kühle näher, die mich wieder frösteln ließ.

Vor mir blieb sie stehen. Ihr Lächeln, ihr Händedruck, alles war sanft und warm. Trotzdem fühlte ich mich unbehaglich.

»Moormann. Guten Abend«, sagte sie.

Ich stellte mich vor, hatte aber plötzlich das Gefühl, dabei sehr steif und förmlich zu wirken. Sie schien mir diese Förmlichkeit geradezu aufzuzwingen.

»Sie suchen ein Zimmer, Frau Birk?«

Darüber hatte ich noch nicht nachgedacht.

»Ich halte immer ein Zimmer bereit.« Mit einer eleganten Bewegung raffte sie ihr Kleid und setzte sich. »Woher kommen Sie?«

»Hamburg. Ich möchte meine Freundin besuchen.«

»Und Ihre Freundin wohnt bei uns in Mühlenstedt?«

»Bei Ihnen, soviel ich weiß. Sie heißt Meret Völkner.«

Zum ersten Mal, seit die Besitzerin der Pension die Veranda betreten hatte, nahm Herr Schwab die Augen von ihr. »Die junge Frau, die hier einen Roman schreiben wollte?«

Gleichzeitig fragte Anna: »Wer ist Meret Völkner?«

»Sie hat in Ihrem Zimmer gewohnt. Und dann ist sie bei Mollner eingezogen.« Schwabs Finger trommelten auf seinen Knien ein Solo. Seine Augen glänzten.

Anna rührte heftig in ihrem Tee. »Sie wohnt bei ihm?« Die Temperatur ihrer Stimme sank um mindestens fünf Grad.

»Mollner.« Langsam wiederholte ich den Namen, befühlte ihn mit der Zunge von allen Seiten. »Er wohnt hier in Mühlenstedt, oder?«

»Das tut er.« Frau Moormann sprach behutsam, beinahe vorsichtig. Sie schien zu fürchten, ein plötzlicher Redeschwall könne zwischen ihren Lippen hervorplatzen und ihre Ruhe, ihre Gelassenheit, die ganze Veranda davonspülen. »Allerdings eher am Stadtrand.«

»Angeblich in einem ziemlich schicken Kasten.« Schwab legte seine Fingerspitzen zu einem Dach zusammen und musterte mich über dessen First hinweg. »In einem Schloss, um genau zu sein. Es heißt, er sammle Kunst. Skulpturen, Bildhauerei.«

Sein Blick bekam etwas Abwesendes. Offenbar ließ er die Skulpturen gerade in seinem Innern aufmarschieren – eine Vorstellung, die ihm Genuss zu bereiten schien.

Meret, dachte ich. In einem Schloss. Das war eine ihrer Geschichten. In einem Prinzessinnenkleid sah ich sie eine Flügeltreppe hinunterschweben. Ich musste grinsen.

»Dann fahre ich da mal hin«, sagte ich.

Frau Moormann lächelte. »Aber Ihre Freundin hat Mühlenstedt doch längst verlassen.«

»Was?« Ich starrte sie an.

Schwab kramte aus seiner Hosentasche ein Notizbuch und einen Bleistiftstummel hervor und schrieb etwas auf. Neben mir seufzte Anna. Ich schaute zu ihr hin. Eine Eisschicht löste sich von ihrem Gesicht. Darunter kam warme, ehrlich empfundene Erleichterung zum Vorschein. Annas Reaktion auf die Worte von Frau Moormann verwirrte mich. Sie hatte Meret doch nicht einmal kennen gelernt.

»Wohin ist meine Freundin denn gefahren?«, wandte ich mich wieder der Pensionsbesitzerin zu.

Bedauernd schüttelte sie den Kopf. »Davon hat Herr Mollner nicht gesprochen.«

Anna setzte sich auf. »Er war hier?«

»Ich habe ihn beim Einkaufen getroffen.«

Schwabs Stummelstift kritzelte eilig.

Frau Moormann lächelte noch immer. Offenbar hörte sie nie auf zu lächeln. Ein Schatten huschte über ihre Augen.

Sie lügt, dachte ich. Und wie.

Nachdenklich zwirbelte ich eine Haarsträhne um meinen Finger. »Am besten, ich fahre mal zu Herrn Mollner und frage ihn selbst nach Meret. Wo geht es denn zum Schloss?«

Die Frage wurde nicht beantwortet. In dem Moment, als ich sie stellte, entstand an der Tür eine Unruhe. Kein Lärm, aber die Atmosphäre verhedderte sich. Ein Hund mit bläulichem Fell, groß wie eine Dogge, schob sich ins Freie. Nein. Kein Hund. Nicht ganz. Sekundenlang zweifelte ich an dem, was ich sah. Die Fledermausohren, die runden, weichen Pfoten, vor allem aber die schräg geschnittenen Augen mit der gelben Iris – ein Hund, der zugleich eine Katze war.

Mach den Mund zu, Esther, dachte ich.

Der Katzenhund erwiderte meinen Blick. Seine Augen schillerten vor Konzentration. Das gefiel mir nicht. Ich hasse es, von anderen angestarrt zu werden, plötzlich ohne Kleider dazustehen und manchmal sogar ohne Haut. Die gelben Augen fixierten mich. Dann schauten sie tiefer. Ihr Blick fraß sich geradezu in mich hinein, durch sämtliche Muskelschichten hindurch, stieß an meine Nerven, die unter der Berührung zuckten, knabberte an meinen Knochen, begann mich zu verdauen. Natürlich hätte ich woanders hingucken können. Keine Ahnung, warum es mir auf einmal so wichtig erschien, den Kontakt nicht zu unterbrechen. In diesem Moment war Durchhalten alles, was zählte. Und es war etwas, das ich konnte. Das Hirn ausknipsen und warten, bis es besser wird, darin war ich schon als Kind unschlagbar gewesen. Ich sah den Katzenhund an, sah einfach hin, ich dachte an nichts, fühlte nichts, guckte nur zu, wie seine Augen sich schlossen.

»Das ist Kelpie«, hörte ich Frau Moormann sagen.

Ich lehnte mich in meinem Sessel zurück. Mein Herz klopfte in meiner Kehle, in meinem Magen, überall. Ich fühlte mich leicht benommen. »Das klingt süß«, sagte ich. »Was ist das für eine Rasse – ein Kelpie?«

»Es ist sein Name.«

»Sein Name«, wiederholte ich töricht. »Und wer hat ihn gezüchtet? Ich meine, was hat er für Eltern? Oder haben Sie eines Morgens ein Ei vor der Tür gefunden?« Es war lustig gemeint. Und doch wieder nicht. Meine Frage wischte das Lächeln von ihrem Gesicht.

»Seine Mutter war eine Schäferhündin. Sein Vater lebt im Sumpf, ein wilder Kater mit blauem Fell, groß wie ein Dachs.«

Erwartete sie wirklich, dass ich diesen Unsinn glaubte?

Ruhig erwiderte sie meinen Blick. Sie sah sehr klug aus und so, als hätte sie hier alles unter Kontrolle, einschließlich ihrer eigenen Person. In einer wohl eher unbewussten Geste streckte sie eine Hand nach Kelpie aus. Er trat einen Schritt vor und bettete seinen Kopf auf ihre Knie. Fast im selben Moment verwandelte sich ihr Gesicht. Ihr Mund wurde weich. Ihre Haut schien plötzlich glatter, jünger. Auf einmal sah sie verwundbar aus.

»Manchmal läuft er in die Sümpfe. Er läuft so lange, bis seine Pfoten bluten und ich sie ihm verbinden muss.« Sie sprach wie zu sich selbst. »Nachts schläft er in meinem Bett.«

Sanft kraulte sie sein linkes Ohr. Er riss das Maul auf. Seine Kiefer knackten. Ich konnte sein Gähnen riechen: Moos und Fleisch wehten zu mir herüber.

»Keine Sorge, Frau Moormann füttert ihn gut.« Irgendwie gelang es Anna noch immer, ihre Stimme vergnügt klingen zu lassen.

»In Wirklichkeit ist er leicht zu handhaben.« Ruhig steckte Schwab sein Notizbuch weg. »Vorausgesetzt, man geht ihm aus dem Weg.« Entschuldigend lächelte er Frau Moormann zu.

So eindrucksvoll der Katzenhund auch sein mochte, über ihn wollte ich eigentlich nicht sprechen. »Das Schloss«, nahm ich behutsam den Faden wieder auf. »Wie komme ich ...«

»Herr Mollner ist verreist.« Der beherrschte Ausdruck kehrte in das Gesicht von Frau Moormann zurück. »Aber er wird bald zurückkommen. Und ich bin sicher, dann schaut er auch in der Pension vorbei. Morgen feiern wir nämlich unsere Sommerparty. Hier, in meinem Garten.« Sehr still und sehr gerade saß sie mir in ihrem Sessel gegenüber. Trotz der paradiesischen Atmosphäre ihres Gartens wuchs die Förmlichkeit zwischen uns mit jeder Sekunde. In angespannter Haltung wartete ich, die Füße wie beim Antreten nebeneinander auf dem Boden. Ganz bewusst lockerte ich nun meine Muskeln und zog meine Beine unter mich auf den Sessel.

Was Frau Moormann betraf, so wurde sie jetzt bis an die Grenzen des ihr offenbar Möglichen lässig, stützte ihr Kinn in eine Hand und lächelte mich an. Fehlte nur noch die Rose hinterm Ohr, und sie hätte als Reklamefigur für einen Edelkatalog mit ländlicher Mode durchgehen können.

»Ich lade Sie ein«, sagte sie. »Feiern Sie mit uns das Sommerfest, dann können Sie auch mit Herrn Mollner sprechen.«

Unschlüssig zwirbelte ich eine Haarsträhne um meinen Finger. Schwab lächelte zu Frau Moormann hinüber. »Das ist wieder einmal sehr kurzfristig«, sagte er. »Dass Sie uns von Ihren Party-Plänen berichten.«

»Die letzte Feier hatten wir vor zwei Wochen«, erzählte Anna. »Das weiß ich noch genau. Es war der Abend, an dem meine Schwester und ich hier angekommen sind.«

»Ihre Schwester?«, fragte ich zerstreut.

»Sie schläft gerade«, sagte Anna. »Sie ...«

»Was nun unsere Sommerparty betrifft«, unterbrach Frau Moormann, »Sie sind herzlich eingeladen, Frau Birk. Sie übernachten hier, feiern mit uns, und dann sehen wir weiter.«

Was willst du von mir?, dachte ich und schüttelte den Kopf. »Das kann ich nicht annehmen.«

»Unsinn. Natürlich können Sie.«

Ich wandte den Blick zu Schwab. Seine Augen waren jetzt schmal. »Sie bleiben, Punkt«, sagte er entschieden.

Wirklich, ich mochte ihn. Ihn und die Sicherheit, die ihn umgab, den Optimismus derjenigen, die keinen Zweifel und niemals zwei Antworten kennen. Zuverlässigkeit, dieses Wort kam einem unweigerlich in den Sinn, wenn man ihn betrachtete. Breite Hände mit spatelförmigen Fingerspitzen. Ein Unterkiefer wie ein Boxer. Oder wie einer dieser markigen Filmhelden, die den ganzen Tag nichts anderes zu tun haben, als die Welt zu retten.

»Legen Sie einen Kurzurlaub ein«, meldete sich nun auch Anna zu Wort. Sie nickte mir zu. Dieses Nicken ermutigte mich. Es machte alles so leicht. »Mühlenstedt ist süß«, fügte sie hinzu. »Wie aus dem Bilderbuch.«

Ja, dachte ich. Vor meinem inneren Auge sah ich plötzlich den ganzen Ort – einen Ort, wo die Nachbarn wissen, welche Zahnpasta man benutzt. *So was von idyllisch.* Wieder spürte ich das Frösteln. Nach kurzem Zögern nickte ich trotzdem. »Bis morgen kann ich ja bleiben.«

Frau Moormann lächelte.

Nebel hatte sich in den parkähnlichen Garten geschlichen. In den Beeten zeterten Amseln, flogen wütend aufeinander los und zerrten mit kleinen, ruckartigen Bewegungen Würmer aus der Erde, die sich vor Entsetzen wanden. Die Amseln, der Himmel in Pastell, das ferne Hupen eines Autos – all das weckte Erinnerungen an den Stadtrand von Hamburg, wo ich aufgewachsen war. Ich erinnerte mich nicht an die Villen, die Golfplätze und die Reitvereine, sondern an das Häuschen mit den Wasserflecken an den Mauern, in dem wir gewohnt hatten. Es war die Stunde, in der die Igel aus ihren Laubhaufen hervorgekrochen waren, um durch den Garten meiner Mutter zu wackeln und in Schnecken zu schwelgen. Und es war die Stunde, zu der mein Vater Milchreis für mich kochte, den ich mit Zimt und Zucker süßte. Die Milchreistage waren die guten Tage. Ich aß den Reis tellerweise, gierig vor Erleichterung. An den Reistagen hatte ich einen Vater, der mit mir am Küchentisch saß, Witze erzählte und aus dem Reis seltsam geformte Burgen baute, einen Vater, der sich von den Vätern anderer Kinder nicht unterschied – nicht an jenem Tag, und wenn ich Glück hatte, auch nicht am nächsten. An den Milchreistagen war mein Vater ein Mann, der lachte, statt an mir vorbei ins Leere zu schauen.

»Sie sehen müde aus, Frau Birk. Bei dieser Hitze sollte man sich gar nicht erst in ein Auto setzen. Man sollte alle Autos im Sumpf versenken.«

Die Stimme von Frau Moormann zog mich zurück in die Gegenwart. Ich zwang ein Lächeln auf mein Gesicht. Meine Lippen fühlten sich kalt an.

»Ich bin gar nicht müde. Eher hungrig. Kann ich bei Ihnen etwas zu essen bekommen?«

»Aber natürlich.« Sie erhob sich.

»Und was kostet das?«, rief ich ihr eilig nach.

Ihr Lächeln füllte den ganzen Abend aus. »Ich habe Sie eingeladen.«

Die letzten Sonnenstrahlen fielen schräg auf ihr Gesicht und teilten es in Licht und Schatten. Auf einmal fand ich, dass sie selbst müde, ja erschöpft aussah, wie eine Frau, die sich mit geheimen Sorgen quält, krank von einem Kummer, den sie weglächeln würde, komme, was wolle.

Sie kehrte ins Haus zurück. Kelpie trottete neben ihr her. Sie hielt sich so dicht an seiner Seite, als versuchte sie in ihn hineinzuschmelzen. Die Tür schloss sich hinter ihnen.

Während sich Frau Moormann um das Essen kümmerte, unterhielten sich Anna und Schwab angeregt über die Einheimischen. Ihr Gespräch sollte es mir offenbar ermöglichen, die Stadt kennen zu lernen. Aus ihren Mündern kullerten Menschen, Straßen, Plätze. Doch ich hörte kaum zu, beobachtete nur zerstreut, wie Schwab erneut sein Notizbuch hervorzog und ab und zu ein paar Zeilen hineinkritzelte.

War Meret wirklich abgereist? Warum hatte sie Mühlenstedt verlassen? Warum hatte sie mir nicht Bescheid gesagt? Und vor allem: Wohin war sie gefahren? Vergeblich versuchte ich, meine Gedanken zu sortieren.

Ohne Kelpie, aber mit marinierten Champignons und einem Lammragout kehrte Frau Moormann zu uns zurück. Sie umsorgte mich schweigend, häufte einen Fleischberg auf meinen Teller und reicherte ihn mit Hügeln aus Champignons und geschmorten Tomaten an. Das Ragout schmeckte köstlich. Ich langte kräftig zu. Selten hatte ich etwas so Gutes gegessen. Aber zugleich kam mir das Gericht sehr schwer vor. Dick und heiß füllte es meinen Magen und ermüdete mich sehr. Trotzdem konnte ich nicht aufhören zu essen. Einen Bissen nach dem anderen spießte ich auf, schob ihn in den Mund und kaute und schluckte. Meine Gedanken verlangsamten sich wie ein kaputtes Tonband, bis in meinem Kopf nur noch ein dumpfes Summen nudelte. Meret, dachte ich, doch auch dieser Gedanke wurde weggesummt. Ich fühlte mich zu müde, ihn wieder heranzuholen. Mechanisch zerbiss ich einen fleischigen Champignon. Hör auf, dachte ich, lass das Essen, aber ich konnte nicht aufhören. Mein Kopf wurde leer, immer leerer. Ich saß auf der Veranda, doch zugleich saß ich in der Küche meiner Eltern, ich war zehn Jahre alt und gerade von einer Klassenfahrt heimgekehrt. Zum dritten Mal füllte mein Vater mir einen Batzen Milchreis auf den Teller, offenbar in dem Glauben, ich hätte sieben Tage lang von Zwieback leben müssen. Dabei wollte ich doch gar nichts mehr essen. Ich wollte nur noch schlafen. Aber artig schob ich den Löffel in den Mund, kaute, schluckte, kaute, schluckte …

Nein, dachte ich und legte das Besteck beiseite. »Zeigen Sie mir mein Zimmer, Frau Moormann?«

Das Licht der Abendsonne fiel durch die hohen Sprossenfenster und ließ die Wände der Halle glühen. Über unseren Köpfen verlor sich eine gewölbte Decke in der Dämmerung. Ein niedriger Marmortisch wartete auf Eiskübel voller Champagnerflaschen. Eine Couch und tiefe Sessel, mit Rosen gefüllte Vasen, Kissen, die zu den Blumen passten. Links führte eine mit burgunderrotem Teppich ausgelegte Treppe in den ersten Stock.

Frau Moormann glitt hinter den Empfangstresen und reichte mir einen Schlüssel. »Gehen Sie einfach die Treppe hinauf und dann immer geradeaus. Nummer siebzehn.«

Ich nahm den Schlüssel. »War mit Meret alles in Ordnung, als sie Ihre Pension verlassen hat?«

Ohne mich anzusehen trug sie etwas in ein Buch ein. »Frau Völkner hat Mühlenstedt sehr gemocht.« Jetzt guckte sie doch. »Sie passte in unsere kleine Stadt.«

Aber der Ausdruck in den Augen von Frau Moormann passte nicht zu dem, was sie sagte. Ihre Augen sahen so aus, als sei hinter mir ein Geist aus der Wand getreten.

»Trotzdem ist Meret abgereist«, sagte ich.

Ihr Lächeln war ein weiches Kissen, eine Hand, die einem besänftigend über den Kopf streicht. »Es war wegen des Romans. Sie hatte Probleme mit dem Schreiben. Wahrscheinlich hoffte sie, ein Ortswechsel würde ihr gut tun.«

»Woher wissen Sie das?«

»Herr Mollner hat es mir erzählt.«

»Beim Einkaufen?«

»Ihr Zimmer gefällt Ihnen hoffentlich.«

Mit einem Nicken wandte sie sich ab und kehrte in die Tiefen ihrer Pension zurück, so aufrecht, dass sie ihrer ohnehin beträchtlichen Größe noch einmal fünf Zentimeter hinzufügte. Das Dämmerlicht strich über ihre Schultern, schob sich in ihr Haar und hüllte sie ein. Sie öffnete eine Tür und verschwand.

Der obere Flur – mit demselben dicken, dunkelroten Teppich ausgelegt, der schon auf der Treppe meine Schritte geschluckt hatte – war kein Flur. Das hier war ein endloser Raum, dessen Ecken in Schatten versanken. Zu beiden Seiten gingen Türen ab zu, so stellte ich es mir vor, kitschig eingerichteten Zimmern. Auf halbem Weg führte eine zweite Treppe in den nächsten Stock.

Ich ging, ging immer weiter, bog um eine Ecke, um viele Ecken. Herrgott – diese Pension war noch größer, als sie von außen wirkte, und es gab nicht einen Quadratmeter, der übersichtlich gewesen wäre. Immer wieder zweigten von dem Hauptflur Gänge ab; eine Schlagader, von der unzählige Blutbahnen fortführten.

»Gehen Sie einfach die Treppe hinauf und dann immer geradeaus«, hatte sie gesagt. Ich hätte verrückt sein müssen, diesen Rat nicht zu befolgen. Wahrscheinlich hätte mich niemand je wiedergefunden.

Gerade begann ich mich zu fragen, ob ich mein Ziel je erreichen würde, da endete der Flur vor einer weiß lackierten Tür. Ich steckte den Schlüssel ins Schloss, drehte ihn herum und drückte die Klinke herunter.

Sehr lustig, dachte ich. Das kann unmöglich das richtige Zimmer sein.

Der Raum wurde von einem Bett aus dunkelgrünem Metall beherrscht, das einer fünfköpfigen Familie Platz geboten hätte. Eine Art Moskitonetz schwebte darüber. Trotz seiner Größe wirkte das Bett geradezu Mitleid erregend verloren. Das Zimmer war einfach zu gewaltig. Das Rattansofa und die beiden Sessel konnten es ebenso wenig füllen wie der Kleiderschrank, der Sekretär oder die Frisierkommode.

Eine Flügeltür führte in das Badezimmer. Fliesen in Terrakotta, die Wanne eine Marmormuschel, die XXL-Version. Funkelnde Armaturen, Glasflaschen mit geschliffenen Stöpseln, darin Shampoo, Duschgel, Parfüm. In einer Porzellanschale dufteten kleine Seifen in Form von Kirschen und Delphinen.

Ich kehrte ins Schlafzimmer zurück, setzte mich auf das Bett und versuchte mir einzureden, dass ich von so einem Zimmer immer geträumt hatte. Dass ich es mir nie wieder würde leisten können. Genieß es, Esther. Aber mein Herz klopfte, klopfte wie verrückt. Vielleicht wusste mein Herz etwas, das mein Hirn noch herauszufinden hatte.

Nach einer Weile verließ ich das Bett, ging zum Fenster und zog die schweren Vorhänge zurück. Die Zweige des Birnbaums klopften gegen die Scheibe, als wollten sie mir ein Zeichen geben, mir etwas erklären. In der Ferne ragte aus einem Meer von Baumwipfeln der Glockenturm einer Kirche auf wie der Mast eines sinkenden Schiffs.

Die nächsten Minuten brachte ich damit zu, mein Reich mit offenen Augen zu erforschen. Fernseher und Radio fehlten, ein Telefon oder auch nur ein Anschluss waren nicht zu entdecken. Dafür gab es Champagnertrüffel auf einem Glastellerchen und eine Schale mit Weintrauben, Kiwis und Nektarinen. Außerdem Briefpapier und Füllfederhalter, einige Liebesromane, Rosen in einer hohen Vase. Als hielte Frau

Moormann dieses Zimmer und vielleicht jedes Zimmer der Pension ständig für die Glücklichen bereit, die durch Hitze und Sumpf den Weg nach Mühlenstedt fanden.

Unter seinem wolkenhaften Schleier wartete das Bett. Auf einmal spürte ich wieder, wie müde ich war. Für heute wollte ich nichts mehr entdecken. Ich wollte nur noch meine Tasche holen und schlafen gehen.

Die Abendluft strich warm über mein Gesicht. Der Widerschein eines Windlichts hüpfte auf dem Rasen umher, als fuhrwerkte dort ein beschwipster Beleuchter mit seinem Scheinwerfer herum. Auf der Veranda plauderten noch immer Schwab und Anna. Das heißt, Anna redete. Er hatte offenbar beschlossen, sich vor allem aufs Zuhören zu beschränken. Der Alkohol hatte Annas Stimme euphorisch werden lassen. Schwabs sparsam eingeworfene Kommentare setzten hierzu einen nachdenklichen Kontrapunkt. An ihm schien der Wein abzuperlen. Ich überließ die beiden ihren Gesprächen und ging zu meinem Wagen. Die Luft hatte sich bisher kaum abgekühlt. Die Temperatur musste noch immer bei fünfundzwanzig oder sogar dreißig Grad liegen. Eine solche Hitze hatte der Wetterbericht für keinen Teil des Landes vorhergesagt. Bei diesem Gedanken fiel mir das Autoradio ein. Ob sich der Empfang inzwischen gebessert hatte?

Ich lehnte mich über den Fahrersitz und drückte auf den kleinen Knopf. Nicht einmal mehr ein Knistern drang mir aus dem schwarzen Kasten entgegen. Erstaunt beugte ich mich näher zu dem Radio hin. Jetzt hätte ich vor Freude über »Hotel California« laut mitgesungen. Doch ich hörte nur leise und aus weiter Ferne ein flüsterndes Gezischel. Ich setzte mich auf den Fahrersitz und begann an den Knöpfen zu drehen. Es blieb bei dem fernen Zischen, das wohl nur das Radio selbst erzeugte. Etwas an dem Gerät musste kaputtgegangen sein. Es war sinnlos, noch länger daran herumzuprobieren. Aber ich drehte immer weiter an den Knöpfen. Das Zischen schwoll an. Sonst passierte nichts. Noch einmal versuchte ich es. Aus dem Radio kam nur dieses blöde Zischen. Ich schaltete es ab.

Lange saß ich da und schaute auf die mit Mücken gesprenkelte Windschutzscheibe. Schweiß sammelte sich in meiner Halsgrube. Mit geschlossenen Augen atmete ich ein paarmal tief durch. Ein kaputtes Radio verdiente so viel Aufmerksamkeit nicht. Ich öffnete die Augen, turnte hinter dem Steuer hervor und holte meine Tasche aus dem Kofferraum.

Stimmengemurmel ließ mich den Kopf wenden.

Im Erdgeschoss stand ein Fenster offen. Dahinter brannte eine Lampe, und irgendwo in dem Lampenschein redete Frau Moormann. Die Art, wie sie ihre Pausen setzte, abwartete und aufs Neue zu sprechen begann, kam mir ziemlich merkwürdig vor. Es dauerte eine Weile, bis ich begriff, dass sie telefonierte. In diesem Moment trat sie ans Fenster, den Telefonhörer ans Ohr gedrückt. Sie fixierte mich. »Bis morgen dann, Dr. Brettfeld.« Sie beendete das Gespräch. Im Hintergrund klapperte jemand mit Geschirr herum, ein gedämpfter Laut, der wohl in jeder anderen Pension gemütlich gewirkt hätte. Frau Moormann beugte sich vor und löste die Fensterflügel. »Ihr Zimmer gefällt Ihnen hoffentlich?«

»Sehr.«

»Dann ist es ja gut.« Sie schloss die Flügel. Das war unmissverständlich. Vergeblich suchte ich ihren Blick, sah aber nur noch das Fensterglas, in dem sich das Abendlicht rot und golden spiegelte. Das Geschirrgeklapper war nun nicht mehr zu hören. Vielleicht war es überhaupt eine Sinnestäuschung gewesen. Ich gab einen kleinen, missmutigen Laut von mir, trat einen Schritt zurück, schulterte meine Tasche und machte mich auf den Weg zum Haus. In diesem Moment bog keinen Meter von mir entfernt jemand um die Ecke der Pension.

Wenn man eine Irrfahrt durch einen Sumpf und ein schweres Abendessen mit zu viel Rotwein hinter sich hat, können einen selbst Kleinigkeiten aus der Fassung bringen. Erschrocken sprang ich zurück und ließ meine Tasche fallen.

»Hoppla«, sagte der junge Mann. »Hallo.«

Dicht vor mir – zu dicht für meinen Geschmack –, blieb er stehen. Er lächelte mich an. Seine Zähne waren klein und beinahe rund und erinnerten an Perlen. Er mochte Mitte zwanzig sein, höchstens dreißig, jedenfalls nicht allzu viel älter als ich. Sein dunkles Haar stand wirr in alle Richtungen ab. Seine ganze Erscheinung wirkte etwas bizarr, als hätte man ihn aus lauter nicht zueinander passenden Teilen zusammengesteckt. Er hob meine Tasche auf und reichte sie mir.

»Hallo«, sagte er noch einmal. »Ich bin Alexander. Alex genügt. Und du bist – ein neuer Gast?«

Ich nickte und nannte meinen Namen. »Wohnst du in der Pension?«, fragte ich.

»Das tun wir alle.«

Ich deutete auf meinen Wagen. »Mein Autoradio ...«

Er lächelte. » ... ist nicht kaputt. Mühlenstedt liegt in einem Funkloch.«

»Ich dachte, Funklöcher gibt's nur in der Wüste.«

Er lachte und rückte noch ein Stückchen näher. »Eben.«

»Weißt du etwas von Meret?«, fragte ich.

Er stutzte. »Meret? Völkner? Die hier gewohnt hat?« Er überlegte. »Die ist abgereist, soviel ich weiß. Du fährst aber nicht gleich wieder, oder?« Er berührte meinen Arm. Das Lächeln kehrte in sein Gesicht zurück.

»Wohin ist sie denn gefahren, weißt du das?«

Er zog seine Hand zurück. »Keine Ahnung.«

»Frau Moormann hat mich zu einer Party eingeladen.«

Sein Lächeln blieb unverändert. Aber die Atmosphäre um ihn herum bekam Risse. Offenbar hatte jemand an seiner Gute-Laune-Frequenz herumgedreht. »Richtig. Die Party«, sagte er gedehnt. »Die hätte ich fast vergessen. Sag mal, möchtest du was trinken gehen?«

Ich gähnte demonstrativ. »Ein andermal gern.«

Mit einem enttäuschten Nicken wandte er sich ab und verschwand hinter der Pension.

Die Stimmen auf der Veranda waren längst verstummt. Im Haus war es schon zuvor still gewesen. Jetzt verwandelte sich die Stille in ein großes, weiches Tier, das die Pension ausfüllte wie eine Muschel ihre Schalen. Verkrampft lag ich in meinem Bett. Die Matratze war weich, viel zu weich. Während ich die Vorhänge beobachtete, die sich vor dem geöffneten Fenster blähten, grübelte ich darüber nach, wo, verdammt noch mal, sich heute Nacht der Schlaf versteckte. Die Müdigkeit von vorhin war verschwunden. Ich war so wach, dass jeder Nerv vibrierte.

Es passte einfach nicht zu Meret. Abhauen ohne ein Wort. Warum hatte sie nichts gesagt? Etwas war passiert. Etwas musste passiert sein. Schemenhafte Gestalten zogen durch meinen Kopf. Meret, die verschwunden war. Frau Moormann, die mir eine Gänsehaut machte. Mollner, den man beim Einkaufen traf. Dann sank ich zurück in andere, ältere Gedanken. Ich dachte an meinen Vater. Die Erinnerung begann sanft und harmlos. Doch ich erahnte bereits das Schmerzhafte, das kommen würde. Ohne etwas dagegen tun zu können, trieb ich darauf zu, bis zu dem Augenblick, in dem das vertraute Gesicht meines Vaters zu Stein wurde, er sich abwandte und in seinen Wagen stieg.

Flach auf dem Rücken ausgestreckt lag ich da und starrte an die Decke, während das Dunkel allmählich in mich einsickerte. Es wollte mich füllen, ganz und gar, wollte alles verschlucken, was in mir war. Ich konnte mir nicht vorstellen, jemals wieder etwas anderes zu spüren als diese entsetzliche Schwere, konnte mir nicht vorstellen, mich je wieder zu bewegen, aufzustehen und dieses Bett zu verlassen.

Ich musste aufstehen. Ich durfte hier nicht liegen, durfte nicht warten, bis die Lähmung sich ganz und gar in mir ausgebreitet hatte.

Ich musste aufstehen. Jetzt.

Jetzt.

Ich setzte mich auf und schwang die Beine aus dem Bett. Durch das dunkle Riesenzimmer tastete ich mich zum Bad, trank ein Glas Wasser. Das Wasser schmeckte mir nicht. Ich kippte es ins Waschbecken, verließ das Bad und stellte mich ans Fenster. Mit einer Hand hielt ich den Vorhang zurück, der zwischen meinen Fingern zuckte. Hoch über den Wipfeln der Obstbäume schien der Mond. Der Garten wirkte wie in Milch getaucht. Zwischen den Rosen schwebte ein Geist. Ungläubig beugte ich mich vor. Erst auf den zweiten Blick erkannte ich, dass es sich bei dem Geist um Anna handelte. Barfuß schlenderte sie über den Rasen, umflattert von einem Nachthemd mit absurd üppigem Spitzenbesatz. Sie schaute nicht zu mir hoch, sah auch nicht nach rechts oder links, segelte einfach zwischen den Rosen dahin wie ein

Phantom, das sein verlorenes Leben sucht. Seltsamerweise war es kein verrücktes, kein lächerliches oder unsinniges Bild. Es war schön. Zuerst. Dann wurde es merkwürdig, sie so zu sehen. Was sollte das? Warum spazierte sie dort unten herum?

Unter einem Apfelbaum blieb sie stehen. Vom Sumpf her drang der Schrei eines Tiers herüber. Vielleicht eine Katze. Vielleicht rief der blaue Kater. Anna horchte dem Laut kurz nach – jedenfalls bildete ich mir das ein. Dann setzte sie sich ins Gras und lehnte sich gegen den schorfigen Stamm. So blieb sie lange Zeit.

Ihre Hände bewegten sich zuerst; langsam tasteten ihre Hände nach ihren Brüsten. Unwillkürlich beugte ich mich vor. Sie streichelte ihre Brüste, sanft, mit kleinen, kreisenden Bewegungen. Ihre rechte Hand wanderte tiefer, strich ihre Hüfte entlang, über ihren Bauch, glitt zwischen ihre Schenkel, die sich bereitwillig öffneten. Sie legte den Kopf in den Nacken. Haarsträhnen rutschten über ihr Gesicht. Ihr Rücken wölbte sich. Ihr Becken zuckte. Mondlicht floss um sie herum. Das Nachthemd flatterte. Einen verrückten Moment lang saß sie in kochender Milch. Ich starrte zu ihr hinunter. Sie schloss die Augen, stöhnte vielleicht, doch lautlos, alles vollkommen still. Ich sah ihr hilfloses Zucken, fühlte die Hitze, die Schwere zwischen meinen eigenen Beinen. Ich stützte mich auf den Sims. Meine Brustwarzen drückten gegen mein T-Shirt. Im Sumpf kreischte das Tier. Einen Moment saß Anna noch da. Dann wischte sie sich die Haarsträhnen aus der Stirn, stand auf, wandte sich ab und ging davon; sie kehrte in die Pension zurück, als käme sie gerade vom Einkaufen.

Flach auf dem Rücken ausgestreckt lag ich in meinem Bett und starrte in die Dunkelheit. Mein Herz klopfte, es wollte sich einfach nicht beruhigen. In mir drehte sich noch immer ein Wirbel von Gedanken und Gefühlen. Ja, Meret, dachte ich. Jetzt verstehe ich, warum du an diesem Ort eine Geschichte schreiben wolltest.

Aus Merets Aufzeichnungen. Mühlenstedt, Juli

»Jede Kleinigkeit, die mir entging, hole ich hervor, jeden Fehler. Ich habe begonnen, eine Chronologie der Fehler zu erstellen. Wo ist der Anfang, der Urfehler sozusagen?

Vielleicht hätte ich Hamburg nicht verlassen dürfen. Ich hätte es aushalten müssen, dieses Gefühl, nicht mehr schreiben zu können. Irgendwann wäre es weitergegangen. Aber ich hatte ja immer geschrieben, und jetzt diese Leere, die Langeweile, es war nicht zu ertragen. Das Schreiben war der Kitt, der die Stunden davor bewahrte, in bedeutungslose Stücke zu zerfallen.

Der Morgen, an dem ich in meinen Fiat stieg, war kalt. Urlaub wollte ich machen. Eine dumme Idee. Ich erinnere mich, dass ich in einen Traum von ruhigen Tagen und verschwenderisch viel Zeit hineinfuhr. Keine Sekunde fragte ich mich, wie es sich anfühlen könnte, in einer aus der Phantasie geborenen Welt zu erwachen. Ich habe sehr vieles nicht bedacht.

Ich fuhr ohne Karte. Wenn am Straßenrand eine Katze auftauchte, bog ich links ab, bei einem Hund rechts. Irgendwann der Sumpf, weich wie ein Kuhfladen, voller Fliegen wie ein Kuhfladen. So kam ich nach Mühlenstedt. Kam ich so? Wie bin ich hierher geraten, in diese kleine, von Sonnenlicht durchwobene Stadt – in den Himmel, aber tust du nur einen Schritt, dann fällst du und brichst dir alle Knochen.

Überall liefen Kinder herum, schwangere Frauen, Männer, die bestimmt ein Bankkonto hatten, bei dem einem der Filialleiter persönlich die Hand schüttelt. Dann, zwischen Rosen und Obstbäumen, die vielleicht erst in diesem Moment zu blühen begonnen hatten, die Pension. Oder ein Märchenschloss. Gleich würde eines der Fenster aufgestoßen. Eine alte Frau würde sich herauslehnen und rufen: *Komm, Meret! Komm auf meinen Schoß. Ich möchte dir eine Geschichte erzählen.*«

3
PARTY

Ich war ein bisschen spät aufgestanden und saß nun allein auf der Veranda. Normalerweise liebte ich es, im Freien zu frühstücken. Heute nicht. Dabei hatte sich jemand offensichtlich bemüht, mir einen herrlichen Morgen zu bereiten. Vielleicht hatte er sich zu sehr bemüht. Das Frühstück konnte man nur als Überforderung bezeichnen. Vor mir türmten sich Brötchen und Croissants, Obst und kleine Kuchen, Käse, Lachs, Marmeladen – genug, um eine ganze Reisegesellschaft zu verköstigen. Ich nahm mir einen Pfirsich und biss zaghaft hinein. Pfirsichsaft spritzte mir auf die Brust. Während ich langsam kaute, sah ich hinaus in den Garten.

Unter den Bäumen hatte man Bierbänke und lange Holztische aufgebaut. Menschen waren keine zu entdecken. Ich fühlte mich müde und zerschlagen. Weder hatte ich meine Freundin gefunden noch wusste ich, wie es weitergehen sollte. An diesem stillen Morgen gab es nichts, was mich von meinen Grübeleien hätte ablenken können. Das Dunkel näherte sich wieder. In mir wuchs der Wunsch, einfach sitzen zu bleiben und zu warten, bis etwas geschah, mich jemand bei der Hand nahm und mir zeigte, wohin ich gehen sollte. Ich wusste, dieses Warten war tödlich. Was sollte denn werden, wenn mich auch der letzte Rest Energie verließ? Ich legte den Pfirsich beiseite und nahm mich zusammen, täuschte eine Entschlossenheit vor, die ich nicht empfand. Es fiel mir sehr schwer, von meinem Stuhl aufzustehen. Meine Beine fühlten sich leimig an, mein Körper von innen verklebt. Ich versuchte, nicht darauf zu achten. Mit einem Spaziergang durch den Ort würde ich dem Dunkel entkommen.

Meine Entdeckungsreise endete bereits hinter der nächsten Rosenstaude. Unter einem stelzbeinigen Gartenzelt saß Anna. Vor ihr, auf einem Tisch, häuften sich Kräutersträuße in verschiedenen Stadien der Dürre. Eifrig zupfte sie die Blätter von den Stängeln und ließ sie in eine Schüssel fallen, die zwischen ihren Beinen klemmte. Etwas befangen näherte ich mich. Noch immer geisterten die Bilder der vergangenen Nacht durch meinen Kopf.

Anna sah auf. Ihr Lächeln ließ ihre Lippen anschwellen und ihre Zähne glänzen. Es machte ihre Augen nicht kleiner, wie bei den meisten Menschen, sondern öffnete sie, bis ihr ganzes Innenleben aus ihnen hinauszuleuchten schien. »Willkommen im Zelt der Zukunft!« Sie lachte. »Alle Fragen werden später beantwortet.«

»Auf der Party?«

»Alles passiert auf der Party. Aber sagen wir doch du zueinander.«

Ich deutete in die Schüssel. »Was wird das?«

Sie unterbrach ihr Zupfen und musterte mich eingehend, musste offenbar prüfen, ob ich das zu ihren Geheimnissen passende Ohr besaß. »Es ist ein Tee für meine Schwester. Das Rezept stammt von Dr. Brettfeld, er hat es einmal für Kelpie zusammengestellt. Gegen seine Angst.«

Der Gedanke an den Katzenhund war wie das Aufquellen einer Gewitterwolke. »Kelpie – Angst?« Ich lächelte erstaunt.

»Warte einfach bis zur Party.«

Sie fuhr fort, die Blätter von den Stängeln zu rupfen. In der Ferne wanderte Schwab vorbei, eine Leiter geschultert, ein Bündel Lichterketten um den Hals geschlungen. Zielstrebig steuerte er den größten Apfelbaum des Gartens an. Anna verdoppelte die Geschwindigkeit ihres Zupfens. Ich legte meine Hände zu einem Trichter vor den Mund.

»Nein!«, zischte Anna. »Wenn er das hier sieht«, sie deutete in ihre Schüssel, »dann will er wieder diskutieren, warum Kräuter überhaupt nichts bringen. Und mit Schwab diskutieren, das bringt überhaupt nichts.«

Mit leichter Hand drapierte Schwab die Lichterketten in den Zweigen des Apfelbaums. Von den Kräutern stieg ein schwacher Zimtduft auf. Merets Parfüm hatte so gerochen. Ich kam einfach nicht von meiner Freundin los. Sie klammerte sich an meine Gedanken und zerrte und zog an ihnen.

»Was war mit Mollner und Meret?«, fragte ich.

Das Lächeln verschwand aus Annas Gesicht. Als sie sprach, splitterte ihre Stimme an den Rändern. »Woher soll ich das wissen? Ich habe deine Freundin nicht mehr kennen gelernt. Sie ist bei ihm eingezogen, oder? Es liegt wohl auf der Hand, was sich zwischen den beiden abgespielt hat. Das Problem ist nur: Ich glaube nicht, dass Mollner jemals etwas tut, was auf der Hand liegt.«

»Warum hat er Meret eingeladen?«

»Ich weiß es nicht. Ehrlich gesagt weiß ich überhaupt nicht, was er so denkt.« In ihrer Stimme klang mit, dass es nur wenige Menschen gab, bei denen ihr das je passiert war. »Deine Freundin hatte sicher eine gute Zeit«, sagte sie knapp.

In diesem Moment legte sich von hinten eine Hand auf meine Schulter. Ich fuhr herum. Alex strahlte mich an.

Annas fest zusammengepresste Lippen entspannten sich. »Alex! So früh schon unterwegs?«

»Ein Botengang für Moormann. Ihm ist die Grillkohle ausgegangen.«

Ich war verblüfft. »Sie ist verheiratet?«

»Ein Bruder.«

Er winkte, dann war er weg. Auch Anna verabschiedete sich. Über den Rasen ging sie davon, die Kräuterschüssel gegen ihren Bauch gepresst. Allein blieb ich im Zelt der Zukunft zurück. Warum hatte ich die Veranda überhaupt verlassen? Es dauerte eine Weile, ehe ich mich erinnerte. Zum zweiten Mal machte ich mich auf den Weg in die Stadt. Auch diesmal kam ich nicht weit.

In der Nähe der Toreinfahrt schnitt Frau Moormann an einem Rosenstock herum. Schon von weitem lächelte sie mir entgegen. Dieses Dauerlächeln brachte mich langsam wirklich gegen sie auf. Trotzdem trat ich nun zu ihr. Sie drückte mir ein Bündel Rosen in die Hand. Solche Rosen hatte ich noch nie gesehen. Blüten wie Münder.

»Danke«, sagte ich. »Alex hat erzählt, Sie hätten einen Bruder.«

Nachdenklich musterte sie mich. »Haben Sie vielleicht Lust, ihm zu helfen?«

»Ich helfe gern«, sagte ich leicht erstaunt.

Das stimmte nicht. Ich wollte dem Bruder nicht helfen. Ich wollte ihn kennen lernen. Vielleicht ein wenig über Meret sprechen.

In der Pension herrschte dämmrige Kühle. Der Garten, der Sommer: Das alles war auf einmal eine andere Welt. Frau Moormann führte mich einen langen Flur ohne Fenster hinunter. »Unsere Hilfe, Frau Tierse, hat Mühlenstedt vor kurzem verlassen. Wir suchen noch immer einen Ersatz. Henning kommt allein nicht zurecht.«

Vor meinem inneren Auge erschien ein kleiner, dünner Mann, der sich verzweifelt mühte, einen riesigen Suppentopf auf einen Herd zu hieven.

»Sie werden bestimmt Spaß miteinander haben«, sagte Frau Moormann. »Mein Bruder hat viel Sinn für Humor.«

Der kleine, dünne Mann verwandelte sich in einen albernen Clown.

Sie öffnete eine Tür.

Sonnenstrahlen fielen schräg durch ein breites Fenster, bündelten sich auf einem High-Tech-Herd, einem Berg aus Stahl und Chrom, der das Zentrum des Raumes besetzte, und blitzten mir in die Augen. Von der Decke hing ein Gummihuhn, dem ein Ei im Hintern steckte. Daneben ein Nudelsieb-Geschwader, Schaumkellen und getrocknete Chilischoten in dicken Strängen. Überall in modernster Ausführung Geräte, die einem Koch das Leben erleichtern. Auf Metallregalen reihten sich eimergroße Gurkengläser, gefüllt mit Knuspermüsli, Tagliatelle und glibbriggelben Stücken von irgendetwas. Ein halbes Dutzend Stühle umringte einen Tisch, auf dessen zerkerbter Platte man bequem ein Schwein hätte zerlegen können.

»Henning?«, rief Frau Moormann.

Eine Tür flog auf. Aber nicht deswegen fuhr mir der Schreck vom Hirn bis in die Zehen. Sondern wegen dem, was sich mir aus der Tür entgegenschob.

Tisch und Herd verkümmerten zu Puppenmöbeln angesichts des Körpers, der da in seinem Rollstuhl klemmte. Eine Roulade zwischen zwei Zahnstochern. Henning Moormann musste ungefähr fünfzig sein: vom Fett eingepackt, mit kleinem Kopf, rötlich gelocktem Haar und sehr blauen

Augen. Ein Bruder, der seiner Schwester ähnelte wie ein Wal einem Reh. Schweiß benetzte sein Gesicht. Ich starrte ihn an. Und obwohl ich es merkte – obwohl es mir peinlich war –, starrte ich immer weiter.

»Frau Birk wird so freundlich sein, dir unter die Arme zu greifen, Henning.«

Still stand ich auf den mit Fett bespritzten Fliesen, wollte *Hallo* sagen und konnte nur zusehen, wie er auf mich zurollte. Drei Schritte vor meinen Füßen stoppte er seine Fahrt. Obgleich er saß, befand er sich fast auf einer Höhe mit mir – ein mindestens zwei Meter großer Menschenberg. Er streckte mir eine Hand entgegen. Vorsichtig umfasste ich seine Finger und glaubte, einen mit warmem Pudding gefüllten Beutel zu schütteln. Ich räusperte mich. Irgendwie brachte ich doch noch ein »Hallo« heraus. Er lächelte. Sein Gesicht wirkte aufgequollen. Sanft. Freundlich.

»Greta hat mir von Ihrer Ankunft erzählt.«

Der Gegensatz dieser Stimme – ausgewogen und klar – zu dem aus den Fugen geratenen Körper verblüffte mich. Um den Hals trug er ein absurd zierliches Kettchen. Ein Medaillon hing daran, mit dem seine Finger abwesend spielten. Etwas klackerte im Innern des kleinen Schmucks.

»Denkst du an den Biskuit, Henning?«

Er ließ das Medaillon los, als hätte es ihn gebissen, blickte seine Schwester an und runzelte die Stirn.

»Bisher habe ich noch jedes Mal an den Biskuit gedacht, Greta. Ich denke immer. An alles.«

Sie nickte abwesend. Offenbar hatte sie seine Worte gar nicht gehört. Er seufzte und wandte sich erneut mir zu. In seinen Augen lag eine Traurigkeit, die in mir den Wunsch weckte, eine Hand nach ihm auszustrecken. Ich unterließ es. Doch wir lächelten gleichzeitig. Es war ein kleines und direktes Lächeln. Und irgendwie heimlich. Seine Schwester nahm mir die Rosen ab. »Die bringe ich am besten gleich auf Ihr Zimmer.« Sie ging hinaus.

»Gartenpartys«, sagte Henning Moormann und seufzte, »machen Greta nervös. Es ist ...« Er verstummte. Mit einem Ruck schwang er den Rollstuhl herum und begann behände zwischen Herd, Kühlschrank und Schlachttisch umherzukurven. Er klemmte sich eine Schüssel auf den Schoß, griff hier nach der Pfeffermühle, dort nach einem Schneebesen und mixte aus Knoblauchöl, Cognac und Sojasauce eine Marinade zusammen. Weder brauchte er seine Beine noch meine Hilfe. Verwundert fragte ich mich, was ich hier verloren hatte. Die Marinade schäumte. Henning Moormann warf den Schneebesen in die Spüle: »Kleines Aufwärm-Training.«

Auch sein Blick machte ihn zu etwas Besonderem. Diese blauen Augen betrachteten mich völlig unabgelenkt. Ich ging einen Schritt auf ihn zu. Sein Rollstuhl kam mir entgegen. In mir regte sich etwas. Erwartung vielleicht.

»Sie kümmern sich um das Fleisch«, sagte er.

Ich sah mich um, sah kein Fleisch und öffnete das Riesending von Kühlschrank. Aus allen Fächern quoll es mir entgegen, rot und roh, in dicken Batzen, eingewickelt in durchsichtige Folie.

»Nehmen Sie das Hack.« Er zeigte mit dem Finger. »Den Haufen da.«

Ich packte den Haufen.

»Ich kann Fleisch auf hundert verschiedene Arten zubereiten. Berühren kann ich es auf keine Art. Es ist so ...«, er suchte das richtige Wort, »... nackt. Aber lassen wir das. Dies werden Hamburger. Kriegen Sie das hin?«

»Mit Hamburgern bin ich groß geworden. Sagen Sie mir einfach, was ich tun soll.«

Während ich an der Pfeffermühle kurbelte, rollte er zum Spülstein und wusch sich die Hände. Ich schaute auf diese Hände. Die spitz zulaufenden Finger mit den knubbeligen Gelenken gingen mit dem Wasser und der Seife um wie mit etwas überaus Kostbarem.

»Wenn Sie einen guten Biskuit backen wollen, nehmen Sie um Himmels willen keine Butter.« Er zerließ Butter in einem Topf. »Die Butter gehört an den außergewöhnlichen Biskuit.«

Er trennte mehrere Eier, mischte die Eigelbe mit Zucker, rührte das Ganze im Wasserbad und stäubte durch ein riesiges Sieb Mehl auf die Eiercreme.

»Erzählen Sie mir etwas«, sagte er. »Damit das, was ich backe, besser schmeckt.« Seine Augen wurden zu den Augen eines Kindes, groß und rund, voll freundlicher Neugier. »Erzählen Sie von sich.«

»O Gott.« Ich bohrte meine Finger in das Hack. »Das ist dieser Satz, bei dem ich auf einen Schlag mein ganzes Leben vergesse.«

»Können Sie kochen?«

Ich wollte wirklich nicht.

»Das einzige Küchengerät, dem Sie vertrauen, ist der Dosenöffner«, schlug er vor. »Der elektrische.«

Hackfleisch quoll zwischen meinen Fingern hervor.

»Nie ein Soufflé zubereitet? Nie ein Gulasch gekocht?«

»Ich hasse Gulasch«, sagte ich.

»Sehr gut. Welche Abneigungen haben Sie noch?«

Mein Autoradio fiel mir ein. »Gestern Abend hatte ich das Gefühl, ganz abgeschnitten zu sein. Von allem.« Ich sagte das sehr bedächtig. »Das habe ich überhaupt nicht gemocht.«

»Abgeschnitten.« Es klang ruhig. Seine Stimme gehörte

offensichtlich einem anderen Menschen als seine Hand; die Hand tastete nach dem Medaillon an seinem Hals. Klick-klick-klick. Ich betrachtete diesen gewaltigen Mann, der nun vor meinen Augen zerbrechlich wurde, und hatte zum ersten Mal das Gefühl, mich einer Wahrheit zu nähern.

»Jetzt sollten Sie eigentlich sagen: *Abgeschnitten, na, na. Sie haben aber viel Phantasie*«, meinte ich behutsam.

»Das klingt nach einem Satz, den Ihre Eltern Ihnen beigebracht haben könnten. In einer Nacht, als Sie nicht schlafen konnten.«

»Meine Eltern sind Taxi gefahren. Die hatten nachts keine Zeit für Sätze. Nicht für solche.«

»Und das klingt nach einer schweren Kindheit.«

Ich schüttelte den Kopf. »Einer hat immer Geschichten erzählt. Mit viel Phantasie.«

Er wartete.

Seit langem hatte ich mir angewöhnt, nicht von meinen Eltern zu erzählen. Nicht allen möglichen Menschen, und bestimmt nicht denen, die ich kaum eine Viertelstunde kannte. Aber er hatte diese Art, mir zuzuhören. Ruhig, leicht vorgelehnt, mit so ausschließlichem Interesse, als hätte er ein Leben lang auf mich und meine Vergangenheit gewartet.

Ich erzählte vom Naheliegenden. Vom Essen. Von meiner Vorliebe für große Portionen.

»Als Baby waren Sie wohl ein Klops«, sagte der unförmige Moormann.

Ich schüttelte den Kopf. »Es gab da ein Problem. Mein Mageneingang war so eine Art Nadelöhr.«

Drei Monate nach der Geburt wurde ich operiert. Von da an, obwohl alles gut gegangen war, begannen meine Eltern mich festzuhalten und in ihren Armen, vor ihrem Bauch, auf

ihrem Rücken überall mit hin zu schleppen. Ich hatte mich in eine Verlängerung ihres Körpers verwandelt. Nur widerwillig entließen sie mich in den Kindergarten und später in die Schule. Mittags kochte meine Mutter Spaghetti oder Hühnerfrikassee oder ein anderes Gericht, das ich liebte. Mein Vater war mit dem Taxi unterwegs. Falls er nicht im Bett lag und die Decke anstarrte.

Das mit dem Bett und der Decke erzählte ich nicht. Es zu denken genügte. Wir waren schon zu nah an meinen Vater herangerückt. Der tot war. Der mit seiner Depression auf eine endgültige Art umgegangen war. Von der Vergangenheit hatte ich jetzt genug.

»Ihre Hamburger sind fertig«, sagte ich.

Moormann schob eine wannengroße Pfanne auf den Herd und schmolz darin einen Klumpen Butter. Ich ließ die Hamburger hineingleiten. In der Pfanne zischte es, als hauste im Fett eine Meute wütender Nattern. Moormann verzog das Gesicht, beobachtete aber zugleich fasziniert, wie die Frikadellen in der Hitze zuckten. Er wendete das Fleisch und gab noch einen Stich Butter dazu.

»Wie lange bleiben Sie in Mühlenstedt?«, fragte er.

»Nach der Party fahre ich weiter. Ich suche meine Freundin. Erinnern Sie sich an Meret?«

Seine Antwort war spektakulär. Die Pfanne, die er gerade von der Herdplatte ziehen wollte, knallte auf den Boden. Frikadellen flogen in alle Richtungen, klatschten auf die Fliesen und rutschten in die Ecken. Ich bückte mich, hob die Pfanne auf, sammelte das Fleisch ein und wischte mit Küchenkrepp an den Fettflecken herum.

»Himmelherrgott!« Moormanns Gesicht war rot. »Ich habe Greta hundertmal gesagt, sie soll neue Pfannen kaufen. Gucken Sie sich diese Schweinerei an! Gucken Sie sich diesen Stiel an! Der hängt doch nur noch an einem glücklichen Zufall!«

Es war dieser Moment, in dem ich noch eine andere Seite an ihm sah. Die Furcht.

Das gemeinsame Kochen hatte die Küche klein, fast intim werden lassen. Ich fühlte mich Moormann nah genug, um noch ein wenig bei seiner Furcht zu verweilen. »Schon toll, wie hier alle auf Meret reagieren.« Ich pulte ein Fleischfetzchen unter meinem Daumennagel hervor. »Ihre Schwester gibt sich betont liebenswürdig und bietet mir eine Gratisübernachtung an. Sie werden weiß wie die Wand und kriegen ein Pfannenproblem. Und ich soll glauben, alles sei in Ordnung.« Ich lächelte. »Müssten Sie das nicht besser planen?«

Sein Blick wirkte wund, seine Stimme angestrengt unangestrengt. »Es ist alles in Ordnung.«

»Angeblich ist meine Freundin bei Mollner eingezogen, bevor sie Mühlenstedt verlassen hat. Ich wüsste gern, was da passiert ist. Bei Mollner.«

Er runzelte die Stirn. »Was glauben Sie denn?«

»Oh. Das liegt doch auf der Hand. Die beiden haben den ganzen Tag Tee getrunken, Biskuit gegessen und Gedichte interpretiert. Vielleicht haben sie auch Mollners komische Kunstsammlung bewundert.«

»Woher wissen Sie von der Sammlung?«

»Jemand hat so etwas erwähnt.«

Seine Stimme war zu hundert Prozent Geduld und Vernunft. »Ich weiß nicht, was Sie über Herrn Mollner denken. In jedem Fall liegen Sie mit dem, was Sie denken, völlig falsch.«

Das klang beruhigend. Und es klang so, als sei er unschlüssig, ob er mich warnen sollte.

»Ich frage nach Meret, Ihnen fällt die Pfanne runter. Warum?«

»Jedem fällt mal was runter. Und der Griff ist kaputt.«

Wir sahen einander an. Ich knüllte das Küchenkrepp zusammen, warf es in den Müll und hob eine letzte Frikadelle auf. »Bieten Sie die noch Ihren Gästen an?«

Er schüttelte den Kopf. Ich biss ein großes Stück von der Frikadelle ab. »Wenn ich Sie richtig verstehe, soll ich mir keine Sorgen machen. Und was könnte ich statt dessen tun?«

Er sah zur Tür. Niemand kam herein. Niemand hörte uns zu.

»Vorsichtig sein«, sagte er. »Und Sie sollten einen kleinen Urlaub einlegen. In Mühlenstedt.«

Ich nickte. »Ja. Das hab ich mir gedacht. Ich hab mir gedacht, dass Sie das sagen.«

Nach dem Mittagessen begann Schwab die Veranda mit grellgelben Girlanden zu schmücken. Nachbarn schafften Tabletts voller Blätterteigspiralen und bunter Häppchen herbei. Ich steckte eine Horde Grillhähnchen auf lange Spieße. Moormann unterwies Alex mit liebevoller Geduld in der Kunst, aus Ananas, Lychees und Rosenblättern eine Bowle zu mixen.

Die Spannung kribbelte mit Ameisenfüßen auf meiner Haut. Um kurz vor vier setzte ich mich ins Zelt der Zukunft. Hier hatte ich den Garten gut im Blick. Alex und Schwab trugen eine letzte Bierbank in den Schatten des Birnbaums. Anna raschelte in einem türkisfarbenen Kleid vorbei. Moormann fuhr Slalom zwischen den Buffettischen, rückte hier eine Ketchupflasche, dort einen Teller mit Blaubeer-Muffins zurecht und lächelte jedes Mal, wenn Alex seinen Weg kreuzte.

Schwab setzte sich neben mich.

»Warum nennt Anna diesen Pavillon *Zelt der Zukunft?*«, fragte ich.

»Weil hier unsägliche Dinge geschehen. Unsäglich lächerliche Dinge.« Er legte mir eine Hand auf die Schulter. »Warten Sie auf Patrick Busch.«

Anna lief schon wieder vorbei, diesmal in die andere Richtung. »Sie kommen!« Ihre Stimme klang dünn vor Aufregung.

Autoreifen knirschten die gekieste Auffahrt herauf. Mit geradem Rücken und hoch erhobenem Kopf schritt Frau Moormann ihren Gästen entgegen. Kelpie führte sie an kurzer Leine neben sich.

»Die Blonde, die da gerade aus dem Cabrio steigt – das ist Petra Hübner.« Schwab deutete auf eine vollschlanke Person, die eine Art folkloristischen Flickenrock trug, dazu ein Oberteil aus schwarzem Samt, das ihre großen Brüste betonte. Ein Gewusel blonder Locken türmte sich auf ihrem Kopf, der lebhaft von hier nach da ruckte.

Die Beifahrertür öffnete sich. Ein Mann mit Zopf kletterte aus dem Cabrio.

»Ihr Freund. Patrick Busch.« In Schwabs Stimme klang mit, dass massenweise Männer in Mühlenstedt lebten, die Petra Hübner ihm hätte vorziehen sollen.

Beladen mit Blechen voller Butterkuchen steuerten die beiden das Zelt der Zukunft an. »Herr Schwab!« Frau Hübner strahlte. »Der ist nur für Sie!« Sie streckte ihre Arme aus und hielt ihm ein Blech entgegen. Behutsam klaubte Schwab einen Streusel vom Kuchen, studierte ihn aufmerksam und steckte ihn sich in den Mund. »Delikat.«

Sie kicherte, stellte das Blech ab und wandte sich mir zu. Schon vorher hatte sie gelächelt. Nun leuchteten ihre Augen auf; offenbar hatte meine Ankunft in Mühlenstedt ihren Sommer gerettet. Sie reichte mir die Hand. »Sie sind hier zu Gast?«

»Vorübergehend.«

Ihr Lächeln sagte mir, dass es in Mühlenstedt nichts Vorübergehendes gab. Dieses Lächeln gefiel mir eigentlich nicht so recht. Es war auf ihren Mund geklebt, künstlich wie ihre Frisur, die ich allerdings bewunderte. Es hatte lange gedauert, bis ich mein eigenes Haar zu einem französischen Zopf geflochten hatte, der nicht bei der kleinsten Bewegung auseinander fiel. Mein Zopf war lächerlich im Vergleich zu dem, was sie zu bieten hatte: eine Art zausigen Bienenkorb, garniert mit Stäbchen und Spangen. Drei Locken waren entwischt – oder mit Überlegung befreit worden – und flogen um ihren Kopf. Ihre Hände tanzten wie von unsichtbaren Fäden bewegt. Patrick Busch – der Freund – schlang einen Arm um ihre Hüfte. Seine froschhaften Augen, die hinter einer winzigen runden Drahtbrille steckten, blickten mich neugierig an. »Hi«, sagte er und reichte mir seine freie Hand. »Ich bin Patrick.«

»Esther. Hallo.«

Er lächelte nicht. Sein Gesicht wirkte wachsam. Offenbar erwartete er, ich würde im nächsten Augenblick etwas Außergewöhnliches tun, zum Beispiel die Arme ausbreiten und davonfliegen. Unvermittelt sagte er:

»Ich habe gespürt, dass ich heute jemanden von draußen treffe.«

Das Lächeln rutschte aus dem Gesicht seiner Freundin. »Patrick, bitte verschone Esther mit deinem Gespür.«

»Das ist schon in Ordnung«, sagte ich.

Schwab lachte trocken. »Fordern Sie ihn nicht heraus.«

Patrick beachtete die beiden nicht. Er musterte mich so

intensiv, als wollte er mir mit seinem Blick etwas mitteilen. Sein Blick sagte mir aber nichts. Frau Hübner lächelte schon wieder, schien jedoch bestrebt, ihren Freund von mir wegzuziehen.

»Sie können etwas aushalten, Esther«, sagte er. »Das lese ich in Ihren Augen.«

Ich blinzelte. »In meinen Augen steht nicht zufällig, wo ich meine Freundin finde? Meret Völkner, sagt Ihnen das was?«

Frau Hübner zupfte an seinem Arm. »Da kommt Dr. Brettfeld!« Sie winkte. »Hier sind wir! Hi-ier!!«

»Bärbels Arzt«, sagte Schwab.

»Wer ist Bärbel?«, fragte ich.

»Annas Schwester«, sagte Schwab.

Eine Familie näherte sich: Marzipanhaut, viel Mund, wenig Nase. In den beiden kleinen Jungen erkannte man sofort die Geschwister. Auch Dr. Brettfeld schien eher der Bruder als der Mann seiner Frau zu sein. Er sah so aus, als könnten ihm ein oder zwei Spareribs gut tun. Das Lächeln, mit dem er uns begrüßte, wirkte angespannt. »Brettfeld«, sagte er und reichte mir die Hand. Auf den Doktor verzichtete er. Der umgab ihn sichtbar genug. »Sie sind gerade aus Hamburg eingetroffen?«

Sein gestriges Telefonat mit Frau Moormann hatte ihn offenbar auf den neuesten Stand gebracht.

»Mama, wir holen uns Hamburger«, rief der kleinere seiner Söhne.

»Mit voll viel Ketchup!«, fügte der größere hinzu. Mit enthusiastisch schlenkernden Armen rannten die Jungs davon.

»Sie machen Urlaub in Mühlenstedt?« Frau Brettfeld sah zart und freundlich aus und sehr besorgt – sie sah aus wie eine von dunklen Ahnungen geplagte Frau, die sich von allen Seiten bedroht fühlt.

Ich schüttelte den Kopf und machte einen Schritt auf die Brettfelds zu. Ich konnte spüren, wie Schwab das Ganze interessiert beobachtete. Dr. Brettfeld machte die Augen schmal und musterte mich.

»Kannten Sie Meret Völkner?«, fragte ich.

»Wen?«, fragte Dr. Brettfeld.

»Schau, Lutz, die Bayers!« Frau Brettfeld fasste nach dem Arm ihres Mannes. Er ignorierte sie.

»Haben Sie Meret Völkner mal kennen gelernt?« Groß und lästig hing meine Frage zwischen uns. Ich zwang mich, dem Blick des Doktors standzuhalten.

»Meret Völkner.« Er sagte den Namen langsam. Für einen winzigen Moment passierte ihm etwas. Seine Augen wurden durchsichtig. Unten, auf dem Grund, schimmerte etwas Menschliches auf. Ich sah in die Augen eines Mannes, der vor Angst halb verrückt war. Angst um seine Kinder, seine Frau, Angst um sich selbst.

»Erinnern Sie sich nicht, Dr. Brettfeld?«, fragte Schwab.

Der Schimmer verschwand. Die Augen wurden neblig. Die Menschlichkeit verließ den Doktor. Er straffte sich und schenkte uns die Art von Lächeln, die beruhigen und zugleich signalisieren soll: Alles in Ordnung, und übrigens, ich habe wirklich Wichtigeres zu tun.

»Meret Völkner«, sagte ich. »Meine Freundin.«

»Ach ja?«, fragte er.

»Ja«, sagte ich.

»Nein«, sagte er. »Ich erinnere mich nicht.« Seine Stimme klang nett und höflich. Die Unterhaltung näherte sich ihrem Ende, ohne dass wir uns unterhalten hatten. Er hatte mir eindeutig nichts zu erzählen. Weil er mir eindeutig nichts erzählen wollte. Die Brettfelds verließen das Zelt. Frau Hübner folgte ihnen, ihren Freund im Schlepptau.

»Das hat Dr. Brettfeld gar nicht gefallen.« Schwabs Stimme holte mich aus meinen Gedanken zurück in den Garten. Er zückte sein Notizbuch und schrieb etwas hinein. »Machen Sie weiter so. Woher weiß er übrigens, dass Sie aus Hamburg kommen?«

»Er hat sich wohl vorbereitet. Was machen Sie da eigentlich, Herr Schwab?«

Er lächelte. »Ich schreibe auch, müssen Sie wissen. Davon erzähle ich Ihnen ein andermal.«

Meine Augen suchten den Doktor, der sich offenbar in letzter Sekunde gegen die Bayers und für Frau Moormann entschieden hatte. Leise redete er auf sie ein. Seine Frau hatte es ebenfalls nicht bis zu den Bayers geschafft. Nur wenige Meter entfernt unterhielt sie sich mit Frau Hübner über ein Grundschulkonzert, das für die nächste Woche geplant war. Im Wesentlichen ging es um Blockflöten. Beide Frauen wirkten verkrampft und unglücklich. Ich war mir sicher, dass sie lieber über etwas anderes gesprochen hätten. Über etwas, das mit der Furcht in ihren Gesichtern zu tun hatte; etwas, von dem sie beide wussten und über das zu reden sie nicht wagten.

Zwischen Bänken und Bäumen näherte sich Anna. Nach der Anspannung, die mir in den Mienen der anderen begegnet war, hatte ihr glückliches Gesicht etwas Ermutigendes. Sie bot uns einen Teller mit Lachs- und Kaviarhäppchen an. »Was sagst du zu Patrick?« Sie zwinkerte.

Ich nahm mir ein Häppchen. »Ist er ein Wahrsager oder so was?«

»Jedenfalls hält er sich selbst dafür. Aber eigentlich hilft er im Geschäft seiner Freundin aus. Im Babyland. *Alles für Ihr Kind.*«

Anna kam allmählich in Fahrt. Offenbar hatte sie die

letzte halbe Stunde genutzt, den neuesten Dorfklatsch zusammenzutragen. Ihre Worte schwirrten um mich herum, sprangen von hier nach da. In der Nacht von Montag auf Dienstag hatte sich ein Unbekannter auf dem Marktplatz erbrochen; dabei hatte auch das Denkmal einen Teil abbekommen. Der Stadtverein hatte die Säuberung des Denkmals übernommen und plante jetzt eine umfassende Restaurierung. Im Reitstall Baccara hatte eine Stute einen Zyklopen geboren, ein Fohlen mit nur einem Auge auf der Stirn. Martina Brettfeld, die Frau des Doktors, fütterte ihre Katze neuerdings mit Getreideflocken und Tofu. Und jemand hatte Matthias Kabermann, den Sohn des Polizeichefs, hinter dem Imbiss mit der Tochter des Bürgermeisters knutschen gesehen ...

Schwab schrieb und schrieb. Anna redete und redete. Immer wieder huschte ihr Blick zum Gartentor.

»Wartest du auf jemanden?« Ich nahm mir noch ein Häppchen.

Sie nickte, ging aber nicht darauf ein. »Hach, ich muss ja Dr. Brettfeld noch wegen des Tees...«

Mit einem Knall klappte Schwab sein Notizbuch zu. Seine Stirn hatte sich in Falten gelegt – eine Stirn wie eine Straßenkarte, unzählige Linien, die von hier nach da führten. »Sie geben nichts auf meinen Rat, Anna, hier ist er trotzdem: Denken Sie noch einmal in Ruhe darüber nach, ob ein Krankenhaus nicht besser für Ihre Schwester wäre.«

Ihr Gesicht wurde flach und hart. »Und denken Sie noch einmal in Ruhe darüber nach, ob Sie sich nicht besser raushalten sollten.« Mit erhobenem Kopf rauschte sie davon.

»Ja«, sagte Schwab. »Stil hat sie ja.«

»Die beiden auch.« Ich deutete auf die Brettfeld-Söhne und konnte ein Lachen nicht unterdrücken. Mit gekreuzten

Beinen und seligen Gesichtern saßen sie im Gras und stopften sich Hamburger in die Münder. Ketchup kleckerte ihnen aus den Mundwinkeln und tropfte auf ihre T-Shirts. In diesem Moment fiel es mir zum ersten Mal auf.

Nur die Kinder aßen.

Nun, das stimmte nicht ganz. Doch die Erwachsenen hielten sich auffällig zurück. Als gäbe es da irgendetwas, das ihnen den Appetit verdarb.

»Und wo ist Herr Mollner?«, fragte ich.

»Der lässt mal wieder auf sich warten.« Schwab sah sich um. »Ich denke, ich werde Frau Moormann ...«

Er verließ das Zelt. Nach einer Weile ging ich in die andere Richtung davon.

Zwischen den Rosenstöcken wimmelte es jetzt nur so von Gästen. Viele Frauen konnten stolz ihre runden Bäuche präsentieren. Familien picknickten an den Holztischen. Kinder spielten. Aus Boxen, die in den Obstbäumen klemmten, plätscherte Popmusik, die überhaupt nicht zu der gespannten Atmosphäre passte. Ich nahm mir vom Buffet ein Hühnerbein. In der Nähe unterhielten sich zwei junge Mädchen. Die eine, deren hübsches Gesicht durch ein Nest entzündeter Pickel verschandelt wurde, balancierte auf einem Pappteller ein Grillrippchen. Die andere, die immer wieder nervös an ihren Fingernägeln zupfte, knabberte an einer Pastete.

»Aber ich war bei der vorletzten Fete dabei, Sara«, sagte die mit dem Rippchen und betastete abwesend einen Pickel auf ihrer Stirn.

Das Gesicht der anderen wurde hell und ängstlich. Ihr Atem beschleunigte sich. »Und? Wer war's?«

»Die aus der Pension. Diese Schriftstellerin.«

Ganz still stand ich da. Meine Hand, die das Hühnerbein hielt, war auf halbem Weg zum Mund erstarrt.

Das Mädchen mit der Pastete – Sara – kaute eine Weile an der Antwort der anderen herum. »Warum ausgerechnet die Schriftstellerin, Ellen?«, fragte sie unsicher.

Ellen zuckte die Schultern. »Da steig ich sowieso nicht durch. Ob's da ein System gibt oder so.«

Wieder ein kurzes Schweigen. »Ich war letzte Woche bei Patrick Busch.« Sara errötete, steckte sich einen Finger in den Mund und biss den Nagel ab. »Erzähl's aber bloß nicht weiter.«

»Echt? Und? Was hat er gesagt?«

»Ich soll mir keine Sorgen machen. Nicht in der nächsten Zeit.«

Ellen seufzte. Der Pickel auf ihrer Stirn blutete. »Der rät doch auch nur rum. Der könnte sich doch statt seiner Tarotkarten genauso gut unsere Schuhsohlen ansehen.«

»Annette ist damals zu ihm gegangen, weißt du noch? Er hat ihr gesagt, er würde sie sehen; das Schloss sehen.«

Ellen schnaubte verächtlich. »Gerede.«

»Ja, aber Annette war die Nächste.«

Ellen blieb ungerührt. »Muss ein Glückstreffer gewesen sein.«

»Was glaubst du, wer heute dran ist? Mein Tipp ist die Schwarzhaarige. Die von draußen.«

»Die mit der Schwester, die immer schläft? Glaub ich nicht.«

»Vorletztes Mal war's jemand aus der Pension. Letztes Mal einer aus Mühlenstedt. Gero Meißen, du weißt doch. Dann ist diesmal wieder jemand aus der Pension dran.«

»So funktioniert das nicht, Sara. Es gibt kein System. Sonst hätte das doch irgendjemand längst rausgekriegt.«

Mit dem angebissenen Hühnerbein stand ich da und versuchte meine Gedanken zu ordnen. Sara hatte das, was auf ihrem Teller lag, in winzige Krümel zerlegt und warf diese nun einem Spatzen zu, der im Gras herumpickte. Ihre Hände zitterten leicht. »Würdest du mit Mollner gehen?«

»Könnte ich mir doch sowieso nicht aussuchen.« Geistesabwesend rührte Ellen mit einem Finger die Ketchup-Pfütze auf ihrem Teller um. Ich trat einen Schritt auf die beiden zu. »Kann ich euch mal was fragen?«

Sie fuhren herum und starrten mich an, als sei ich unversehens aus feurigen Tiefen emporgestiegen, um sie mit einem Hühnerbein zu erschlagen. Ich lächelte. »Ich habe zufällig gehört, wie ihr von einer Schriftstellerin gesprochen habt.«

Ellen ließ ihren abgenagten Knochen fallen. Sara wurde weiß wie Schlagsahne. Sie schauten mich an, schauten einander an, stellten ihre Teller ab und ließen mich stehen.

Verwirrt sah ich ihnen nach. In meinen Schläfen meldete sich ein Stechen. Patrick Busch, dachte ich plötzlich. Was hat er dieser Sara erzählt? Was bedeutet das alles?

Obwohl ich überall im Garten nach ihm suchte, war Patrick Busch nirgends zu entdecken. Es war unglaublich schwül. Viele Leute tanzten jetzt. Sie hielten sich nicht zurück, schlangen ihre Körper umeinander und küssten sich mit fast hysterischer Energie. Die Szene hatte etwas Gieriges. Immer wieder musste ich zu diesen hungrigen Menschenleibern hinübersehen. Ich wollte nicht hinschauen, aber meine Augen gehorchten mir einfach nicht. Dann sah ich jenseits der Tanzfläche auf einer Bierbank Frau Moormann sitzen. Sie streichelte Kelpie, der seinen Kopf auf ihre Knie gelegt hatte. Als sie meinen Blick bemerkte, lächelte sie. Ich ging zu ihr hinüber.

»Meine Freundin fehlt mir.« Ich erwiderte ihr Lächeln nicht, wartete einfach darauf, dass sie etwas sagte.

»Es ist ein Jammer, dass Frau Völkner Mühlenstedt verlassen hat.«

»Da ist etwas passiert.« Ich lächelte immer noch nicht.

»Ich denke, Herr Mollner wird Sie völlig beruhigen können. Er müsste jeden Augenblick eintreffen.«

Zum ersten Mal, seit ich sie kannte, glaubte ich ihr.

Kelpie seufzte leise. Ich sah zu ihm hin. Sein Blick wanderte von mir fort, zum Zelt der Zukunft. Dort saß Patrick Busch.

Unter der Zeltplane roch es nach feuchtem Gummi und nach Räucherstäbchen. Patrick hatte sich über die Hand einer Frau gebeugt. Die Frau lauschte konzentriert; ihre Lippen waren leicht geöffnet. Er sagte etwas, aber ich konnte seine Worte nicht verstehen. Die Frau nickte. Wieder sprach er. Wieder nickte sie. Er ließ ihre Hand los. Sie holte ihr Portemonnaie hervor und reichte ihm einen Geldschein. Dann verließ sie das Zelt. Ich setzte mich auf den frei gewordenen Stuhl.

»Erzählen Sie«, sagte ich.

Patrick nahm meine Hand. Mit dem Zeigefinger zeichnete er behutsam die Linien auf meiner Handfläche nach. »Ich darf das nicht«, sagte er. »Es gibt Leute, denen das, was ich so treibe, nicht in den Kram passt. Wenn die sehen, dass ich jemandem aus der Hand lese, der nicht von hier ist – also, das würde denen gar nicht gefallen.«

»Von wem reden Sie eigentlich?«

Rasch sah er sich um. »Wenn ich ehrlich bin: von allen. Die Leute behalten einander im Auge. Sie mögen es nicht, wenn jemand von Mollner spricht. Vom Schloss.« Er ließ meine Hand los und sah mir zum ersten Mal ins Gesicht. »Ich hab's gewusst. Sie lassen sich nicht einsperren.«

»Was ist mit diesem Schloss? Was ...«

»Patrick!« Wie aus dem Nichts war im Zelt der Zukunft Petra Hübner aufgetaucht. In der letzten halben Stunde war ihrer Stimme die Freundlichkeit abhanden gekommen. »Was machst du da?«

Vor meinen Augen verwandelte sich der Wahrsager, das Medium, in einen kleinen Jungen, der sich anschickt, ein Verbot zu übertreten, und dabei prompt erwischt wird.

»Was denn, Petra?«

»Was tust du da mit Frau Birk?« Sie bemühte sich vergeblich zu flüstern. Ihre Stimme klang laut und erregt.

»Ich habe ihn gebeten, mir etwas über meine Zukunft zu erzählen«, sagte ich.

»Wir waren gerade fertig«, fügte Patrick rasch hinzu.

Eine junge Frau, ungefähr in meinem Alter, näherte sich. »Patrick? Haben Sie Zeit ...« Sie stockte, schaute erst mich, dann Frau Hübner an und verstummte.

Patricks Gesicht sah verwirrt aus. Trotzdem gelang ihm ein Lächeln. »Setzen Sie sich.«

Ich gab den Stuhl nicht frei.

Bittend sah er mich an. »Nach der Party, Esther.«

»Ich warte in der Halle.«

Als ich das Zelt verließ, spürte ich im Rücken die Blicke von Petra Hübner. Doch ich spürte auch eine neu erwachte Zuversicht. Ein esoterischer Spinner in Pluderhosen, der vielleicht kein Spinner war, würde mir helfen. Nach der Party. Von hinten legte sich eine Hand auf meine Schulter.

»Er nimmt Bedürftigen ihre ungeeigneten Träume ab und verbessert das Muster ihrer Phantasien«, sagte Schwab. »Wollen Sie sich wirklich darauf einlassen?«

»Welche Wahl habe ich denn?«

Wir setzten uns auf eine Bank. Alex mit seinem Perlenzahnlächeln gesellte sich zu uns, in der Hand einen Teller voller Hamburger.

»Warum machen eigentlich alle so ein Theater wegen diesem Mollner?«, fragte ich.

Schwab sah mich an. Seine Augen waren fast durchsichtig und erinnerten an Teiche, auf deren Grund verschlungene Algenfädchen wachsen. »Ja«, sagte er. »Darauf kommt es an: Warum?« Er nestelte sein Notizbuch hervor.

Alex zuckte die Schultern. »Er ist eben eine Persönlichkeit in Mühlenstedt. Besitzt eine Menge Grund und noch mehr Geld. Zerbrich dir nicht den Kopf über ihn, Esther. Genieß lieber die Party.«

Er rückte etwas näher an mich heran. Ich spürte seine Wärme. Wir bissen in unsere Hamburger, kauten, schluckten das Fleisch und alle weiteren Worte hinunter und schauten über den Rasen. Frau Moormann verteilte Muffins in Nestern aus pinkfarbenem Papier. Ihr Bruder ließ ein halbes Dutzend Dreijähriger auf seinen fleischigen Knien reiten. Frau Brettfeld flirtete mit einem jungen Mann, der etwas zu viel für seinen Bizeps getan hatte. Ich sah das alles, und während ich es sah, ging mir immer wieder derselbe Gedanke im Kopf herum. Eigentlich kein Gedanke. Eine Gewissheit.

Sie feiern ihre Party nicht zum Vergnügen.

So verschieden sie auch waren, eins hatten sie gemeinsam: Angst. Die Angst hing in der Luft wie ein süßer, leicht betäubender Geruch. Dabei ging es den Leuten doch gut. Sie sahen aus wie Leute, die alles hatten, was sie sich wünschten.

»Das ist nicht die Zeit zu grübeln, Esther«, sagte Alex. »Amüsier dich lieber.«

Nachdenklich musterte ich ihn, bemüht, in seinen Augen etwas zu lesen. Was wollte er mir sagen? Ich konnte keine Beziehung zu diesen Augen herstellen. Es war, als schwebe zwischen ihnen und mir ein feiner Nebel.

Entschlossen erhob ich mich. »Kommen Sie, Herr Schwab.«

Schwab, der in brütender Stellung dagesessen und in seinen Notizen gelesen hatte, fuhr zusammen. Ich ergriff seine Hand und zog ihn hoch. Alex' Gesichtsausdruck schwankte zwischen Verblüffung und Ärger. Sein Problem, dachte ich, führte Schwab zur Tanzfläche und legte ihm zielstrebig eine Hand auf die Hüfte. Wir tanzten die ersten Schritte. Ich zog Schwab näher an mich heran, so nah, dass ich ihn riechen konnte. Leder. Wieso roch er nach Leder? Ich legte meinen Kopf an seine Schulter. Mein Blick wanderte durch den Garten.

An den Kindern merkt man zuerst, wenn sich etwas anbahnt. Wie zornige kleine Fledermäuse flitzten sie zwischen den Tischen umher. Manche von ihnen flitzten auch nicht; manche von ihnen hackten mit Kuchengabeln auf Nacktschnecken ein oder fingen Pfauenaugen und Zitronenfalter, um ihnen die Flügel auszureißen. Gläser zerbrachen. Die Frauen lachten zu laut. Die Männer tranken zu viel. Ich fühlte mich wie im Innern eines Dampfdrucktopfes, der dem Siedepunkt entgegenkochte und seinen Inhalt jeden Moment über die Rosenstauden zu verspritzen drohte.

Frau Moormann stand an einem der Buffettische und knabberte abwesend an einem Chicken Wing. Auch Kelpie kaute eifrig auf etwas herum. Zwischen seinen Lefzen hing ein Lappen Hühnerhaut. Auf einmal wurde er starr. Diese Starre dauerte ein paar Sekunden, dann begann er so heftig zu zittern, dass es ihn beinahe umwarf. Er heulte auf; das Heulen verklang in einem kläglichen Winseln.

Die Musik war mitten im Takt durchgerissen. Stille legte sich auf uns wie eine schwere Hand. Kelpie duckte sich, kroch rückwärts unter den nächsten Tisch und riss dabei das Tischtuch einschließlich Salatschüsseln, Sektflaschen und Geschirr zu Boden. Ein kurzer Lärm, dem ein Schweigen folgte, das sich endlos dehnte. In Säulen oder Statuen verwandelt, standen die Leute auf dem Rasen. Auch ihre Kleider schienen plötzlich verändert, die Farben leuchtender, die Stoffe veredelt. Ihre Gesichter waren bleich, doch zugleich glänzten ihre Augen.

Schwab hielt mich noch immer im Arm. Ich spürte sein Herz an meiner Brust schlagen, aber ich wusste schon, dass es nicht meinetwegen klopfte. Er hatte jemanden entdeckt, der hundertmal spannender für ihn war als eine fünfundzwanzigjährige Studentin.

Suchend schaute ich umher und landete beim Zelt der Zukunft, wo Patrick Busch noch immer auf seinem Klappstuhl saß, reglos und gebannt. Ich folgte seinem Blick.

In dem Moment, wo der Mann den Garten betrat, füllte er ihn bereits aus. Ein Wunsch, den ich einmal gehabt hatte, mit sechzehn oder siebzehn, und den mein Sinn für Realität abgeschliffen hatte, griff wieder nach mir, ein Energiestoß bis an die Grenze, wo es wehtat. Hier war er, der Mensch, dem ich mich vorbehaltlos öffnen, der alle Verkrustungen und allen Schorf lösen, der die Risse in meiner Seele aufspüren würde und ...

Ich schüttelte den Kopf und versuchte mich an etwas festzuhalten. Der Garten roch nach Rosen, mit einem Hauch von Hamburgern. Auf der Straße fuhr ein Auto vorbei. Im Gras lag eine Bierflasche, in der eine Wespe betrunken gegen das Glas taumelte. Ich griff nach den Hamburgern, dem Auto, der Wespe und zog mich von dem Mann weg.

»Mollner«, sagte Schwab leise.

Er war Mitte oder Ende vierzig. Weder sah er besonders gut aus noch war er auffallend gekleidet. Doch er war da, mehr als irgendjemand sonst im Garten. Sogar die Gesetze des Raumes hob er aus den Angeln, als er sich nun in Bewegung setzte und dadurch den Mittelpunkt des Gartens einfach verschob. Offenbar wusste er, was er der Gastgeberin schuldete: Sie war die Erste, der er die Hand schüttelte. Still hatte sie auf ihn gewartet. Nun konnte sie ihre Gefühle nicht länger für sich behalten: Ihr Gesicht strahlte. Für sie, das spürte ich, war Mollner nicht einfach der Mann, der vor ihr stand. Sondern wohl auch das, worauf sie Tag und Nacht wartete.

Doch Anna war bereits auf dem Weg. Ihre Haut hatte einen Karamellton angenommen. Sie warf das Haar in den Nacken und sah Mollner mit einem Ausdruck an, als hoffte sie nur eins: dass er sich über sie beugen und seine Lippen auf die ihren drücken würde. Sie reichte ihm ein Sektglas, nahm ihn am Arm und zog ihn mit sich fort. Frau Moormann sah den beiden nach wie eine im Stich gelassene Königin.

In diesem Moment kam mir der Gedanke, dass unsere Gastgeberin diesen Mollner mit einer Leidenschaft wollte, die ihr jede Grausamkeit ermöglichte.

Ein grauer Schatten huschte über den Rasen, eine zausige Katze, die sich von irgendwoher in den Garten geschlichen hatte. Mit aufgestelltem Schwanz folgte sie Mollner. Eine zweite, kleinere Katze schob sich aus einem Rosenstrauch hervor. Mollner blieb stehen. Die Graue rieb sich an seinen

Beinen. Die zweite Katze setzte sich ins Gras und wartete mit ordentlich um ihre Pfoten geringeltem Schwanz. Mollner bückte sich und streichelte beide. Immer mehr Katzen tauchten auf. Aus allen Ecken schlüpften sie in den Garten und scherten sich nicht um Kelpie, der wohl noch immer unter seinem Tisch kauerte. Ruhig und aufmerksam saßen sie da, leckten sich die Pfoten, putzten ihre Gesichter, blinzelten und achteten scheinbar nicht auf Mollner. Aber zwischen den Katzen und ihm waren dünne Fäden gespannt. Manchmal streckte er eine Hand aus, dann trat eine der Katzen vor und stieß ihr Köpfchen hinein. Mollner sprach mit Anna, doch eigentlich sprach er mit den Katzen. Fasziniert beobachtete ich dieses Schauspiel. Auf einmal wandte er den Kopf und sah mich an. Ein Kribbeln lief meine Arme hinauf. Erst wollte ich auf den Boden schauen. Dann nahm ich mich zusammen, blieb einfach still stehen. Es war seltsam, seinen Blick auszuhalten, die immer weiter ansteigende Spannung – eine Art Armdrücken mit den Augen. Ich konnte meine eigenen Gedanken in Mollners Gesicht gespiegelt sehen: dass ich mich weigerte, dem Eindruck, den er mir machte, allzu große Bedeutung beizumessen. Dass ich herausfinden wollte, was sich zwischen ihm und Meret abgespielt hatte. Für den Bruchteil einer Sekunde sah ich hinter der Leere, die er wie ein Tuch über sein Gesicht gebreitet hatte, ein Dunkel, das tiefer reichte als jedes Dunkel, das ich je empfunden hatte. Dann kehrte die Leere zurück. Doch diesmal bemerkte ich die Herausforderung, die darin lag.

Oder aber, dachte ich, das Ganze ist Einbildung, und er überlegt gerade, ob er sich den ersten Hot Dog genehmigen soll.

Mollner steckte die Hände in die Hosentaschen, sagte etwas zu Anna und schlenderte über den Rasen davon, unabhängig von ihr, von mir, von irgendeinem Menschen. Schwab, der noch immer neben mir stand, schrieb wie besessen. Der Bleistiftstummel flog über die Seiten seines Notizbuchs.

»Herr Schwab?«

Er fuhr hoch und sah mich an, sah zu Mollner hinüber, der sich langsam zwischen den Obstbäumen entfernte, steckte hastig sein Büchlein weg und schlug ebenfalls den Weg Richtung Obstbäume ein. Er machte nicht den Eindruck, als wollte er Mollner ansprechen. Eher, als wollte er ihn im Auge behalten.

Mit der hereinbrechenden Nacht hatte die Hitze noch zugenommen. Die Musik ließ mit ihren Stößen die Rosenstöcke erzittern. Manchmal sah ich Mollner zwischen den anderen Gästen auftauchen. Einmal setzte er sich zu Alex, einmal redete er mit Frau Moormann. Aber er schien sich für niemanden zu interessieren. Und niemand sprach ihn an. Bis auf Anna, die sich vergeblich mühte, ihn in eine Unterhaltung zu verwickeln.

Es war fast schon komisch, wie ich immer wieder zu Mollner vorzustoßen versuchte. Schließlich hatte ich ihn beinahe erreicht, da zog mich Alex in ein Gespräch. Als ich mich endlich von ihm losmachen konnte, war Mollner schon wieder im Gedränge verschwunden.

Inzwischen wurde erneut getanzt, aber ruhiger diesmal, weniger hungrig. Die Leute schienen auf der Hut zu sein. Als würde sie etwas aus der Dunkelheit heraus belauern. Allmählich begann die Müdigkeit mir wehzutun. Auf der menschenleeren Veranda sank ich in einen Sessel. Mit halb geschlossenen Augen lauschte ich dem an- und abschwellenden Summen der Gespräche. Nach einer Weile mischte sich in das Summen ein leiser, dünner Ton. Da weinte ein Kind.

Es war kein Kind. Das wildfarbene Fell der Katze war mit rötlichen und schwarzen Streifen gebändert. Sie saß auf dem Geländer der Veranda und sah mich nicht an. Aus golden marmorierten Augen starrte sie auf einen Punkt über mir. Ich folgte ihrem Blick. Eine Hand legte sich um mein Herz und drückte zu. In dieses Gefühl der Enge mischte sich eine erhöhte Klarheit – der Organismus versuchte, die innere Balance zu wahren. Ich wünschte mir Schwab an meine Seite. Alex. Sogar Dr. Brettfeld wäre mir recht gewesen.

»Wenn ich das richtig sehe, wurden wir einander noch nicht vorgestellt«, sagte Mollner.

Seine Stimme tropfte mir wie Sirup auf die Brust. Ich wollte ihn auf der Stelle noch einmal sprechen hören. Doch zugleich fühlte ich mich ganz schutzlos und verloren. Irgendwie hatte mir seine Stimme die Haut abgezogen.

»Ich bin Esther«, sagte ich und legte meine Hand dorthin, wo jeder Mensch die Hand hinlegt, wenn er *Ich* meint. Als müsse ich mir in Erinnerung rufen, wer ich sei. Als müsse ich mich schützen. Mich. Seine Augen hatten die Farbe von Perlmutt. Ich hatte noch nie solche Augen gesehen.

Er setzte sich. Die Katze sprang auf seinen Schoß. Er legte ihr eine Hand ins Genick, eine Besitz ergreifende und zugleich liebevolle Geste. Die Katze schloss die Augen und schnurrte los, als würde er alles tun, was sie sich jemals gewünscht hatte.

Aufmerksam sah Mollner mich an. Ich lauschte seinem Schweigen, roch den Duft, der von ihm ausging. Ein seltsamer Duft, nach Meerwasser und regennassem Moos. Dann merkte ich, dass mein Atem den Rhythmus seines Atems angenommen hatte. Ich hielt die Luft an.

Er beugte sich vor, kam ganz dicht heran. Seine Augen forschten in meinem Gesicht und richteten sich dann auf einen Punkt zwischen meinen Brüsten. Ein Sog ging von diesem Blick aus. Es tat nicht weh, im Gegenteil. Es war angenehm. Als würde sich Mollner behutsam auf meine Frequenz einstellen. Alles, Gedanken und Gefühle, fächerte sich auf. In diesem offenen Moment wurde etwas aus mir herausgelöst. Es machte mir Angst, aber zugleich entspannte sich alles in mir. Ich hätte gern losgeheult. Doch meine Augen blieben trocken.

In der Ferne knallte ein Korken. Ich zuckte zusammen. Mollner lehnte sich zurück. Die Katze blieb ruhig sitzen. Er strich ihr über den Rücken. Ihr Schnurren schwoll zu einem Brummen an. Doch er fuhr nicht fort, sie zu streicheln. Geistesabwesend ruhte seine Hand auf seinen Knien. Sanft, aber nachdrücklich legte ihm die Katze eine Tatze auf die Finger. Er kam zu sich, begann erneut, den kleinen Körper zu liebkosen. Auf einmal konnte ich sehen, dass er noch ein anderer war. Verletzlich wie ein junger Vogel kam er mir vor. Die Katze konnte mit ihm spielen, konnte ihm das Herz herausreißen, ihn auseinander nehmen, Stück für Stück. Und wenn sie keine Lust mehr auf ihn hatte, würde sie gehen. Einfach so.

»Sie machen Urlaub in Mühlenstedt?«

Der Widerschein eines Windlichts, das von der Verandadecke hing, fiel schräg auf seine Augen.

»Was?«, fragte ich verwirrt. »Ja. Ja.«

Aber so war es doch nicht. Ich war hier, weil ich meine Freundin suchte.

Eine Freundin. Ich hatte Fragen stellen wollen. Die Fragen

und die Freundin waren nicht mehr da. Ich versuchte mich auf Meret zu konzentrieren. Während ich meine Gedanken noch um sie versammelte, hörte ich ein Knarren, leise und aus der Ferne. Eine Tür, die ich lange fest verschlossen hatte, öffnete sich. Hatte ich mir das nicht gewünscht? Hinter der Tür lag meine Vergangenheit. Der Weg zu der Tür war nicht mehr weit. Ich konnte ihn mit Leichtigkeit gehen, jederzeit. Ich musste nur erzählen. Und ich wollte erzählen. Von mir. Meinem Vater. Von dem, was ich fühlte, dem Dunkel, meiner Angst davor. Plötzlich schien es möglich, dass, wenn ich meine Angst in Mollners Hände legte, er stark genug sein könnte, meine Angst festzuhalten und fortzutragen.

»Nun?«, fragte er leise.

Anfangs merkte ich kaum, dass ich sprach. Als ich es merkte, fühlte es sich richtig an. Ich erzählte von dem Tag, an dem das Sonnenlicht Muster auf den Küchentisch gemalt hatte und die grünen Frösche springen ließ, mit denen meine blaue Schale bemalt war. Ich war vier Jahre alt und löffelte mein Mittagessen. Meine Eltern standen am Kühlschrank. Mein Vater sah sehr dünn aus. »Aber dieser Arzt kann dir vielleicht helfen«, zischte meine Mutter, und ich wusste, sie wollte nicht, dass ich sie hörte. Ich mochte ihr Zischen nicht, ich hasste es.

»Ich brauche keinen Arzt«, sagte mein Vater. »Du kennst das doch. Ich komme da wieder raus. Wenn ich mal in ein Loch falle, heißt das noch lange nicht ...«

»Ich hoffe, der Arzt hat etwas, womit er dein beschissenes Loch stopft«, zischte meine Mutter. »Oder vielleicht hat er ja wenigstens einen Deckel, den man über das Loch legen kann. Du gehst zu ihm, kapiert?«

Mein Vater schaute meine Mutter an. Still war er. Und dünn. Und obwohl er viel größer war als meine Mutter, sah er kleiner aus. Schließlich wandte er sich ab und verließ die Küche. Ich hörte seinen Wagen anspringen, kletterte auf meinen Stuhl und sah aus dem Fenster. Der Wagen rollte die Auffahrt hinunter, bog auf die Straße ein und verschwand. Ich sprang vom Stuhl und lief hinaus, durch den Vorgarten, auf den Gehweg.

»Ich habe geglaubt, er kommt nicht zurück.«

Ich fühlte mich leer, aber auf eine leichte Art. Eine gute Art.

»Kam er zurück?«, fragte Mollner behutsam.

Ich nickte. »In dieser Nacht hatte ich einen schlimmen Traum. Mein Vater saß in einem dunklen Zimmer, aber seine Augen waren ganz hell. Seine Augen waren wie aus Glas, tot. Ich lief zu ihm hin und nahm seine Hand, aber auch die Hand war tot. Weich und kalt fühlte sie sich an. Dann kam ein Mann im weißen Kittel herein. Er deutete auf eine Tür, und ich wusste, dass ich verschwinden sollte und ...«

Das Geräusch von Schritten, die sich über die Veranda näherten, ließ mich innehalten. Frau Moormann kam auf uns zu, in der Hand ein Tablett, darauf zwei dampfende Becher und ein Teller mit Kuchen. Kein Lächeln diesmal. Kein Muskel regte sich in ihrem Gesicht. Sie stellte das Tablett vor uns auf den Tisch.

»Danke, Greta«, sagte Mollner. »Sehr aufmerksam.«

Sie verließ die Veranda so wortlos, wie sie gekommen war. Er wandte sich wieder mir zu, doch die Verbindung war unterbrochen. Er kam mir so fremd vor, dass ich mich fragte, wie um Himmels Willen ich ihm von meinem Vater hatte erzählen können.

Unsicher schaute ich auf das Tablett. Der Kuchen war eine Biskuitrolle, in dicke, schimmernde Scheiben geschnitten; offenbar hatte Henning Moormann jede Scheibe einzeln mit einem Tuch poliert. Ich nahm mir ein Stück und biss hinein. Eine süße Wolke füllte meinen Mund, eine klebrige Creme, die, während ich kaute, immer mehr zu werden schien.

Es gibt eine Süße, die so stark ist, dass sie im Mund weh tut, ja sogar brennt. Eine unerträgliche Süße. Ich spuckte den Kuchen in meine Hand. Verlegen wischte ich mir die Finger am Tischtuch ab.

»Nanu?«, fragte Mollner.

»Tut mir Leid. Ich glaube, das ist nichts für mich.«

Mollner reichte mir einen Becher mit Kaffee. »Zum Nachspülen.«

Ich schüttelte den Kopf. »Ich schlafe schon schlecht genug.«

»Hier? In Mühlenstedt? Warum das?«

»Mir geht zu viel im Kopf herum. Zum Beispiel frage ich mich, was mit Meret ist.«

Er nahm das ohne sichtbare Gemütsbewegung zur Kenntnis. »Es ist die Luft in Mühlenstedt, die manche Leute wach hält. Trinken Sie den Kaffee. Er ist wirklich gut.«

Ich nahm den Becher. »Wohin ist Meret gefahren?«

»Sie hat es mir nicht verraten.«

»Warum weiß hier eigentlich niemand irgendetwas?« Ich tunkte den Kaffeelöffel ein und rührte zornig. Ein Schwall des heißen Getränks spritzte mir in den Schoß. Der Fleck auf meinem Kleid war groß und schrecklich, und er war schön, er hatte die Form eines fliegenden Pferdes. Mollners Sessel knarrte. Ich blickte auf. Er hatte sich leicht vorgelehnt. Nun nahm er mir den Becher aus der Hand und stellte ihn beiseite. Unsere Gesichter waren auf einer Höhe. Seine Hand näherte sich dem Fleck. Wie erstarrt saß ich da. Er hielt inne. Seine Hand schwebte über meinem Schoß. Die

Welt bestand nur noch aus dieser Hand. Dann miaute die Katze. Mollner lehnte sich zurück. Die Katze bohrte ihre Krallen in seine Hosenbeine. Er streichelte sie. Das Tier schloss die Augen. Ich atmete tief aus.

»Kennen Sie die Begabung von Katzen, Esther?«

Ich schüttelte den Kopf.

»Eine Katze macht weiter. Auch wenn schon zwei Beine und der Schwanz ab sind. Auch wenn sie halb tot ist. Eine Katze gibt nicht auf.«

»Erzählen Sie mir, was mit Meret war.«

»Sie wohnte eine Zeit lang bei mir. Während sie bei mir wohnte, schrieb sie an ihrem Roman. Das ist alles.«

»Nein, das glaube ich nicht. Wieso ist Meret überhaupt bei Ihnen eingezogen?«

»Ich hatte sie eingeladen. Ich dachte, die Atmosphäre meines Hauses könnte sich günstig auf ihren Roman auswirken.«

»So günstig ja offenbar nicht. Warum ist sie abgereist?«

»Wegen ihres Romans. Das hat sie jedenfalls behauptet.«

»Und was behaupten Sie?«

»Dass ihre Zeit in Mühlenstedt abgelaufen war.«

Er stand auf. Die Katze sprang von seinem Schoß. Noch einmal sah er mich nachdenklich an. Dann verließ er die Veranda.

Ich versuchte mich zu entspannen. Ich versuchte auch, etwas Offensichtliches zu erkennen. Abgesehen von allem, was Mollner sonst sein mochte, war er ein Mensch. Nur das. In diesem klaren Moment konnte ich nicht begreifen, warum die Leute da draußen ihm jetzt mit dieser Mischung aus Furcht und Faszination entgegensahen. Warum sie zurückwichen und zugleich zu ihm hingezogen wurden.

Diesen klaren Moment wollte ich festhalten.

Ruhig stand ich auf. Mein Kleid klebte mir an den Oberschenkeln. Ich ließ es kleben. Mit einem hellwachen Gefühl verließ ich die Veranda.

Es hatte wohl wenig Sinn, Mollner zu folgen. Erstens würde er mir nichts mehr über Meret erzählen. Und zweitens war er sowieso längst in der Menge verschwunden.

Patrick Busch. Auf einmal packte mich die Angst, er könnte die Party verlassen, ohne dass wir miteinander gesprochen hatten. Über den Rasen eilte ich zum Zelt der Zukunft. Verblüfft und verwirrt blieb ich stehen.

Auch Mollner hatte es in das Zelt verschlagen. Die rechte Hälfte seines Gesichts wurde von einer Lichterkette rötlich erleuchtet; sein Gesicht sah so aus, als würde es bluten. Patrick Busch saß auf seinem Stuhl, keine Armlänge von Mollner entfernt, klein wie eine Schnecke. Die Pluderhosen hingen um seine Beine wie leere Tüten. Hinter ihm, die Hände auf der Lehne, als müsse sie sich stützen, stand seine Freundin, auch sie geschrumpft, mit ängstlichem Blick. Die Frau, die Butterkuchen auf großen Blechen buk, war verschwunden.

Mollner achtete nicht auf Petra Hübner. Oder auf mich. Die Art, wie er Patrick ansah, hatte etwas sonderbar und fast erschreckend Intimes. Plötzlich wandte er sich ab und verließ das Zelt. Patrick stand auf und folgte ihm. Ich wollte ihnen nach. Von hinten griff eine Hand nach mir und hielt mich fest.

»Nicht.«

Schwabs Gesicht sah steinern aus.

Ich versuchte seine Hand abzuschütteln. »Ich muss mit Patrick reden! Das ist wichtig!«

Mollner und Patrick stiegen in einen großen, silberfarbenen Geländewagen. Der Motor sprang an. Die Scheinwerfer flammten auf. Der Wagen wendete und rollte die Auffahrt hinunter.

»Scheiße«, sagte ich.

Innerhalb der nächsten Viertelstunde endete die Party. Der Garten leerte sich schnell. Autos fuhren davon, Rücklichter verschwanden in der Nacht. Die Katzen waren schon fort. Tische und Stühle wurden ins Gartenhaus getragen, Lichterketten aufgerollt, die Ordnung zwischen den Rosen wiederhergestellt. Frau Moormann, deren Gesicht mir müde und verzweifelt vorkam, warf Pappteller, abgenagte Knochen und zermatschte Kuchenstücke in einen Müllsack. Schwab blieb so dicht an ihrer Seite, als müsste er sie stützen. Petra Hübner sammelte ihre Backbleche ein. Sie bewegte sich langsam. Der Bienenkorb auf ihrem Kopf sah aus, als wäre jemand hineingetreten.

Dann verließen die letzten Gäste den Garten. Frau Moormann lockte Kelpie unter seinem Tisch hervor. Noch immer hing der Hühnerhautfetzen zwischen seinen Lefzen. Seine Hinterbeine waren mit Kot beschmiert. Sie legte beide Arme um ihn und schmiegte ihr Gesicht in sein Fell.

Alex saß in der Halle, in einer Ecke der Couch.

»Patrick Busch ist mit Mollner gefahren«, sagte ich. »Er sah total weggetreten aus.«

Alex überlegte. »Patricks Haus gehört Mollner, glaube ich«, sagte er langsam. »Und Patrick kann die Miete schon seit Monaten nicht mehr zahlen. Sieht so aus, als wollten die beiden da jetzt mal etwas klären.«

»Mitten in der Nacht?«

Er zuckte die Schultern. »Mollner ist selten da.«

»Über Meret hat er mir nichts erzählt.«

Missmutig sah Alex mich an. »Kannst du auch mal an was anderes denken?«

»Nein.«

Wir schwiegen.

»Wie fandest du ihn denn?«, kam es schließlich zögernd.

»Mollner?« Ich zwirbelte eine Haarsträhne um meinen Finger und zog daran. »Ein merkwürdiger Typ. Aber noch merkwürdiger finde ich, wie sich alle benehmen, sobald er auftaucht. Als hätten die Leute Angst vor ihm. Oder vor etwas, das mit ihm zu tun hat. Und zugleich sind sie völlig fasziniert.«

»Und du?«

Und ich?

»Pass bloß auf, Esther«, sagte Alex.

Aus Merets Aufzeichnungen. Mühlenstedt, Juli

»In meinem Gesicht gab es zwei Augen und in meinem Kopf ein Hirn. Doch ich wollte nichts sehen und auch nichts denken. Ich wollte lieber verzaubert sein. Ich fand es herrlich, verzaubert zu sein.

Mit meinem Laptop saß ich auf der Veranda. Immer häufiger arbeitete ich nachts. Die Nächte in Mühlenstedt waren mild und weich. In ihrer Stille konnte ich mich leicht in die Welten hineinversetzen, von denen ich schrieb. Nie zuvor hatte ich diese Welten so stark empfunden. Wenn ich jetzt von ihnen erzählte, kamen sie mir reicher und aufregender vor als das Leben, das ich lebte. Ich füllte den Bildschirm und löschte ihn wieder, spielte mit diesen Wirklichkeiten. Noch wollte ich mich für keine entscheiden.

Die Wochen vergingen. Kaum, dass sich die Tage voneinander unterschieden. Dann lud Frau Moormann eine Menge Leute ein. Ich wollte keine Menge Leute. Sie störten mich bei der Arbeit. Diese Arbeit verlangte nach Ruhe, auch tagsüber, nach zartfühlender Behandlung, und nicht nach einem Brunch auf der Veranda. Überhaupt spielte sich das Essen in Mühlenstedt zu sehr auf. Doch als draußen das Stimmengewirr begann und sich die vielfältigen Düfte durch das geöffnete Fenster hereinkräuselten, gelang es mir nicht, in meinem Zimmer zu bleiben.

Ich traf Herrn Mollner an einem der Buffettische. In dem Moment, wo ich ihn sah, hörte ich Steine herunterfallen; Steine aus der Mauer, die meine Geschichten von der Wirklichkeit trennte.

Wir sprachen miteinander. Ich erzählte ihm von meiner

Arbeit. Er hörte mir zu. Ich redete ziemlich viel, was sonst wirklich nicht meine Art ist. Sogar von der Mauer sprach ich; bisher wusste außer mir nur Esther davon.

Als ich mich noch in derselben Nacht wieder vor meinen Laptop setzte, merkte ich es sofort. Es war vorbei mit dem Schreiben. Je angestrengter ich mir etwas auszudenken versuchte, desto leerer wurde mein Kopf. Ich versuchte mit der Hand weiterzuschreiben. Das, was ich schrieb, ergab keinen Sinn. Zornig riss ich eine Seite nach der anderen aus dem blauen Spiralheft. Dann wieder hockte ich stundenlang auf meinem Stuhl, brütete vor mich hin, horchte in mich hinein. Es blieb dabei. Es wollten keine Worte kommen.«

4
DIE ANDERE SEITE

Ich lag in meinem Bett. Die Tür, die ich so lange verschlossen gehalten hatte, stand offen. Mollner hatte sie aufgestoßen. Dann war er gegangen und hatte vergessen, die Tür wieder zuzuziehen. Jetzt war mein Vater hindurchgeschlüpft. Er wanderte, die Schultern, die immer zu knochig ausgesehen hatten, leicht vorgeneigt, in meinem Kopf umher.

Mein Vater war viel und gern spazieren gegangen, kilometerweit über Land, am liebsten allein. Doch zuweilen hatte er mich mitgenommen. So wie in jenem Winter in Österreich. Ich war damals zehn Jahre alt gewesen, und wir hatten uns für zwei Wochen in einem winzigen Appartement eingemietet, mit drei Schlafkojen in der Wohnstube und einem Bad, dessen Heizung immer auf Hochtouren lief. In der zweiten Woche wurde Mutter krank. Vater und ich kümmerten uns um alles. Morgens holte ich Brötchen und deckte den Tisch. Wir kochten gemeinsam, Milchreis für Vater und mich, Hühnersuppe für Mutter. Vater las mir *Die Unendliche Geschichte* vor und meinte, ich müsse nicht mehr in den Skikurs gehen, wenn ich nicht wolle. Er, der selbst nur ungern Ski fuhr, nahm mich auf lange Spaziergänge durch die verschneite Landschaft mit. Immer hatten wir ein Fläschchen Himbeersirup dabei, um uns aus dem Wasser vereister Gebirgsbäche Limonade zu mischen, und einmal sahen wir eine Gämse. Diese zweite Ferienwoche war herrlich. Trotzdem musste ich abends, wenn ich in meiner Koje lag, weinen. Damals hatte ich nicht gewusst, warum. Heute Nacht, hier, in Mühlenstedt, glaubte ich den Grund zu erkennen. Ich hatte geweint, weil zwar meine Mutter mit Grippe im Bett gelegen hatte, mein Vater mir jedoch viel kränker vorgekommen war.

Auch jetzt, fünfzehn Jahre später, konnte ich nicht schlafen. Ich wollte meinen Vater nicht. Nicht in meinem Kopf und nicht in meinem Herzen. Ich wollte mich nicht erinnern, wollte nichts denken oder fühlen. Angestrengt konzentrierte ich mich auf die Mücke, die neben meinem Ohr ihre Pirouetten drehte. Schließlich kam die Müdigkeit doch. Sie sammelte sich hinter meinen Augen und machte meinen Körper schwer, bis er endlich einschlief und ich in einen Traum hinabsank, der mich frieren ließ.

Bäume ragten rings um mich auf. Zwischen aufgeblähten Pflanzen waberten Schlieren, die man nicht richtig sehen, aber deutlich riechen konnte. Der Geruch irritierte mich – süß und schwer, auf eine seltsame Art appetitlich und zugleich Ekel erregend. Durch die Dunkelheit sah ich ein Gebäude schimmern, so groß, dass es die umgebende Luft beiseite drängte. Dieses Gebäude stand nicht einfach da. Es zitterte und schwoll an und wurde immer größer, es wuchs mit jedem meiner Atemzüge. Düstere Wolken quollen aus seinen Mauern und wogten auf mich zu. Die Eingangstür öffnete sich.

Mit einem Stöhnen erwachte ich. Mein Herz klopfte. Ich sagte mir, dass es nur ein Traum gewesen war, nichts weiter. Doch ich konnte nicht wieder einschlafen. Draußen vor dem Fenster wurde es allmählich hell. Dann wogte die Hitze heran. Nach einer kalten Dusche streifte ich ein T-Shirt über, schlüpfte in ein Paar abgeschnittener Jeans und ging hinunter.

Erstickende dreißig Grad. Kein Wind, nicht einmal eine Brise. Anna hatte es sich mit einem Buch in einem Liegestuhl bequem gemacht. Ihr Körper glänzte von Sonnenöl, das nach Kokosnüssen und Sommerferien duftete. Aus der Ferne dudelte aus einem Kassettenrekorder Musik herüber. In den Bäumen tschilpten Vögel. In diesem Bild fehlte nur noch die Nachbarin, die einem über den Gartenzaun hinweg selbst gemachte Eiscreme anbot.

Alex saß auf der Veranda und nippte an einer Schale Milchkaffee. Ich setzte mich zu ihm. »Ich muss Mollner heute unbedingt sehen.«

»Dir auch einen schönen Guten Morgen, Esther.«

»Bringst du mich hin, Alex?«

»Du kannst da nicht einfach hin.«

»Warum? Ist das, was Mollner in seinem Schloss treibt, so verboten?«

Alex lächelte. »Er ist nicht da, das ist alles.«

»Erzähl mir nicht, er sei schon wieder verreist.«

»Sagen wir so: Er ist viel unterwegs.«

Ich nahm mir ein Brötchen. »Wann kommt er zurück?«

»In zwei, drei Tagen, schätze ich.«

»Verdammt.«

»Du könntest ein paar Tage dranhängen.«

Er hatte etwas Rührendes. Nachdenklich schnitt ich mein Brötchen auf. Ein paar Tage. Warum nicht? In Hamburg wartete niemand auf mich. Und Meret war nach wie vor verschwunden. Ich wollte nicht abreisen, ohne wenigstens einen Hinweis gefunden zu haben.

Die Hitze nahm immer noch zu. Auf meinem Brötchen verstrich sich die Butter fast von selbst. Schon jetzt erschöpft lehnte ich mich in meinem Sessel zurück. Ich hätte den ganzen Tag hier sitzen und frühstücken können. Keine Pflichten. Keine Entscheidungen. Kein schwellendes Traumhaus und kein Dunkel. Ich wollte, dass dieser Zustand dauerte. Doch zugleich spürte ich, dass es nicht richtig war. Dass es etwas zu tun gab. Mit einem Ruck setzte ich mich auf.

»Weißt du was? Dann will ich mir wenigstens das Schloss ansehen.«

»Nee, lass mal. Da gibt's nichts zu sehen.«

»Hast du Angst oder was?«, fragte ich.

»Angst?« Er grinste. »Klar hab ich Angst. Ehrlich gesagt, ich mach mir fast in die Hosen.« Sein Gesicht wurde ernst. »Ich war schon da, das ist alles. Es lohnt sich nicht. Weil es nichts zu sehen gibt.« Er zögerte kurz. »Ein hässlicher alter Kasten. Und winzig. Eigentlich nur ein Kästchen, kleiner als die Pension.«

Ich ließ meine Tasse Kaffee auf die Untertasse klirren und stand auf.

An der Toreinfahrt holte Alex mich ein.

»Okay, okay«, sagte er.

Zum ersten Mal seit meiner Ankunft in Mühlenstedt verließ ich den Rosengarten.

Auf der anderen Seite des Gartentores war es noch heißer. Falls das überhaupt möglich war. Alles an mir triefte. Wir gingen die Straße hinunter, die an der Pension vorbeiführte, eine Art Hauptstraße, die auf dem Marktplatz endete.

Ich schaute mich um. Ein Kino, eine Bücherei, ein Supermarkt und ungefähr ein Dutzend weiterer Geschäfte mit schicken Fassaden und luxuriösen Auslagen. Wir überquerten den von Linden beschatteten Platz. Vor einem Steinquader, der die Mitte des Platzes einnahm, blieb ich stehen.

Es war ein seltsamer Stein. Von seiner geschliffenen Oberfläche strahlte eine Kälte ab, die ich trotz der Hitze als unangenehm empfand. Auf einmal wollte ich dem Stein nicht mehr zu nahe kommen. Doch zugleich drängte es mich, ihn zu berühren, diese vollkommene Ebenmäßigkeit mit meinen eigenen Fingern zu spüren.

»Was ist das?«, fragte ich verwirrt.

»Kunst«, sagte Alex.

Erst konnte ich nicht erkennen, was der Quader darstellen sollte. Mit der Zeit kam mir eine Idee. Ich dachte, dass es ein Opferstein sein könnte.

Natürlich waren auch Menschen auf dem Platz. Doch die sah ich erst jetzt. Sie führten ihre Hunde spazieren, luden Einkaufstaschen in den Kofferraum ihrer Familienkutschen, lachten, redeten, sahen uns, erinnerten sich an die Party, kamen herüber und versuchten ein Gespräch zu beginnen. Doch ich wollte weiter und zog Alex mit. Er deutete auf ein Bistro, dessen Terrasse von Frühstücksgästen überquoll. »Da haben sie einen klasse Wein. Hast du Lust?«

»Es ist kurz vor zehn.«

»Dann lade ich dich auf einen Cappuccino ein.«

»Du willst nicht zum Schloss.«

»Klar will ich. Hast du keinen Durst?«

»Wo geht's lang, Alex?«

Vorbei am Rathaus oder dem, was ein Rathaus sein konnte, mit dem ganzen Schnitzwerk und den Schnörkelsimsen, vorbei auch an der aus staubgrauen Steinblöcken gefügten Kirche Das Tor zum Kirchhof war geschlossen und von verdorrten Ranken umwuchert.

»Sieht ziemlich abweisend aus«, sagte ich.

»Hier geht keiner zur Kirche«, sagte Alex. »Wozu auch? Gott könnte hier nichts mehr besser machen.«

Das *Babyland*, der Fotoladen, dessen Schaufenster mit Bildern von Welpen und Strahlegesichtern tapeziert war, der Buchladen, die Boutiquen und der Imbiss, alles mit Seife und Scheuerbürste abgeschrubbt. Zertretene Coladosen, aufgeweichte Papierknödel oder über den Gehweg geschmierte Hundehaufen waren nirgends zu entdecken. Stattdessen Blumenkästen, aus denen Geranien quollen. Blanke Fensterscheiben, saubere Luft. Und doch atmete meine Lunge diese Luft auf eine seltsame Art und Weise ein. Als fürchteten sie, dass Atmen nicht genug Sauerstoff in die Adern brächte.

»Da lang«, sagte Alex.

Wir bogen in eine Seitenstraße ein. Meinertstieg. Tonradstraße. Elisabethkamp. Während wir uns allmählich vom Zentrum der Stadt fortbewegten, drangen wir offenbar zugleich in den Kern der Fruchtbarkeit vor. Blumen, Büsche und Bäume hüllten sich in die Dämpfe ihrer eigenen Hitze, rückten dichter zusammen und erstickten fast die Häuser. Allmählich wurde mir klar, was wir auf keinen Fall tun durften. Den Gehweg verlassen. Das fette Grün hätte uns unverzüglich geschluckt und verdaut. Überall schlang sich die Vegetation ineinander. Dazwischen bahnte sich ein Labyrinth aus kleinen Straßen seinen Weg.

»Wie kommt man aus Mühlenstedt eigentlich wieder raus?«, fragte ich.

Alex lachte. »Indem man den richtigen Weg nimmt.«

Wir kamen an Häusern vorbei, denen man ansah, mit wie viel Liebe man sie erbaut hatte. Gärten quollen über von Tränenden Herzen und Rittersporn und prahlerischen Orchideen. Kastanien und schwerblättrige Eichen überschatteten die Straße. Die Pension lag irgendwo links von uns. Oder rechts. Oder sonst wo.

»Weißt du, was ich an Mühlenstedt mag?« Alex machte eine weit ausholende Geste. »Hier werden einem Probleme egal.«

Ich kickte einen Kieselstein in den Graben, der neben der Straße herlief. »Und was ist gut daran, Probleme egal zu finden?«

»Du machst dir keinen Stress mehr. Das Leben wird einfacher.«

»So wie früher, stimmt's?«, fragte ich spöttisch. »Früher, da war einfach alles besser.«

»Nein, früher ist hier nicht. In Mühlenstedt ist eher Zukunft. Verstehst du?«

»Kann ich nicht behaupten.«

»Hier ist etwas, das auch woanders sein könnte«, versuchte Alex zu erklären. »Eine Möglichkeit.«

»Das goldene Zeitalter. Das Paradies. Um noch mal auf die Zukunft zurückzukommen«, sagte ich. »Gibt es hier so was wie Computer? CD-Player?«

»Klar, was denkst du? Fortschritt gibt's schon. Aber nicht den Rest. Die Probleme eben. Jedenfalls kriegt man von denen nicht viel mit.« Er lachte. »Hier feiert man lieber Gartenpartys.«

»Auch eine Einstellung«, sagte ich.

Er zuckte die Schultern. »Vielleicht haben wir woanders nur Probleme, weil wir dauernd an ihnen herumfummeln. Weil wir sie auf den Seziertisch legen und nicht aufhören wollen zu schnippeln.« Seine Stimme klang ärgerlich. Ich wollte keinen Ärger. Keine Probleme. Nicht mit Alex, nicht bei dieser Hitze.

»Wie lange bist du eigentlich schon hier?«, fragte ich.

Sein Gesicht entspannte sich. »Zwölf Monate, mehr oder weniger.«

Ich blieb stehen und starrte ihn an. »Seit einem Jahr?! Du wohnst seit einem Jahr bei der Moormann? Bist du bei ihr eingezogen oder was?«

»Sagen wir so: Ich bin Dauergast. Eigentlich bin ich nur zufällig nach Mühlenstedt geraten. Da war etwas mit einem Referendariat. Ich habe Jura studiert, weißt du.«

»Ein Referendariat in Mühlenstedt?«

»Nicht hier. Ich habe den Namen der Stadt vergessen. Ich war auf dem Weg dorthin und habe hier einen Zwischenstopp eingelegt. Eigentlich wollte ich nur übernachten.«

»Du hast dein Referendariat einfach sausen lassen?« Ich war beeindruckt. Darüber wollte ich gern mehr erfahren. Doch Alex schwieg. Offenbar wollte er nicht mehr von dem Leben sprechen, das es vor Mühlenstedt gegeben hatte.

»Ich hab das alles hinter mir«, sagte er. »Wozu noch darüber reden?«

»Aber mit irgendetwas musst du doch Geld verdienen.«

Er grinste. »Ich brauche nicht viel. Die Miete in der Pension ist lächerlich. Hin und wieder helfe ich den Moormanns, das genügt offenbar.«

»Herr Moormann mag dich, stimmt's? Bezahlt er dich?«

Alex lachte, schüttelte den Kopf. »Wenn's wirklich knapp wird, gebe ich ein paar Kindern Nachhilfe. Von Kindern hat Mühlenstedt ja genug. Das hier ist eine fruchtbare Stadt.«

»Aber brauchst du nicht irgendwie mehr? Einen richtigen Job?«

»Hier brauche ich nicht mal einen Nachnamen.«

»Wie meinst du das?«

»Ich habe meinen Nachnamen verloren. Habe ihn vor einiger Zeit verlegt und nicht wiedergefunden. Ich vermisse ihn nicht.«

Ich sah ihn von der Seite her an.

»Es spielt keine Rolle in Mühlenstedt«, sagte er. »Hier kennt man einander.«

Hinter Mauern und Zäunen tauchten jetzt nur noch vereinzelt Häuser auf. Außer einer jungen Frau, die einen Kinderwagen vor sich herschob, begegnete uns niemand mehr. Die Bäume rückten noch dichter zusammen. Alex deutete vage in das Geflecht links der Straße, die in langen Kurven leicht bergab führte. »Da fängt der Sumpf an«, sagte er. »Der zieht sich um ganz Mühlenstedt herum.«

Ich schauderte in Erinnerung an meine Irrfahrt, die eigentlich nur zufällig in Mühlenstedt geendet hatte. Das Licht um uns herum wurde grün und dämmrig. Neben der Straße verlief ein Streifen Matsch, den ein Autoreifen in eine Art Schmuckleiste verwandelt hatte. In der Ferne knarrte eine Krähe. Der Geruch nach Fäulnis und Moorwasser wurde stärker. Ein Falter torkelte um meinen Kopf, klatschte mir gegen die Stirn. Winzige Frösche, grün wie tiefgefrorene Erbsen, hüpften vor uns her. Aus den Schatten tauchte eine Mauer auf, und in der Mauer ein Tor. Ein Vorhängeschloss, das irgendwie bissig aussah, kettete die beiden Flügel aneinander.

»Hier wohnt er.« Statt eine Richtung anzugeben, versteckte sich Alex' Hand in seiner Hosentasche.

Ich schaute zwischen den Gitterstäben hindurch. Zu Korkenziehern verdrehte Äste, von denen grüne Bärte hingen. Bäume, deren Rinde auseinanderklaffte, beschatteten einen Asphaltweg, der sich ins Dunkelgrüne davonschlängelte. Kein Haus, kein Schloss, nirgends.

Ich fand das, was ich sah, nicht verwunschen oder romantisch. Es war düster, und es flößte mir Unbehagen ein. Das lag nicht an Mollner. Es war wohl eher seine Abwesenheit, die mich beunruhigte.

»Also, wie wär's jetzt mit einem Cappuccino?«, fragte Alex.

Ich hatte das Gefühl, Spinnweben fortwischen zu müssen, und fuhr mir mit beiden Händen übers Gesicht. Auf einmal der Wunsch, das Ganze zu lassen. Es hatte keinen Sinn, vor einem Tor herumzustehen. Meret war abgereist, Mollner war abgereist, was wollte ich hier? Ich trat einen Schritt zurück. Noch immer starrte ich auf das Tor. Eine Blüte in Form eines gelben Geschwürs drückte sich an den linken Torpfeiler. Am liebsten hätte ich mich auf den Boden gesetzt. Ich fühlte mich erschöpft, wünschte mich zurück auf die Veranda. Ein Sonnenbad, ein Schluck Eistee, etwas Köstliches aus Moormanns Küche, später ein Glas Wein, Gespräche, Schwab, Anna, Alex ...

Ich nahm mich zusammen. Noch einmal näherte ich mich dem Tor. Diesmal umfasste ich das von Efeu umrankte Gitter mit beiden Händen und suchte mit einem Fuß Halt zwischen den Stangen.

»Was tust du da?!«

»Machst du mir eine Räuberleiter, Alex? Allein komme ich da nicht hoch.«

Er rührte sich nicht. Ich nahm meinen Fuß aus dem Gitter und wandte mich ihm zu. Er stand so dicht vor mir, dass ich sehen konnte, wie seine Pupillen sich zusammenzogen.

»Ich möchte mit Mollner reden. Ich muss wissen, was passiert ist.«

»Du hättest ihn gestern fragen können.«

»Das habe ich. Er hat mir nichts erzählt.«

»Hör zu, Esther. Mollner ist nicht zu Hause.«

Ja, das wusste ich. Doch wenn ich jetzt aufgab, nicht irgendetwas unternahm, würde ich vielleicht nie mehr die Energie aufbringen, nach Meret zu suchen. Ich würde mich dem Gefühl überlassen, dass jedes Suchen ohnehin sinnlos wäre.

In diesem Moment hörte ich die Schritte. Sie näherten sich auf der Straße, die wir gerade heruntergekommen waren. Zwischen den Bäumen tauchte eine Gestalt auf. Einen Augenblick lang hoffte ich, es wäre Mollner. Und zugleich fürchtete ich mich vor dieser Möglichkeit.

Offenbar hatte auch Alex etwas gehört. Auf einmal wurde er sehr still. Aus großen Augen sah er mich ängstlich an.

»Hallo!«, rief jemand.

Langsam wandte Alex sich um. »Was machen Sie denn hier?«

Seine Stimme klang ärgerlich, aber auch erleichtert.

Schwab musterte ihn kühl. »Kelpie ist wieder einmal verschwunden. Jemand sollte Frau Moormann helfen, ihn zu suchen. Sie kennen das Vieh am längsten, daher ...«

»Schon gut, schon gut, ich habe verstanden.« Alex schnaufte ärgerlich. »Dann hindern Sie aber Esther daran, über das Tor zu klettern.«

Mit diesen Worten und einem letzten besorgten Blick verschwand Alex in den Schatten unter den Bäumen.

»Ich hoffe, er kehrt nicht gleich wieder um, wenn er Kelpie auf der Veranda liegen sieht«, sagte Schwab.

Überrascht sah ich ihn an.

»Irgendwie musste ich ihn schließlich loswerden«, erklärte er. »Ich möchte mit Ihnen reden, Frau Birk.«

»Woher wussten Sie, dass ich hier beim Tor ...«

»Reine Vermutung.«

»Er ist nicht zu Hause.«

Er nickte. »Klettern Sie nicht hinüber!«

Ich wollte protestieren, doch im Grunde empfand ich Erleichterung. Der Park machte mir Angst, ohne dass ich hätte sagen können, wovor ich mich fürchtete. Ja, ich war innerlich so sehr mit dem Park beschäftigt gewesen, dass sich Meret vorübergehend von einer Freundin in eine nur noch abstrakte Idee verwandelt hatte.

»Und jetzt passen Sie auf.« Schwab blätterte in seinem Notizbuch. »Eine Eintragung, die ich vorige Woche machte.« Er begann zu lesen: *»Die Vögel meiden den Park. Sie lassen sich auf den Bäumen nieder, die auf dieser Seite der Mauer wachsen, fliegen jedoch nicht hinüber. Tagelang habe ich Hände voller Sonnenblumenkerne durch das Gitter geworfen. Sie blieben unberührt. Heute habe ich auf der anderen Seite zum ersten Mal drei Spatzen gesehen. Sie lagen im Gras, offensichtlich tot.«*

Etwas zog sich in mir zusammen. Die Angst wuchs. Dann stoppte ich sie. Ich musste es. Ich konnte es. Das hatte ich oft genug üben müssen.

Langsam traten wir den Rückweg an. Eine Weile gingen wir schweigend nebeneinander her.

»Wie er Patrick Busch mitgenommen hat – das war beunruhigend«, sagte ich. »Alex meint, es steckt eine Geldgeschichte dahinter.«

Schwab ließ sein Notizbuch zurück in die Hosentasche gleiten. »Legen Sie ein paar Urlaubstage ein, Frau Birk. Wenn Mollner von seiner Reise zurückkehrt, besuchen wir ihn, einverstanden? Auch ich möchte ihm ein paar Fragen stellen. Außerdem will ich das Schloss kennen lernen.«

»Haben Sie auch jemanden in Mühlenstedt verloren?«, fragte ich neugierig.

Sein Blick ging sinnend an mir vorbei. »Seit fünfzehn Jahren bin ich Professor für Geschichtswissenschaften. Vor zwei Monaten wollte ich zu einem Symposium fahren. Unterwegs habe ich in Mühlenstedt übernachtet und dort hohes Fieber bekommen.« Er trat in eine Pfütze, schien es aber nicht zu merken. »Drei Tage lag ich im Bett und versäumte das Symposium und meinen Vortrag. Am vierten Tag feierte man in der Pension ein Fest. Weil es mir schon wieder besser ging, feierte ich mit. Ziemlich spät am Abend tauchte Mollner auf. Seitdem bin ich dem Phänomen aus Angst und Faszination auf der Spur.« Nachdenklich massierte er sein linkes Ohrläppchen. »Ich könnte Ihnen einiges erzählen – von den Ängstlichen, die ihre Schritte beschleunigen, wenn sie an dem Monolith auf dem Marktplatz vorübergehen. Von den Festen, die Mühlenstedt feiert, wieder und wieder. Von der Straße, die wir gerade entlangspazieren und die niemand sonst je zu benutzen scheint. Denn niemand besucht Mollner. Aber ich will nicht zu viel reden. Sie sollen sich selbst ein Urteil bilden.«

»Der Park – er hat etwas Lebendiges.«

Schwab hob die Augenbrauen. »Sie verlassen sich doch immer auf Ihren Verstand?«

»Ich verlasse mich auf das, was ich sehe«, sagte ich.

Hinter den Bäumen dampfte der Sumpf. In meinem Kopf ging alles durcheinander. Die Party. Die Begegnung auf der Veranda. Das fliegende Pferd. Dann tauchten neue Bilder auf. Meret, über ein Heft gebeugt, mit blassem Gesicht, schreibend. An ihrer Seite Mollner. Warum lächelte er?

Aus Merets Aufzeichnungen. Mühlenstedt, Juli

»Wann habe ich begonnen, hinter Mollners Maske ein neues, ein anderes Gesicht zu erkennen? Mit der Zeit vergaß ich, warum ich nach Mühlenstedt gekommen war. Ich dachte nicht mehr an Hamburg, an die Menschen, die ich kannte, an Esther. Irgendwann, so glaubte ich, sehen wir uns wieder. Aber Irgendwann war weit weg und rückte täglich in eine größere Ferne. Ich habe nicht erkannt, dass ich diese kleine Stadt nicht mehr verlassen würde.

In den Tagen nach dem Brunch fühlte ich mich nervös und fiebrig. Ich suchte eine neue Geschichte. Sie sollte anders sein als das, was ich bisher geschrieben hatte. Ich wollte in diese Geschichte hineinkriechen und sie dann um mich verbreiten. Ein zweites Leben. Doch sobald ich mich an den Computer setzte, schloss sich vor mir ganz lautlos eine Tür. Es war die Tür in der Mauer, durch die ich gehen musste, wenn ich schreiben wollte.

Ich versuchte wieder mit der Hand zu schreiben. Die wenigen Buchstaben, die ich aufs Papier kleckerte, sahen aus wie Spinnenbeine und Würmer. Sie ekelten mich an. Die Tinte roch schlecht. Das Papier war von einem kränklichen Gelb. Nichts war richtig. Das Schreiben war widerlich. Das Schreiben war, als würde man aus einer Konserve leben und nicht wirklich. Ich schraubte den Füller zu und machte mich auf den Weg. Ich zog durch die Straßen und Cafés von Mühlenstedt und versuchte mit den Leuten zu reden, zu erfahren, wie sie lebten. Auf diese Weise hoffte ich, doch noch zu meiner Geschichte zu finden. Aber die Menschen, so herzlich sie auch waren, verschlossen sich vor mir. Ich wollte etwas über

Mühlenstedt wissen, doch die Stadt wandte sich von mir ab. Ich stellte Fragen, immer mehr Fragen. Ich war eine leidenschaftliche Fragerin. Nur führten meine Fragen nirgendwohin.

Dann gab es wieder ein Fest. Von den Vorbereitungen hatte ich nichts mitbekommen oder auch nur davon, dass ein Fest geplant war. Doch wenn überhaupt, zerbrach ich mir darüber nur kurz den Kopf.

Nachträglich kommt es mir so vor, als hätte ich schon damals geahnt, wie alles weitergehen würde.«

5 FRAGEN

Es war angenehm, wieder in die belebteren Straßen und zu den großen, schönen Häusern zurückzukehren, und mir wurde etwas leichter ums Herz. In einem Garten voller Phlox und Rhododendren füllte Petra Hübner die Futternäpfe einer großen Voliere, in der Wellensittiche und Kanarienvögel kreischend umeinander flatterten.

Schwab nickte in ihre Richtung. »Sie gehört zu den wichtigeren Personen in Mühlenstedt.« Er blätterte in seinen Notizen. »Besitzerin des Ladens, in dem der Nachwuchs eingekleidet wird.«

Nein. Es würde mir nicht gelingen, in einem Rosengarten ein Sonnenbad zu nehmen und den Nachmittag zu genießen.

»Ich glaube, ich möchte mich mit ihr unterhalten«, sagte ich.

»Wir können ...«

»Allein.«

Schwab lächelte ironisch. »Auch das ist eine Möglichkeit.« Er zögerte. »Dagegen kann ich wohl nichts tun?«

Freundlich schüttelte ich den Kopf. Er seufzte, steckte sein Notizbuch weg, seufzte noch einmal, legte mir kurz eine Hand auf die Schulter und ging davon. Ich schaute ihm nach, bis er zwischen den Häusern verschwunden war.

Dann trat ich an den Gartenzaun, lehnte mich hinüber und betrachtete Frau Hübner. Sie bemerkte mich nicht. Oder wollte mich nicht bemerken. In ihren Bewegungen steckte zu viel Energie.

»Hallo!«, rief ich.

Zunächst dachte ich, sie hätte nichts gehört. Dann verschloss sie die Voliere, wandte sich um und kam zu mir herüber.

»Sie sehen sich unser Städtchen an?« Ihre Stimme klang freundlich. Ich nickte und lächelte. Einen Moment lang wurde in ihrem Gesicht so etwas wie Erschöpfung sichtbar. Der Moment ging vorüber. »Ein Eistee zur Stärkung?«

Fünf Minuten später saß ich in ihrer hellen Küche, an einem Tresen, der überquoll von Schlüsselbunden und Prospekten, Kugelschreibern, Paketen mit Katzenfutter und bunten Dosen.

»Ihr Butterkuchen«, sagte ich und trank von dem Eistee, der sauer und stark und köstlich schmeckte, »der war wunderbar.«

Ihre Augen leuchteten auf wie Weihnachtskerzen.

»Kein Vergleich zu dem Biskuit«, fuhr ich fort.

»Hennings Vorliebe für Butter und Zucker trifft nicht jeden Geschmack.« Sie goss frischen Tee in mein Glas. Eine Katze strich um die Ecke des Tresens. Petra Hübner hob die Katze auf und packte sie sich auf den Schoß. Ich nippte an meinem Eistee und sah mich in dem riesigen, zur Küche hin offenen Wohnraum um. Die Wände waren in Pastell tapeziert. Polster aus bunter Wolle, auf dem Parkettboden ein weicher Teppich. In einer Vitrine saßen Puppen in verschiedenen Größen. Der Duft von Lavendel, der in einer Aromalampe verdampfte, füllte den Raum.

»Schön haben Sie's«, sagte ich. »Wohnt Patrick auch hier?«

Mit einer knappen Bewegung schob sie eine Schale mit Erdnusskeksen zu mir herüber. »Probieren Sie die. Selbst gebacken.« Sie begann die Katze zu streicheln, wieder und wieder, den Rücken hinunter, mit festem Druck. Das Tier schloss die Augen, krallte sich in ihre Knie und schnurrte selig.

»Sie leben allein?«, versuchte ich es noch einmal.

Jetzt nickte sie. Die Kekse waren dick und goldbraun. In die Oberseite waren ganze Erdnüsse eingebacken. Zerstreut knibbelte sie eine Nuss aus dem Teig und wollte sie sich in den Mund stecken. »Aber ich hätte für mein Leben gern Kinder«, entfuhr es ihr. Sie biss sich auf die Lippen, schüttelte kurz und heftig den Kopf und legte sich die Katze über die Schulter. Wie knochenlos baumelte das Tier an ihr herunter, ein mit schokoladefarbenem Fell bezogenes, schnurrendes Säckchen. Ich saß auf meinem Hocker, die Füße um die Stelzbeine gehakt, knabberte an meinem Keks und fragte: »Kommt Patrick auch noch vorbei?«

Ihre Kerzenaugen verwandelten sich in kalte Kieselsteine. In ihrem Gesicht zuckte es. »Sie haben ja keine Ahnung«, sagte sie leise.

Ich ließ das so stehen und stellte mein Glas ab. »Darf ich kurz Ihre Toilette benutzen?«

Das Badezimmer lag im ersten Stock, zweite Tür links. Einem Impuls folgend ging ich noch ein paar Schritte weiter, zur nächsten Tür. Sie war mit einem Pferdeposter behängt, und ich fühlte mich sehr von ihr angezogen. Behutsam drückte ich die Klinke herunter. Die Tür sträubte sich. Ich drückte etwas fester. Endlich gab sie nach.

Auf den ersten Blick sah das Zimmer so aus, als sei das Kind, das darin gewohnt haben musste, zum Spielen weggegangen. Der zweite Blick zeigte mir, dass es nicht zurückgekehrt war. Das Zimmer hatte etwas von einem heiligen Ort, der nicht mehr betreten wurde.

Eine seltsame Traurigkeit überkam mich beim Anblick des kleinen Betts, das ein vergilbter, doch ordentlich zurechtgestrichener Spitzenüberwurf bedeckte. Darauf saßen zwei Stofftiere: ein Pferd und ein Elefant mit orangefarbenem Käppi. Aus ihren Kulleraugen starrten sie mich an. Am Bauch des Pferdes war eine Naht geplatzt. Eine graue Masse, die einem Gedärmeklumpen beängstigend ähnelte, quoll daraus hervor. In einer Ecke lag zusammengeknüllt ein Pulli mit rotgrünem Ringelmuster. Auf dem Teppich ein Puppentisch mit vier Stühlen und einem Essgeschirr aus Porzellan, von Staub verklebt. An die Wände waren, wohl von Kalendern abgerissen, Fotos von Pferden und Ponys gepinnt. Mit ihrem glänzenden Fell und dem polierten Zaumzeug bildeten sie einen grotesken Kontrast zu dem Zimmer.

Es roch feucht. Überall lag Staub. Ich schaute mich um, nicht, um etwas Besonderes zu entdecken, sondern eher staunend, voll fasziniertem Schrecken. Alles war geblieben, wie es war, seit das Mädchen nicht mehr hier wohnte. Auf dem niedrigen Schreibtisch lagen ein Radiergummi, der das Gesicht einer Mickymaus darstellte, mehrere Stifte und drei hingestreckte Barbie-Puppen. Auch diese Gegenstände mussten einmal bunt gewesen sein, ähnlich den Bonbons, die man nur als Kind gern isst. Ich sah die Unebenheit der Schreibtischplatte, die Kratzer und Flecken.

Die Flecken. Ich wischte den Staub beiseite. Sie waren klein und nicht mehr frisch. Altes Blut. In dem Zimmer hatte jemand geblutet, hatte sich vielleicht beim Basteln an einer Schere verletzt oder sich an einer Papierkante geschnitten. Lange sah ich das Blut an. Mit den Fingerspitzen strich ich über dieses von einem Kind zurückgelassene Zeichen von

Leben. Wer war das Mädchen, das in diesem Zimmer gewohnt hatte? Warum hatte es auf seinen Schreibtisch geblutet? Warum hatte Petra Hübner nichts von ihm erzählt?

Ich warf einen Blick in den Kleiderschrank. Leinenblüschen und selbst gestrickte Wollpullover, pfirsichfarben, limonengrün, scharlachrot. Auf der Oberfläche der Kleider war in Klümpchen der Mottenfraß sichtbar. Das andere sah zunächst wie Schimmel aus. Dann erkannte ich, dass weißliche Larven zwischen den Maschen klebten. Gebannt schaute ich auf die winzigen, sich windenden Leiber. Mir war leicht übel, doch ich konnte nicht wegsehen, fühlte mich von dem Anblick zugleich abgestoßen und angezogen. Langsam schwang die Schranktür zurück und fiel ins Schloss. Mich beschlich die Vorstellung von einem Kind, das im Innern des Schrankes hockte und mit seinen überlangen Fingern die Tür zugezogen hatte.

Hör auf. Hör sofort auf!

Mit einem Ruck wandte ich mich ab. Neben einem Spiegel hing ein Foto im verstaubten Rahmen. Darüber hatte eine Spinne ihr Netz gespannt. Ich beugte mich vor und betrachtete das Foto. Ein Mädchen mit gelben Zöpfen und einer Schultüte. Rechts stand Petra Hübner, von der das Mädchen die Haare hatte, links ein Mann, von dem Mund und Nase kamen. Eine glückliche Familie. Man sah es. Und jetzt waren der Mann und die kleine Tochter weg. Wohin waren sie gegangen?

Bedrückt schaute ich auf das Bild. Ich konnte mich einfach nicht davon lösen.

Ich darf hier nicht sein. Ich muss hinuntergehen. Bevor sie heraufkommt.

Auf dem Weg zur Tür blieb ich ein letztes Mal vor dem Spiegel stehen. Das braune, glatte Haar, die hohe, in der

Mitte leicht eingebuchtete Stirn, der ausgeprägte Kiefer – dieses Gesicht, diese Gestalt gehörten mir. Und auch wieder nicht. Meine Ähnlichkeit mit meinem Vater war mir früher nie aufgefallen.

Ich trat näher an den Spiegel heran. Auf einmal glaubte ich schwach den Duft von Kaffee zu riechen. So oft war ich als Kind von diesem Geruch erwacht, meist zwischen fünf und halb sechs Uhr morgens, dankbar, dass ich mich noch einmal auf die Seite drehen durfte. Ich wusste, dass mein Vater jetzt in der Küche werkte. Von dort ertönte das Brodeln der Kaffeemaschine, und ich hörte, wie Vater möglichst leise den Tisch deckte. Mutter fuhr niemals so früh Taxi, aber Vater sagte, ihm mache das nichts aus, er wache sowieso gegen fünf Uhr auf, da sei nichts zu machen.

In der Küche folgten nun weitere gedämpfte Laute. Ich schob meine Füße unter dem Federbett hervor. Meine Zehen rührten in der kalten Luft, bis ich Vater leise die Haustür hinter sich zuziehen hörte. Erst dann erlaubte ich mir, meine Füße wieder in die Wärme des Betts zu kuscheln.

Eines Tages, kurz nach meinem zwölften Geburtstag, hatte mein Vater einen Unfall. Über Nacht hatte es gefroren, und ein anderes Auto war ihm in die Seite gefahren. Wie durch ein Wunder war ihm nichts passiert, aber drei Tage lang verließ er das Bett überhaupt nicht mehr. Er nahm keine Telefonanrufe entgegen, zog die Vorhänge vor die Fenster, und wenn Mutter ihn bat, wenigstens zum Essen aufzustehen, drehte er sich auf die andere Seite. Ich mied seine Nähe. In dieser Zeit lernte ich wie verrückt. Ich war weder ehrgeizig, noch machte mir das Lernen Spaß, aber ich hatte den Entschluss gefasst, meine Aufgaben pflichtbewusst zu erledigen. Ich gewöhnte mir auch an, jeden Tag mein Zimmer aufzuräumen und alles in eine Kiste zu packen, was ich länger als ein halbes Jahr nicht angefasst hatte – Barbiepuppen, Pferde-Quartetts, Bücher. Auf diese Weise verwandelte sich mein Zimmer nach und nach in eine Mönchszelle.

Jetzt stand ich in einer ganz anderen Art von Kinderzimmer. Gebannt sah ich in diesen von Schnörkeln umrahmten Spiegel. Es war seltsam, in ein Gesicht zu blicken, das meinem Vater so sehr ähnelte. Doch das Gesicht verschwamm wie ein Bild unter Wasser, lief auseinander und zerfloss zu einem Fleck. Erschrocken trat ich einen Schritt zurück. Aber da war nur mein Gesicht, das mir entgegenstarrte. Heftig atmend sah ich in meine aufgerissenen Augen. Es waren noch immer die Augen des Pfadfindermädchens mit dem Pferdeschwanz. Doch seit dieses Mädchen vor zwei Tagen aus seinem Auto gestiegen war, hatten sich die Schatten in seinem Gesicht verdunkelt.

Auf Zehenspitzen verließ ich das Zimmer. Es kam mir so vor, als läge in dem Bettchen hinter mir ein Kind. Ich wollte es nicht wecken.

Ich benutzte die Toilette und stieg langsam die Treppe hinunter. Meine Knie zitterten. Noch immer musste ich unentwegt an das Zimmer denken. Es war nicht ganz einfach, mit ruhigem Gesicht zu Frau Hübner zurückzukehren.

Sonnenlicht fiel in Streifen auf den Tresen. Frau Hübner hatte Kaffee gekocht. Ich kletterte auf meinen Hocker und rückte ein Stück an sie heran. Das Kinderzimmer hatte den Wunsch in mir geweckt, ihr näher zu kommen. Gern hätte ich die Heizung aufgedreht. In diesem Haus musste sie doch frieren.

Schweigend sah sie mich an. Ich fühlte mich unbehaglich unter diesem Blick, der mir auf einmal sehr wissend erschien. Einen Moment fürchtete ich, sie könnte ihre Tochter an mir riechen. Sie lächelte, doch ihr Gesicht wirkte blass und krank. Sie weiß, was ich getan habe, dachte ich. Sie weiß es.

Sie lehnte sich mir leicht entgegen. »Möchten Sie einmal Kinder haben?«

Die Frage überrumpelte mich etwas. »Ich ... eigentlich nicht.«

»Mögen Sie Kinder?«

Darüber dachte ich eine Weile nach. »Manchmal mag ich nicht einmal mich selbst.«

Sie nickte langsam. Ja, dachte ich. Das versteht sie.

»Vielen Dank für den Eistee und die Kekse.« Ich rutschte von meinem Hocker. Mit behutsamer Rücksicht auf die Katze tat sie es mir nach. Wir gaben einander die Hand. Ich fühlte mich müde. Mehr als das. Zerschlagen. Doch vor allem fühlte ich mich sehr, sehr hungrig. Daran hatten auch die Kekse nichts ändern können.

Draußen auf der Straße sah ich mich um. Der Hunger wühlte in meinem Magen. Ich brauchte etwas zu essen. Sofort. Andernfalls würde ich es nicht bis zur Pension schaffen. Ich würde unterwegs auseinander fallen.

In dem kleinen Imbiss roch es nach Pommes frites und dem Orangenaroma eines Scheuermittels. Die Fritteuse funkelte wie ein liebevoll gepflegter Sportwagen. Ich deutete auf den Grill, auf dem drei Würste brutzelten. »Davon eine bitte. Die sind doch fertig?«

Der Mann mit der Schürze, auf der nicht ein Fettfleck zu entdecken war, nickte. Er sah überhaupt nicht aus wie ein Imbisskoch. Eher wie ein Arzt. »Einmal Riesencurrywurst.« Mit der Zange angelte er eine Wurst vom Grill, zerkleinerte sie, quetschte aus einer Plastikflasche Ketchup über die Stücke und griff nach dem Currystreuer.

»Ist nicht nötig, ich nehme sie so.«

»Nee, nee, das soll ja seine Ordnung haben«, sagte der Mann. »Das soll ja lecker schmecken.« Er steckte einen Holzspieß in das Ketchup-Wurstgemisch und schob es mir über die Theke hinweg zu. Ich aß sofort los.

»Wenn's schmeckt, ist ja gut«, sagte er.

Mit dem Handrücken wischte ich mir den Mund ab. Ich fühlte mich bereits viel besser.

»Bezahlen müssen Sie aber trotzdem«, grinste er.

Das satte Gefühl währte nur kurz. Als ich die Pension betrat, kehrten die Bilder bereits zurück – die Familie auf dem Foto, das Gesicht im Spiegel. Mit dem Auftauchen der Bilder verwandelte sich mein Magen zum zweiten Mal in eine große, leere Höhle.

Ich landete in der Küche. An dem zerkerbten Schlachttisch saßen Alex und Moormann und schälten Mandeln. Moormann sah zu mir herüber und ließ sein Messerchen sinken.

»Soll ich Ihnen die Reste vom Mittagessen aufwärmen?«

»Schwab hat gelogen«, unterbrach Alex. »Kelpie war gar nicht weg.«

Ich sah ihn an.

»Ich mag keine Lügen«, sagte er.

»Immerhin hat er sein Versprechen gehalten: Er hat mir keine Räuberleiter gemacht.«

»Er wollte mit dir allein sein.«

In seinen Augen glänzte das pure Misstrauen. Das war der Moment, in dem ich beschloss, ihm nichts von meinem Gespräch mit Schwab zu erzählen. Oder von dem Besuch bei Frau Hübner.

»Er hat nicht einmal versucht, mich anzufassen«, sagte ich. »Falls du das meinst.«

Alex stand auf und verließ die Küche.

Schweigend richtete Moormann einen Imbiss für mich her. Putenbrust, Vanillecreme, ein Schälchen Butter, ein Stück Baguette. In den nächsten zehn Minuten unterbrach niemand die Stille. Nur hin und wieder war das leise *Plopp* zu hören, mit dem die Mandeln aus der Schale in die Schüssel flutschten.

Ich schob meinen Teller zurück.

»Begleiten Sie mich?«, fragte Moormann.

Es war nicht leicht, den Rollstuhl samt seinem gewichtigen Insassen die Verandastufen hinunterzubugsieren. Auf der Straße kamen wir schnell in Fahrt.

»Greta liebt Mollner«, sagte er.

Seine Offenheit hatte etwas Überrumpelndes. »Das ist doch ... schön«, sagte ich unbeholfen und schaute auf seinen Hinterkopf.

»Wie man's nimmt. Die Liebe kommt für jeden anders daher. Als Hollywood-Schnulze für den einen. Als Abenteuerurlaub für den anderen. Für manche ist sie ein Krimi, für manche eine Krankheit.« Er seufzte. »Für meine Schwester ist die Liebe etwas so Beängstigendes, dass ihr kaum Luft zum Atmen bleibt. Was Greta braucht, ist nicht Mollner. Sie braucht ein Leben ohne ihn. Aber sie hat nun einmal beschlossen, sich um ihre Gesundheit zu lieben.«

Ganz still saß er in seinem Rollstuhl, ein Denkmal seiner selbst.

»Ich würde mal sagen, eine Menge Leute mögen Mollner«, sagte ich tastend.

Er schwieg noch immer. Es war wohl klüger, das Thema zu wechseln.

»Hat Petra Hübner eigentlich Kinder?«

»Was? Wer? Nein. Nein.«

Doch, sie hat. Der Gedanke schoss durch meinen Kopf, verschwand, blitzte wieder auf. Vielleicht log Moormann, ohne es zu merken. Vielleicht war die Lüge längst Teil seiner Wirklichkeit geworden. Die Tatsache, dass er mich belog, rückte ihn nicht weg von mir. Im Gegenteil.

Um meiner Freundin willen war ich nach Mühlenstedt gekommen. Meret war weg. Moormann war da. Wie weit durfte ich ihm entgegengehen? Er mästete die Gäste der Pension wie die Hexe den Hänsel. Auf dem Tisch lockten rosige Lachsröllchen neben Kuchen wie chinesische Pagoden, in denen sich sein Schönheitssinn zeigte. Er gab uns, was er zu geben hatte. Aus Freundlichkeit?

Vom Gemüsehändler fuhren wir zum Bäcker und weiter zur Metzgerei. In der Auslage ruhten zwischen Plastikmoos und Papierblumen glänzende Fleischhügel.

»Ich habe vorbestellt.« Moormann reichte mir sein Portemonnaie. »Die Scheckkarte steckt vorne. Übrigens, ich heiße Henning.«

Der Mann hinter der Theke erinnerte an den Besitzer eines Geschäfts für feinste Herrenbekleidung: schwerlidrig und schlank, das halblange Haar gekonnt zerzaust. Warum sahen in Mühlenstedt selbst die Verkäufer nach einem sechsstelligen Jahreseinkommen aus? Nur die Hände und der Kittel passten nicht. Offenbar hatte der Mann gerade einen Haufen Innereien sortiert. Er betrachtete mich lange. »Blohm«, sagte er schließlich.

Ich hatte keine Lust, mich vorzustellen. »Tag. Ich soll das Fleisch für Herrn Moormann abholen.«

»Das habe ich noch nicht geschafft.«

Er begann Steaks und Filets in verschiedenen Rottönen

zusammenzusuchen und abzuwiegen. Inzwischen hatte ich Zeit, das mir anvertraute Portemonnaie zu inspizieren. Geldscheine, eine Quittung. Knapp neunhundert Mark, las ich erstaunt, und: Schneiderei Michelsen. Bisher hatte ich die gewaltigen Hosen von Henning Moormann einfach hingenommen. Aber offenbar legte er Wert darauf, seine Massen in Maßgeschneidertes zu hüllen. Bei seiner Konfektionsgröße ließ sich das kaum vermeiden; die edlen Stoffe wählte er wohl freiwillig aus. Die Quittung zeigte mir eine Verletzlichkeit, die ich noch nicht an ihm entdeckt hatte: Sie zeigte mir seinen Traum von einem attraktiven Äußeren.

Metzger Blohm konzentrierte sich darauf, den Lachsschinken in fast durchsichtige Scheiben zu schneiden. Er achtete nicht auf mich, also widmete ich mich dem Portemonnaie noch etwas länger. In einer Innentasche steckte ein vergilbtes Foto, offenbar eine Aufnahme aus glücklichen Tagen. Jemand hatte den Rosengarten abgelichtet; einen wilden Teil des Gartens, der sich vermutlich hinter der Pension versteckte. Darüber eine Sonne, die gute Laune hatte. Der junge Mann im Vordergrund saß im Rollstuhl. Trotzdem wirkte er groß, mindestens ein Meter neunzig. Er sah dünn und schüchtern aus, fühlte sich aber offensichtlich wohl. Sein Hemd hatte die Farbe des Nebels, der manchmal vor Sonnenaufgang in dünnen Fahnen bis zur Tür meines Elternhauses gekrochen war. Über dem Kragen stach der Adamsapfel spitz hervor. Dunkle Locken bauschten sich weich um seinen Kopf. Ich wollte das Bild zurückschieben, doch das Portemonnaie entglitt meinen Händen und fiel zu Boden.

Metzger Blohm wandte den Kopf, sah das Portemonnaie an, sah mich an und hob fragend die Augenbrauen.

Das Foto lag mit dem Bild nach unten auf den Fliesen.

»Ich … es … es ist runtergefallen«, sagte ich töricht und bückte mich. Meine Hände steckten weit entfernt am Ende schlackernder Gummiarme. Ich griff nach dem Foto und schob es zurück in Hennings Portemonnaie.

Als ich die Metzgerei verließ, sah ich, dass Henning ins Sonnenlicht gerollt war und eine Taube beobachtete, die zu seinen Füßen über das Pflaster trippelte und dabei hektisch pickte. Er bot einen grotesken und zugleich rührenden Anblick, mit dem roten Lockengewirr und dem alle Grenzen sprengenden Körper. Einkaufstüten besetzten seinen Schoß. Ich dachte, dass eigentlich ein Kind auf diesen Schoss gehörte. Ein Sohn vielleicht. Ich schwenkte das Fleisch. Ein Junge kurvte auf Inlineskates um eine Reihe parkender Autos herum. Aus einem geöffneten Fenster sickerte leise Jazzmusik.

Wir rollten die Straße hinunter. Um uns herum wimmelte es von Leuten. Aus dem bunten Getümmel löste sich eine Gestalt und steuerte auf uns zu, ohne uns zu sehen. Den Mund zu einem Schlitz zusammengepresst, schob sich Petra Hübner an den Menschen vorbei, die fröhlich oder nachdenklich oder einfach so ihrem Feierabend entgegenstrebten.

Das blonde Haar hing ihr in Strähnen um den Kopf. Je näher sie kam, desto kränker erschien sie mir, mit ihren eingefallenen Wangen und der fahlen Haut. Dann bemerkte sie uns. Ihr Lächeln stellte sich mit leichter Verzögerung ein. Ich packte die Griffe des Rollstuhls fester. Sie weiß, dass du in dem Zimmer warst, dachte ich wieder. Sie weiß es.

Höflich grüßend ging Petra Hübner an uns vorbei. Ich errötete, wusste nicht, was ich sagen sollte. Als ich ihren Gruß schließlich erwiderte, war sie längst verschwunden. Henning saß gerade und ganz ruhig da und ahnte nichts. Ich schob ihn weiter durch das Menschengewimmel, blieb zögernd stehen, schaute zurück und schob wieder weiter, obwohl mich in diesem Moment alles dazu trieb, Petra Hübner nachzulaufen. Doch wohin sollte das führen? Schweiß rieselte mir über die Schläfe und lief in meinen Mundwinkel. Das T-Shirt klebte mir am Rücken. Die Hitze war erstickend. Überall auf der Straße glänzte Licht. Der Weg dauerte vielleicht noch zehn Minuten; mir erschien er endlos. Der Kopf tat mir weh, ganz tief innen. Vor meinen Augen flimmerten rote Punkte.

Allmählich blieben die Menschen zurück, nur noch hin und wieder begegnete uns jemand. Es wurde still, und diese Stille empfand ich nach dem Gelärm in den Einkaufsstraßen als wohltuend. Ich stemmte mich gegen den Rollstuhl, schob ihn schneller die Straße hinunter. Es war eine Erlösung, hinter der nächsten Kurve die Pension auftauchen zu sehen – als hätte ich eine anstrengende Wanderung hinter mich gebracht und dürfte nun endlich in die Behaglichkeit meines Zuhauses zurückkehren.

Wir bogen in die Toreinfahrt ein. »Bleiben Sie?«, fragte Henning.

Ich dachte an Hamburg. An meine stille Wohnung, den leeren Kühlschrank, die Tütensuppen im Regal. Und Meret, natürlich.

»Ich muss ja noch mit Mollner reden«, sagte ich.

Es war leicht, Frau Moormann zu finden, mit ihrem nussbraunen Haar und dem leuchtend weißen Kleid inmitten ihres Gartens, der von Fruchtbarkeit triefte. Auf einem Schaumstoffkissen kniete sie zwischen den Rosen und schnitt ihnen die Köpfe ab. Während ich ihre Gartenschere wie ein Bonsai-Krokodil zuschnappen sah, dachte ich: Sie züchtet die Rosen für Mollner – und ich wette, er schert sich nicht einen Deut um Rosen.

Ich glaubte nicht an ein Glück der Moormann. Etwas Verzweifeltes umgab sie, das mir mit Glück unvereinbar schien. Mollner würde sie nicht bemerken. Nicht als Frau. Nicht einmal als Mensch.

Sie hob den Kopf, sah mich an und lächelte. Dieser Mund kann wohl einfach nicht anders, dachte ich resigniert.

»Wann erwarten Sie Herrn Mollner zurück?«, fragte ich.

»In ein paar Tagen, spätestens. Ich werde Ihnen sofort Bescheid geben.« Ihre Augen schimmerten. In diesen Augen lag etwas Weiches, Warmes, das mich an geschmolzenen Zucker denken ließ.

Hinter einem der Rosensträucher knackte es. Dem Knacken folgte ein Rascheln. Zwischen den Rosen schob sich der Katzenhund hervor. Unwillkürlich wich ich einen Schritt zurück. Als ich es merkte, trat ich zwei Schritte vor. Kelpie setzte sich neben Frau Moormann ins Gras. Sie schob ihm eine Hand unters Kinn und kraulte ihn.

»Woher kommt Kelpie eigentlich?«

»Leika, unsere Schäferhündin, hat ihn vor einigen Jahren geboren. Sie selbst ist bei der Geburt gestorben. Wir mussten ihn mit Milch und Hühnerherzen aufziehen. Bis er ein Jahr alt war, hat er jede andere Nahrung verweigert.« Sie strich ihm über die Stirn. »Er kann sehr stur sein. Das ist selten bei Hunden.«

»Vielleicht das Erbe des blauen Katers. Welche Vorfahren hat er sonst noch? Es würde mich nicht wundern, wenn ihm bei Vollmond Flügel wüchsen.«

Sie ging nicht darauf ein. Stattdessen begann sie vom Ferienprogramm der Bücherei zu erzählen, vom Golfturnier am nächsten Sonntag, der Wühlmausplage. Sie sprach von keinem Menschen. Erst recht von keinem Mann. Aber ich war mir sicher, dass sie nachts seinen Namen flüsterte. Dieses Unglück zog mich an. Die Dunkelheit, in der sie lebte.

Aus der Ferne drang das Geschrei spielender Kinder in den Garten. Das erinnerte mich an meinen heutigen Besuch.

»Hat Petra Hübner mal Kinder gehabt?«, fragte ich vorsichtig.

Sie blinzelte, zögerte kaum merklich. »Ihr Mann bekam das Sorgerecht für Maria zugesprochen«, sagte sie ruhig. »Kurz darauf ist er mit ihr fortgezogen. Drei Jahre ist das nun her. Sie redet nicht darüber, mit niemandem.« Jedes Wort sprach sie behutsam und sehr sorgfältig aus. Nein, sie würde nicht zu viel sagen.

Die Geschichte kam mir ziemlich wackelig vor.

»Warum ist Maria nicht bei ihrer Mutter geblieben?«, fragte ich.

»Wer zu viel in Geheimnissen wühlt, verliert den Boden unter den Füßen.«

»Ja«, sagte ich. »Wer zu wenig wühlt auch.«

Sie blickte zum Haus. »Es riecht nach Abendessen, finden Sie nicht?«

Bis vor wenigen Sekunden hatte ich unbedingt mehr über Petra Hübners Vergangenheit herausfinden wollen. Von einem Moment zum nächsten spürte ich nur noch, wie schrecklich hungrig ich schon wieder war.

Die übrigen Gäste der Pension hatten sich bereits auf der Veranda versammelt. Noch immer war es sehr warm. Nur Alex wirkte leicht unterkühlt. Ich setzte mich lieber neben Schwab. Alex runzelte die Stirn.

»Nach dem Essen möchte ich mit Ihnen reden«, sagte ich leise zu Schwab.

Ebenso leise gab er zurück: »Wir treffen uns im Hintergarten.«

Frau Moormann verschwand im Haus. Anna legte Alex eine Hand auf den Arm. »Fehlt dir etwas?«

»Mir geht's gut«, murmelte er.

Mit Filetspitzen in Sherryrahm kehrte Frau Moormann zu uns zurück. Wieder einmal griffen wir nach Messer und Gabel – wieder einmal langten wir zu.

Wir nahmen von ihr, was sie uns gab. Zum erstenmal fürchtete ich, es könnte nicht genügen. Ich musste immer weiteressen. Seit meinem Besuch in dem verlassenen Kinderzimmer wollte der Hunger nicht mehr vergehen.

Meine Sorgen waren unbegründet. Von allem gab es mehr als zu viel. Auch heute räumte Frau Moormann halb volle Teller ab. In den Dessertschälchen blieben zerdrückte Trüffelpralinen zurück. Uns wurde gegeben – weil Frau Moormann so freundlich war? Setzte sie jemals etwas auf die Rechnung? Existierten Rechnungen?

Dann wieder saß sie bei uns und lächelte sanft, aß nicht, trank nicht, hörte nur zu.

»Das Kulturhaus sucht eine Aufsicht für die nächste Jugenddisco, da könnte ich mich eigentlich mal melden«, sagte Alex.

»Die Schulterpolster habe ich herausgeschnitten, die haben zu stark aufgetragen«, sagte Anna.

»Sündenböcke sind ja bekanntlich zu allen Zeiten der Geschichte recht nützlich gewesen«, sagte Schwab.

Sie hörte zu.

Hörte sie zu?

Im Hintergarten wucherten Gräser und Sträucher unkontrolliert in alle Richtungen. Ein Badesteg führte in einen

Teich, der fast schon ein kleiner See war. Trotz der vorgerückten Stunde war es noch immer sehr warm. In dieser Hitze stand alles Leben still. Selbst die Mückenschwärme verharrten wie reglos in der Luft. Ich setzte mich ans Ufer des Teiches, lehnte den Rücken gegen eine Trauerweide und schloss die Augen. Meine Zehen spielten mit einer Dotterblume. Hinter mir räusperte sich jemand. Ich wandte den Kopf.

Breitbeinig stand Schwab im hohen Gras. Die Fäuste in die Hüften gestemmt, schaute er auf mich herunter. »Sie müssen wach bleiben«, sagte er. »Immer.«

Verblüfft nahm ich zur Kenntnis, dass er sein Sommerjackett und die Designer-Jeans gegen einen violetten Jogging-Anzug eingetauscht hatte. Schwab, der leidenschaftliche Redner und Welten-Erklärer, sah aus wie ein Familienvater auf Camping-Urlaub. Er ließ sich neben mir nieder, kreuzte die Beine und kramte das unvermeidliche Notizbuch hervor. Ich erzählte ihm von dem Kinderzimmer. Er schrieb es auf.

»Weiter«, sagte er.

Ganz selbstverständlich nahm er an, dass ich nicht herumgesessen hatte. Mit hochgezogenen Augenbrauen hörte er zu, während ich von meinem Besuch in der Metzgerei berichtete. Den Zwischenfall mit dem Foto und dem jungen Mann darauf verschwieg ich. Es war mir peinlich, ein fremdes Portemonnaie durchwühlt zu haben. Ich endete mit Petra Hübner und der Begegnung auf dem Marktplatz. Mit dem Wandel, der in den letzten Stunden mit ihr vorgegangen war. Er schrieb noch immer.

»Was denken Sie, Professor Schwab?«

Es gefiel ihm, wenn wir ihn Professor nannten, das hatte ich schon bemerkt. Heute Abend wollte ich gern seine Stimmung heben. Ich wollte ihn öffnen.

»Nennen Sie mich doch Thomas«, sagte er.

»Oh«, sagte ich. »Gut.«

»Und was denken Sie, Esther?«

Ich überlegte. »Die Leute hier tragen etwas mit sich herum«, sagte ich langsam. »Manchmal, nur ganz kurz, kann man es sehen. Dann bricht es für einen Moment durch. Es ist etwas, das die Leute versteinert. Es tötet sie ab.«

Er blätterte in seinen Notizen. »Im Gegensatz dazu stehen die Partys. Fünf Feiern in den letzten zwei Monaten. Immer so spontan, als käme Mühlenstedt das Feiern gerade in den Sinn. Interessant ist, dass zu dieser Zeit die Anspannung ihren Höhepunkt erreicht. Die Menschen fangen an, nun ja: zu spinnen.« Sein Blick hielt mich fest. »Auch gestern ist so einiges geschehen. Ich habe ein wenig herumgehorcht. Eine Achtzehnjährige ist mit ihrem getunten Golf über den Marktplatz gebrettert und hätte um ein Haar das Denkmal mitgenommen. Ein Junge ist von zu Hause weggelaufen. Acht Stunden später hat man ihn im Hinterhof des Imbiss-Lokals gefunden, wo er matschige Pommes frites aus dem Mülleimer gepult hat.« Nachdenklich massierte er sein linkes Ohrläppchen. »Zwei Todesfälle im Seniorenpark. Eine Fehl- und zwei Frühgeburten in der Frauenklinik.«

Meine Zehen hatten eine Vogelfeder ertastet. Vielleicht hatte eine Katze den Vogel gefressen. Der Katzenhund. Rasch zog ich meinen Fuß zurück.

Thomas Schwab starrte in den Himmel, wo Fäden von Abendrot schwebten. »Auf seine Art ist dieser Ort – außergewöhnlich.«

»Sie sprechen von Mollner?«, fragte ich.

»Ah!« Seine Augen glühten auf. Abwesend knibbelte er an einem Eigelbfleck auf seinem Jogging-Anzug herum. »Welchen Grund haben die Leute, junge und alte, schlaue und nicht so schlaue Leute, sich von ihm faszinieren zu lassen?« Er lächelte gequält. »Welchen Grund habe *ich*?«

»Es ist seine Ausstrahlung. Er hat Ausstrahlung.«

»Sonst nichts?« Seine Hand fuhr durch die Luft und wischte meine Worte beiseite. »Erläutern Sie bitte, was Ausstrahlung ist, ja? Nein, nein, das reicht tiefer.« Er blätterte in seinen Notizen. »Mollner steht dem Stadtverein, dem Konzertverein und dem Verband zur Verschönerung des Stadtkerns vor. Regelmäßig überweist er fünfstellige Summen an Kindergarten, Schule und Seniorenpark. Außerdem finanziert er das jährliche Spanferkelessen und den Ball der Feuerwehr. Im Übrigen lässt er sich kaum blicken. Er verbarrikadiert sich in seinem Schloss. Falls er nicht gerade auf Reisen ist.«

Eine Weile schauten wir vor uns hin.

»Glauben Sie, Patrick Busch ist denselben Weg gegangen, den meine Freundin ging?«

»Und welchen Weg ging Ihre Freundin?«

Ich fühlte mich hilflos und zornig. »Das sollte mir eigentlich Mollner erzählen! Eins sage ich Ihnen: Sobald er von *dieser* Reise zurückkommt, besuche ich ihn, ob das Tor nun verschlossen ist oder nicht.«

Etwas Hartes trat in seine Augen. »Gehen Sie erst, wenn Sie sicher sein können zurückzukehren.«

Ich lachte spöttisch. »Was erwartet mich denn im Schloss? Ein Geisterfürst? Der Teufel in Person?«

Seine Nasenflügel blähten sich. Der Bleistiftstummel stieß in meine Richtung. »Parapsychologie.« Heftig schüttelte er den Kopf. »Energieströme, Telekinese, Okkultismus – überlassen Sie das bitte Patrick Busch. Das heißt ...«, er lehnte sich mir leicht entgegen, »... dazu ist es wohl zu spät.«

»Aber hier passieren komische Dinge.«

»Komische Dinge lassen sich in der Regel durch nüchterne Erklärungen auf gewöhnliche Erscheinungen reduzieren.«

»Sie haben keine Phantasie, das ist Ihr Problem.«

»Und Sie sind im Urlaub.«

»Wie bitte?«

»Sie haben Ihre Routine abgeschüttelt und finden nun Gefallen daran, auf Klopfzeichen von draußen zu hören.«

Mit offenem Mund starrte ich ihn an.

Er stand auf. »Ich denke, ich werde noch ein paar Stunden arbeiten.«

»Was ...«

»Eine Studie über Mühlenstedt.«

Mit diesen Worten ließ er mich sitzen. Verwirrt schaute ich ihm nach. Er verschwand um die Ecke der Pension. Mein Blick wanderte in die fleischige Blüte einer Schwertlilie. Eine Biene kroch in den dottergelben Kelch, drehte und wendete sich, zappelte ein wenig und starb. Nach einer Weile begann hinter einem geöffneten Fenster im ersten Stock eine Schreibmaschine zu klappern. Mein T-Shirt klebte mir am Rücken und zwischen den Brüsten. Kurz entschlossen rappelte ich mich auf und holte meinen Badeanzug.

Das Wasser des Teiches war Wackelpeter. Es fühlte sich schaurig und doch seltsam angenehm an. Immer wieder drängte aus der Tiefe kühles Wasser herauf und verursachte mir eine Gänsehaut. Ich schwamm, bis meine Haut sich an den Fingerkuppen wellte und meine Zähne klapperten. Bibbernd zog ich mich auf den Steg. Die von der Sonne aufgeheizten Planken drückten gegen meinen Bauch und meine Schenkel. Mein Kinn ruhte auf einem der Moospölsterchen, die überall auf dem Steg wuchsen. Eine Hand hing über den Rand ins Wasser. In der Ferne hörte ich ein Auto vorbeifahren. Irgendwo lachte eine Frau. Ein Baby weinte, der Geruch nach Spiritus und Grillwürstchen drang von überallher in den Rosengarten.

Das Wasser lag still unter mir. Ich blickte in das Glas dieses grünen Spiegels und tauchte einen Finger hinein. Es fühlte sich noch seltsamer an als beim Baden. Es bewegte sich. Pulsierte. Zuckte. Hastig zog ich meine Hand zurück. Mein Herz klopfte.

Nein. Das Wasser war Wasser, und ich hatte einen leichten Sonnenstich. Eilig raffte ich meine Sachen zusammen.

Gerade wollte ich die Verandastufen hinaufsteigen, als sich im ersten Stock ein Fenster öffnete. Anna schaute heraus. »Hilfst du mir, meine Haare loszuwerden, Esther?«

Annas Zimmer war ein Chaos. Über Sessel- und Stuhllehnen hingen Kleidungsstücke in satten Farben: dreiviertellange Hosen, Blusen mit verrücktem Ausschnitt, Kleinigkeiten aus Seide und Spitze. Anna saß auf einem über das Bett gebreiteten Badelaken. Ihre Zungenspitze schaute zwischen den Zähnen hervor; konzentriert rührte sie in einem Tiegel voller Wachs. Sie war nackt. Ich wollte sie nicht anstarren. Doch es ließ sich kaum vermeiden. Sie hatte einen Körper, wie ich ihn noch bei keiner Frau gesehen hatte, fest und glatt, mit hohen, runden Brüsten, die allen Gesetzen der Schwerkraft widerstanden – verführerisch und doch auch mütterlich. Eine schöne Frau. Eine Frau, die nicht nur sich selbst, sondern auch andere Menschen liebte. Und wohl besonders die Männer. Vielleicht am meisten die Männer, die nichts von ihr wollten. Anna hatte sich einen Märchenprinzen versprochen, den vollkommenen Liebhaber, auf den sie seither gewartet und den sie in Mühlenstedt gefunden hatte.

Ihre Verliebtheit kam mir plötzlich seltsam vor. Pubertär.

Sie legte sofort los.

»Worüber hast du gestern mit Mollner gesprochen?«

Ich ging zum Fenster. »Über nichts Besonderes. Hamburg, mein Studium, das Wetter.« Ich hatte keine Lust, von meinem Vater zu erzählen. Gegen das Sims gelehnt sah ich zu, wie Anna ihre Waden mit Wachs bestrich.

»So. Jetzt musst du mir das Zeug von den Beinen ziehen«, sagte sie, und ihr Gesicht bekam einen ergebenen Zug. Ich gehorchte mit Schwung und, wie ich mir eingestehen musste, mit einem gewissen Vergnügen. Sie stöhnte einmal kurz, machte aber kein weiteres Aufheben davon. Aus ihrem Nachtschrank holte sie ein Glas Honig und rührte einen Löffel Zucker hinein.

»Nicht süß genug?«, fragte ich verdutzt.

Sie tupfte sich je einen Klacks auf Wangen und Stirn. »Ein Peeling. Es macht die Haut weich.«

Mir machte es Appetit.

»Alt werden muss ich wohl. Aber ich will dabei wenigstens nicht verschrumpeln«, sagte Anna. »Honig hält jung.«

Doch es ging nicht um Jugend. Es ging um Mollner. Und nicht nur Schrumpelfalten oder die Haare auf ihren Beinen, auch der Geruch ihres Körpers schien ihr hinderlich im Hinblick auf seine Eroberung. Nachts, so erzählte sie mir, wickelte sie sich in ein mit Parfüm gewaschenes Laken. Sie ließ mich an dem Flakon schnuppern. Ich stellte mir vor, wie sie in ihrem Bett lag: ein riesiger Nelken-Vanille-Strudel.

Sie ging ins Bad, um sich den Honig vom Gesicht und die letzten Wachsspuren von den Beinen zu waschen. Ich kehrte ans Fenster zurück und schaute über den Rosengarten zur Straße hin. Lange stand ich so, ohne zu wissen, worauf ich wartete oder was ich sehen wollte.

»Vielleicht kommt er sogar heute zurück«, sagte sie und trat neben mich. »Vielleicht kommt er einfach die Straße herauf.«

Ich wandte den Kopf. Unsere Blicke trafen sich. »Ja«, sagte ich. »Vielleicht.«

Es musste schön sein, wenn man nur noch zu warten brauchte. Wenn nur noch auf ein Ziel hin gelebt wurde. Mich fröstelte bei der Vorstellung, dass ein Mensch einen anderen Menschen so sehr beherrschen konnte. Ich dachte an gestern Abend, an die Gartenparty, und korrigierte mich: Wenn ein Mensch so viele Menschen beherrschte. Wenn so viele sich beherrschen ließen.

»Unsere Eltern sind vor ein paar Jahren gestorben«, sagte Anna plötzlich. »Seither bin ich für meine Schwester die Mutter. Bärbel und ich – wir lieben einander.«

Sie schlüpfte in ihren Morgenmantel und winkte mir, ihr zu folgen.

Im Nebenzimmer waren die Vorhänge zugezogen. Schatten füllten den Raum. Vorsichtig trat ich neben Anna, die sich über das Bett an der Stirnseite des Raumes gebeugt hatte. Ein Kind lag darin, ein kleines Mädchen von elf oder zwölf Jahren. Sein Gesicht war zart, die Haut, unter der sich jedes Äderchen abzeichnete, fast durchsichtig. Das ist kein Kind, dachte ich unwillkürlich. Das ist ein Elf mit grünem Blut und Flügeln auf dem Rücken.

Sanft legte Anna eine Hand auf die kleine Stirn.

»Was ist mit ihr?«, flüsterte ich.

Anna, nun keine mit Honig gesalbte Königin mehr, sondern nur noch eine besorgte Schwester, musterte mich intensiv. Offenbar tanzte die Antwort auf meiner Nase herum.

»Bärbel schläft seit zwei Wochen«, sagte sie und begann zu weinen. Es war ein kurzes und heftiges Weinen. Energisch wischte sie sich das Gesicht ab. »Wir wollten hier nur übernachten. Aber am nächsten Morgen konnte ich sie nicht wecken.«

»Sie schläft seit zwei Wochen? Aber ... ich meine ... man muss doch auch mal essen, oder ...«

Musste man? Bärbel wirkte nicht gerade wie ein Kind, das so irdische Dinge wie Brot oder eine Toilette benötigte.

»Dr. Brettfeld sieht jeden Tag nach dem Rechten. Es geht ihr gut«, sagte Anna.

»Aber ... gehört sie nicht in ein Krankenhaus?«

»Du redest schon wie Schwab! Was können die in einem Krankenhaus denn tun? Die würden ihr einen Schlauch in die Nase schieben, und dann würden sie warten.« Anna tastete nach Bärbels Hand und verschränkte ihre Finger mit den Fingern ihrer Schwester. »Warten kann ich besser.«

Die Dunkelheit verursachte mir Kopfschmerzen. Bärbels Schlaf. Merets Verschwinden. Ein einziges Chaos. Doch zugleich steckte hinter dem Chaos ein System. Nur durchschaute ich es nicht. Mollner – wie hing er mit allem zusammen? Es kam mir unpassend vor, Anna das zu fragen, hier, am Bett eines Kindes, das, wer weiß, vielleicht alles hören konnte.

Ich ging zum Fenster, schob den Vorhang einen Spalt breit zurück und sah hinaus, ohne etwas zu sehen. Nach einer Weile merkte ich, dass ich die Melodie von »Hotel California« summte. Meret hatte sich in Mühlenstedt verfangen. Irgendwie war sie der Stadt zu nahe gekommen. Vielleicht, dachte ich, ist sie überhaupt nicht abgereist. In diesem Zimmer kam mir plötzlich alles möglich vor.

Als würde sie meine Gedanken weiterspinnen, sagte Anna: »Wir bleiben in Mühlenstedt. Hier hat Bärbel wenigstens Ruhe.«

Sie hatte den Satz kaum ausgesprochen, da fuhr das Mädchen hoch und begann zu schreien. Bärbel schrie und schrie, schrie sich mit weit offenen und doch leeren Augen dem Höhepunkt irgendeines Albtraums entgegen.

»Bleib du bei ihr«, befahl Anna. »In meinem Zimmer liegt ein Pieper für Dr. Brettfeld.«

Sie rannte hinaus.

Verstört, aber zugleich fasziniert setzte ich mich auf die Bettkante. Zögernd legte ich zuerst einen, dann beide Arme um den dünnen Kinderkörper. An Bärbels linker Schläfe klopfte eine Ader verzweifelt um Hilfe. Nein, dachte ich. Sie hat keine Angst. Sie ist Angst.

So intensiv war diese Angst, dass Bärbels Kinderschweiß scharf, fast tierisch roch. Die hohen Töne, die sie ausstieß, gellten in meinen Ohren. Leise redete ich auf sie ein. Die Ader an ihrer Schläfe klopfte immer stärker. Und wenn sie platzte? Oder zu schlagen aufhörte?

Verzweifelt schaute ich zur Tür. »Anna«, murmelte ich. »Anna, verdammt, komm zurück!«

Die Schreie wurden leiser. Bärbel schloss die Augen und sank gegen meine Schulter. Noch immer spürte ich sie zittern. Vorsichtig ließ ich sie in die hoch aufgetürmten Kissen zurückgleiten.

Auf einmal kapierte ich es. Wenn ich es nicht mehr aushalte, dann helfe ich mir mit Arbeit, dachte ich. Mit Essen oder Weglaufen. Bärbel hat den Schlaf gewählt.

Mit blassem Gesicht kehrte Anna ins Zimmer zurück und

setzte sich zu uns. Immer wieder strich sie ihrer Schwester das schweißnasse Haar aus der Stirn. Weil ich nicht wusste, was ich sagen sollte, plapperte ich irgendwelches dummes Zeug vor mich hin, es wird schon gut werden, sicher kommt Dr. Brettfeld gleich, es geht ihr bestimmt schon besser, schau, sie schläft doch ganz ruhig. Vor Nervosität bekam ich Bauchschmerzen. Auch Anna sah elend aus. Gerade wollte ich hinuntergehen und uns eine Kanne Tee holen, da kam Dr. Brettfeld wirklich.

Er musterte Bärbel mit einem Ausdruck, als hätte er sich gern neben sie gelegt und lange, sehr lange geschlafen. Mechanisch maß er ihren Puls, hob ihre Lider an und horchte ihr Herz ab. Die mit Satin bezogene Decke, die er schließlich über sie breitete, sah in seinen Händen wie ein Leichentuch aus.

In der Halle holte ich ihn ein. »Dr. Brettfeld!«

Er blieb stehen. Genervt sah er mich an.

»Was war mit Meret?«

An seinem rechten Mundwinkel zuckte ein Muskel. Er legte eine Hand darüber und räusperte sich. Als er die Hand wieder wegnahm, war sein Mund ruhig. »Wie ich bereits sagte: Ich habe Ihre Freundin nicht gekannt.«

»Sie ist nicht freiwillig mit Mollner gegangen.«

Es war ein Schuss ins Dunkle. Und ein Treffer. Der Muskel begann erneut zu zittern. Abrupt wandte sich Dr. Brettfeld ab und ging zur Tür. Ich folgte ihm. Er straffte die Schultern und wandte sich mir noch einmal zu. Sein Gesicht war glatt und fest. Dr. Brettfeld hatte eine Schicht Zement über das gelegt, was er nicht mehr spüren wollte. Die Hilflosigkeit.

»Sie beschuldigen Herrn Mollner, jemanden entführt zu haben, sehe ich das richtig?«, fragte er warnend.

»Ich glaube, er hat Meret gezwungen«, sagte ich. »Genau wie Patrick Busch.«

Mit diesen Worten ließ ich Dr. Brettfeld stehen.

Oben in meinem Zimmer legte ich mich gleich ins Bett. Doch mein Herz klopfte so heftig, dass es lange dauerte, bis ich endlich einschlafen konnte.

Es war derselbe Traum wie in der vergangenen Nacht. Der Weg durch die Wildnis. Unter meinen Füßen das Schmatzen der feuchten, von Nässe aufquellenden Erde. Am Horizont das Schloss, das in der Dunkelheit schwamm wie ein formloser Wal. Ich blieb stehen, aber das Schloss kam näher. Die Eingangstür öffnete sich. Das, was dahinter lauerte, begann sich herauszuschieben. Eine Gestalt; was für eine Gestalt, das wollte ich nicht sehen. Ich kniff die Augen zu, spannte sämtliche Muskeln an, ballte die Fäuste und versuchte meine Ohren von innen zu verschließen. Früher, als ich klein gewesen war, hatte der Trick funktioniert. Er funktionierte noch immer: Ich erwachte. Auf keinen Fall wollte ich wieder einschlafen. Rasch schwang ich die Beine aus dem Bett, wickelte mich in meinen Morgenrock und setzte mich ans Fenster.

Draußen war es dunkel. Der Rosengarten lag still unter mir. Doch ich misstraute dem friedlichen Bild. Was würde als Nächstes geschehen?

Noch hielt mich eine gewisse Neugier in Mühlenstedt. Und natürlich hoffte ich, etwas über meine Freundin herauszufinden, auch wenn diese Hoffnung allmählich schwächer wurde. Doch zum ersten Mal spürte ich jetzt so etwas wie Heimweh. Ich konnte die Küchendünste des Imbiss-Lokals riechen, in dem ich gejobbt hatte. Ich konnte Hamburg fühlen. Auf einmal sehnte ich mich nach der Notwendigkeit, Geld zu verdienen, Seminare zu belegen, meinen Leseausweis zu verlängern und Referate termingerecht abzugeben. Das war die Wirklichkeit. Doch zugleich versetzte mir der Gedanke an diese Wirklichkeit einen Stich. Jahrelang hatte ich geglaubt, mein Dasein bestände aus irgendeiner Aufgabe. Diese Aufgabe würde ich finden, und dann würde das richtige Leben beginnen. Alles würde einen Sinn bekommen. Ich würde Kinder in die Welt setzen oder Geld verdienen oder gute Werke tun, und zwischendurch würde ich Urlaub machen und dabei wissen, dass all dies meine Aufgabe und mein Leben und richtig war.

Nun saß ich hier und merkte, dass mein Leben längst begonnen hatte, mit seinen Abläufen, die sich niemals änderten, und hin und wieder dem Dunkel, das mich jedes Mal wie eine Grippe überfiel, und dass ich nirgends eine Aufgabe erkennen konnte, nur kleine alltägliche Pflichten.

Hier, in diesem Zimmer, mitten in der Nacht, irgendwo in einer kleinen Stadt, kam mir mein bisheriges Bild vom Leben auf einmal verkehrt, ja, einfältig vor.

Keine Warnung. Plötzlich war der Schrei da, hell und entsetzt und in der ganzen Pension.

Ich rannte den Flur entlang, bog um eine Ecke und stieß mit Alex zusammen. Wir starrten einander an, dann liefen wir gemeinsam weiter. Wir erreichten Annas Zimmer gleichzeitig mit Thomas Schwab und Frau Moormann. Nur die schlafgefangene Schwester fehlte. Und Henning, natürlich. Die oberen Regionen des Hauses blieben ihm versperrt.

Frau Moormann knipste das Licht an. Aufrecht saß Anna im Bett und sah uns mit großen Augen entgegen. Das Nachthemd war ihr bis zu den Oberschenkeln hochgerutscht. Dort, wo ich ihr das Wachs von den Beinen gezogen hatte, war ihre Haut mit roten Punkten übersät.

»Sie ist durch mein Zimmer gegangen.« Ihre Stimme klang hohl. »Sie hat mich angesehen, mit einem Blick, mit so einem Blick darf man einen doch nicht ansehen, das hält doch keiner aus.«

»Was denn, Anna?«, fragte ich.

»Ach was, Anna«, sagte Alex.

»Wer hat Sie angesehen?«, fragte Thomas Schwab ruhig. Fast sofort fühlte ich, wie auch ich selbst ruhiger wurde.

»Ihre Finger sahen wie Zweige aus«, sagte Anna, »und ihr Haar, das war überhaupt kein Haar, das war so ein Bündel, ganz rot und ...«

»Meret«, entfuhr es mir.

Plötzlich sahen alle mich an. Frau Moormann nagte an ihrer Unterlippe. »Meret«, sagte ich noch einmal und spürte mein Herz.

Thomas Schwab runzelte die Stirn.

»Sie hatten einen Albtraum, Frau Kanzler«, sagte Frau Moormann sanft.

»Was ist los?«, ertönte Hennings Stimme aus dem Erdgeschoss.

»Es ist alles in Ordnung, Henning!«, rief seine Schwester hinunter.

»Sie war so *hässlich*«, flüsterte Anna. »Ihre Zähne steckten verkehrt herum in ihrem Mund, und ihre Augen – gekochter Fisch hat solche Augen. O Gott, sie war so hässlich ...«

Thomas Schwab schüttelte den Kopf. »Es war ein Albtraum, Anna«, sagte er streng, aber nicht unfreundlich. »Das wissen Sie doch selbst.«

Anna blitzte ihn an. »Und Sie wissen wieder einmal alles besser, nicht wahr?«

Ein Schatten glitt über sein Gesicht. Ich konnte sehen, wie er sich zusammenriss. »Legen Sie sich wieder hin«, riet er. »Wir alle sollten uns wieder hinlegen.«

Mit diesen Worten verließ er das Zimmer. Nach einer Weile ging auch Frau Moormann hinaus.

Anna atmete tief durch. »Er hat ja recht«, sagte sie zerknirscht. »Aber das kann ich ihm nicht sagen. Ich kann es einfach nicht.«

Von der Tür her fragte Alex: »Kommst du, Esther?«

Bittend sah Anna mich an. »Bleib noch einen Moment, ja?«

Ich versuchte zu lächeln. Mein Gesicht gehorchte mir nicht. Wortlos setzte ich mich auf die Bettkante. Alex zuckte die Schultern und ließ uns allein.

Wir schwiegen lange.

»Ein Albtraum«, sagte Anna.

Wieder Schweigen.

»Trotzdem«, sagte sie. »Es war so ... wirklich. Und die Frau ... so ... hässlich.« Ermattet lehnte sie sich zurück und schloss die Augen. »Du bleibst?«, murmelte sie.

»Wenn du willst«, sagte ich.

Nach ein paar Minuten wurden ihre Atemzüge ruhiger, dann tiefer.

»Anna?«, fragte ich leise. Sie antwortete nicht. Ich löschte das Licht. Die Vorhänge waren nicht zugezogen. Das Mondlicht ließ Muster an den Wänden zittern. Ich setzte mich ans Fenster. Der Mond leuchtete so rot, als wäre er mit Blut gefüllt. Mit dem Herbst würden die Blätter der Bäume den gleichen Ton annehmen wie der Mond. Wie Merets Haar. Falls der Herbst nach Mühlenstedt kam. Einen Moment lang hatte ich die Vision von einem Ort, an dem es niemals Herbst, Winter oder Frühling werden konnte. Das

Wachstum des Sommers würde weitergehen, bis Mühlenstedt an sich selbst erstickte.

Als ich den Kopf dem Bett zuwandte, glaubte ich einen Schatten vorbeihuschen zu sehen, eine schmale Gestalt mit flammendem Haar.

Meret.

Doch da war nichts.

Nach einer Weile stand ich auf und ging leise hinaus. In der Ferne hörte ich Tastengeklapper. Dem folgte ich.

Aus Merets Aufzeichnungen. Mühlenstedt, Juli

»Nach der Party nahm er mich am Arm und führte mich zu seinem Wagen. Während der Fahrt schwiegen wir. Ich hörte seinen Atem neben mir und spürte eine Art neugieriger Furcht.

Wir fuhren lange. Irgendwann tauchte zwischen den Bäumen das auf, was die Mühlenstedter das *Schloss* nennen. Ein großartiger und zugleich bedrückender Anblick. Am bedrückendsten war vielleicht die Tatsache, dass es wirklich existierte.

Im Innern des Schlosses roch es nach feuchtem Gemäuer und Pilzen, aus der Ferne nach Tee mit Bergamotte. Mollner fragte mich, ob ich mein Zimmer sofort sehen wolle. Sein Ton war höflich. Er sprach mit mir, als hätte ich eine Wahl gehabt.

Das Zimmer, in dem er mich dann allein ließ, war völlig dunkel. In diesem Zimmer konnte man überhaupt nichts sehen. Man spürte nur, dass die Ausmaße des Raumes gewaltig waren. Ich tastete mich durch diese Dunkelheit, doch die Tür, durch die ich hereingekommen war, konnte ich nicht wieder finden. Meine Hände erfühlten nur einen Tisch und einen Stuhl. In meiner Vorstellung standen beide in der Mitte des Zimmers. Sogar den Füllfederhalter, der auf der Tischplatte lag, stöberte ich auf. Auch ein paar Bögen Papier fand ich. Sie knisterten unter meinen Händen. Wer weiß, wie lange sie schon hier in der Dunkelheit lagen.

Stille nähte mich ein. In dieser Stille begann ich meine Geschichte zu erzählen. Ich schrieb blind in der Dunkelheit. Das Schreiben beruhigte mich. Das Schreiben war ein ausgezeichnetes Mittel gegen das Denken. Aber zugleich machte es mir Angst. Das Schreiben konnte mich überallhin führen.«

6

FLUCHT

Ohne anzuklopfen trat ich ein. Thomas Schwab, der an einem wuchtigen Schreibtisch saß, wandte den Kopf. Als er mein Gesicht sah, stand er sofort auf.

»Was ist passiert?«

»Ich weiß es nicht. Ich weiß nur, dass es meiner Freundin passiert ist und dass ich mit Mollner reden will. Jetzt.«

Er nahm mich am Arm, zog mich zu seinem Schreibtisch und drückte mich auf den Stuhl. Wie eine Feder sprang ich wieder hoch.

»Brauchen Sie ein Glas Wasser, Esther? Möchten Sie ...«

»Ich möchte Meret.«

»Sie haben sich bei Anna angesteckt«, sagte er ruhig. »Ich sage Ihnen ...«

»Und ich sage, Sie haben ein Problem damit, dass hier Dinge geschehen, die Sie nicht erklären können und die ...«

»Genau. Dieses Problem tritt immer dann bei mir auf, wenn Unsinn geredet wird. Es ist kurz nach eins. Sie können Mollner nicht besuchen, auch wenn wir außer Acht lassen, dass er nicht zu Hause ist.«

»Das werden wir ja sehen. Hier stimmt nichts, überhaupt nichts, Thomas! Die Moormanns wissen Bescheid. Vor allem Frau Moormann, sie macht mit bei etwas, das ich nicht verstehe und ...«

Sein Gesicht versteinerte. »Es wäre mir lieb, Sie ließen Greta Moormann aus dem Spiel«, sagte er kühl.

»Sie könnte uns bestimmt eine Menge erzählen.«

»Das bezweifle ich.«

»Ja, ausgiebig plaudern tut sie wohl nur mit Kelpie«, sagte ich böse.

»Und im Gegensatz zu anderen Menschen, die sich mit ihren Haustieren unterhalten, versinkt sie dabei nicht im Brei eines kindischen Kauderwelschs oder überzuckert ihre Sätze mit Verniedlichungen und albernen Spitznamen«, entgegnete er scharf.

»Ja, ja, ja, sie spricht mit dem Katzenhund, als unterhielte sie sich mit einem Professor.«

»Seien Sie still!« Jetzt war er wütend.

»Kommen Sie mit?«

»Wohin?«

»Zum Schloss.«

Er wird mich festhalten. Auf einmal schien es durchaus wahrscheinlich. Er wird mich daran hindern. Ein Teil von mir lehnte sich zornig gegen diese Möglichkeit auf, während ein anderer Teil von mir genau dies wollte: Bitte, Thomas Schwab, verbiete es mir! Der Weg zum Schloss war kein Spaziergang. Ich hatte Angst. Keine Angst zu haben – das wäre verrückt gewesen.

Wachsam blickte er mich an. In seinen Pupillen flackerte es.

»Wenn es nach Ihnen ginge, dürfte nie etwas passieren, das Sie nicht erklären können«, sagte ich leise.

»Zwei und zwei ergeben immer noch vier«, entgegnete er kühl.

Meine Angst wuchs. Weil ich sah, dass er sich seine Furcht nicht eingestehen würde. Weil ich allein war. Plötzlich lachte ich los, als hätte ich den Verstand verloren. Thomas Schwab stimmte nicht in mein Gelächter ein. Ich lachte so lange, bis es vorüber war. »Ich ziehe mir jetzt etwas anderes an«, sagte ich. »In der Halle warte ich auf Sie.«

Irgendwo zwischen den Rosen kämpfte sich eine Grille durch ein einsames Solo. Eine Katze schrie, verstummte, schrie wieder. »Wir brauchen ein Seil«, sagte Thomas Schwab.

»Wozu?«

»Wenn Sie über das Tor in den Park geklettert sind, können Sie nicht erwarten, dass auf dem Rückweg jemand bereitsteht und Ihnen noch einmal eine Räuberleiter macht.«

In diesem Moment wurde mir klar, dass ich gar nicht damit rechnete zurückzukehren.

Im Gartenhaus fanden wir ein Seil. Ich legte es mir über die Schulter. Auf einmal kam ich mir sehr mutig vor. Unsere Wanderung durch die Nacht begann.

Wie immer, wenn ich mich bewegte, stellte sich eine gewisse Ruhe ein. Ich hatte nichts anderes zu tun, als den nächsten Schritt zu gehen und den nächsten und dann wieder den nächsten. Auf diese Weise hinderte ich mich am Denken. Das Gehen lenkte mich von mir selbst ab. Von dem, was ich vorhatte.

Zügig schritten wir durch die menschenleeren Straßen und bogen in den Elisabethkamp ein, der in langen Kurven zum Parktor führte. Vor uns schmierten die letzten Straßenlaternen Monde auf den Asphalt. Feuchte Luft wehte mir ins Gesicht. Ich konnte den Sumpf riechen. Meine Hände zitterten nun doch. Ich hatte keine Angst vor Mollner. Die Angst saß tiefer, an einem Ort, an dem ich sie nicht erreichen konnte. In meinem Magen rollte ein Stein.

Allmählich verlangsamten sich unsere Schritte. Die Straße führte auf dem letzten Stück unter gewaltigen Bäumen dahin. Bei Nacht sind wohl alle Wälder einigermaßen beunruhigend. Umso mehr, wenn die Eichen hundert Jahre alt sind, die von Efeu umwickelten Äste bis auf den Boden reichen und die Dunkelheit dadurch noch undurchdringlicher wirkt. Ich fragte mich, wie viel Lebendiges in diesen Schatten hauste. Automatisch beschleunigte ich meine Schritte wieder. Wir bogen um die letzte Kurve. Aus der Dunkelheit hob sich uns das Tor entgegen. Schweigend gingen wir darauf zu.

Vor dem Tor blieben wir stehen. Thomas Schwab legte seine Hände zu einer Räuberleiter zusammen. Das Folgende war nicht eben graziös. Endlich erwischte ich den oberen Rand des Tores, zog mich hoch und verknotete das Seil an einer der Querstreben. Von unten sagte Thomas Schwab:

»Wollen Sie wissen, was ich denke?«

»Lieber nicht.«

»Ich denke, Sie sollten wieder herunterkommen. Morgen überlegen wir uns etwas Sinnvolles.«

Vorsichtig schob ich mich über das Tor und seilte mich ab. Weil es schneller ging, sprang ich aus halber Höhe auf den Boden.

»Kommen Sie zurück!«, rief Thomas Schwab.

»Warten Sie hier.«

»Esther!«

Hinter mir wurde seine Stimme leiser. Dann konnte ich sie nicht mehr hören.

Ein Asphaltweg führte mich durch den Park. Blätter wischten über meine Arme. Im Dunkeln glaubte ich etwas zu erkennen, das aus einem der Bäume quoll und das einem Haufen Innereien beängstigend ähnlich sah. Erst auf den zweiten Blick verwandelten sich die Innereien in blasse, am Stamm klebende Pilze.

Ungefähr zehn Minuten später endete der Asphalt. Ein Schloss war nirgends zu entdecken. Zögernd ging ich weiter. Grashalme tasteten nach meinen Knöcheln. Bläuliches Mondlicht fiel mir vor die Füße. In meinen Turnschuhen quietschte Wasser. Von einem Weg war nichts zu sehen. Von einem Schloss erst recht nicht. Mondlicht, Bäume und Gestrüpp verschwanden in der Dunkelheit. Eine kompakte Schwärze hüllte mich ein. Wie groß mochte der Park sein?

Ich blieb stehen und lauschte, hörte nichts als hin und wieder das Knacken eines Zweiges. Ich würde das Schloss nie erreichen. Vielleicht gab es gar kein Schloss. Warum war ich hierher gekommen? Nirgends konnte es einsamer sein.

Ich ging weiter. Bei jedem Schritt zwang ich mich, an Meret zu denken. Aber Meret war weg. Da war nur das Gefühl, mich immer tiefer in diesem Park zu verlieren.

Nach weiteren zehn Minuten blieb ich wieder stehen. Ich hatte völlig die Richtung verloren. Das Pulsieren in meinen Handgelenken, in meinem Hals, meinem Kopf schwoll an. Woher war ich gekommen? Wohin musste ich gehen? Wo war hinten, wo vorn? Ich hatte Angst. Ich konnte mich nicht erinnern, jemals eine so starke Angst empfunden zu haben. Übelkeit stieg in mir hoch. Ich beugte mich vor und würgte. Es wollte nichts kommen. Als ich mich wieder aufrichtete, zitterten mir die Knie. Irgendwo musste dieser Park doch enden! Ich machte einen Schritt, und meine Beine gaben nach.

Wie betäubt kauerte ich auf dem feuchten Boden. Ich wollte mich nicht bewegen, nie wieder. Aber ich musste, ich hatte ja keine Wahl. Ich zwang mich aufzustehen. Ein Schritt. Nur ein einziger Schritt. Es wäre ein Zeichen, auch wenn ich nicht wusste, wofür. Ich steckte in diesen Schritt alles, was von meiner Kraft und meiner Entschlossenheit übrig geblieben war; von meinem Willen durchzuhalten. Dann begann ich zu rennen. Ich rannte blind drauflos, in irgendeine Richtung. Ich rannte und rannte. Zwischen den Bäumen tauchte der Weg auf. Vor Erleichterung begann ich zu schluchzen. Weiter. Weiter. Ich stolperte, fiel hin, rappelte mich auf. Das Tor. Wieder schluchzte ich, streckte beide Hände aus. Das Tor. Ich packte das Seil, zog mich hoch, robbte die Eisenstangen hinauf, kletterte hinüber, knotete mit fliegenden Fingern das Seil ab, warf es hinunter und ließ mich fallen.

Thomas Schwab half mir auf die Beine. Ich kippte in seine Arme und klammerte mich an seinem Hemd fest, glaubte zu fallen, immer tiefer, in den Boden, durch den Boden hindurch und aus der Welt hinaus. Ich weinte. Weil ich es nicht geschafft hatte. Ich hatte meine Freundin allein gelassen. Noch immer wurde ich wie ein Kind von meiner Angst herumgeschubst. Ich wollte kein Kind mehr sein.

Tröstend strich mir Thomas Schwab über den Kopf.

»Ich will nach Hause«, schniefte ich und schob meine Finger in seine Hand. Die Hand fühlte sich fest und sicher an. Die Angst blieb.

Langsam gingen wir die Straße hinauf. Über uns und um uns herum wisperte die Nacht. Als wir die Pension erreichten, merkte ich, wie müde ich war. Thomas Schwab sah mich lange und aufmerksam an. Seine Augen waren braungrün und warm. Plötzlich war ich sehr froh, dass er in der Pension wohnte.

»Werden Sie schlafen?«, fragte er, als wir vor meiner Tür angelangt waren. Ich nickte. Er strich mir noch einmal über den Kopf und ließ mich allein.

In dieser Nacht träumte ich so deutlich von meinem Vater, dass ich schweißnass erwachte und bis zum Morgen nicht wieder einschlafen konnte.

Durch die geschlossenen Vorhänge schien die Sonne ins Zimmer. Ich lag in meinem Bett und überdachte die Lage.

»Sieh zu, dass du deine Angst in den Griff kriegst«, hatte mein Vater einmal zu mir gesagt. Damals war ich dreizehn gewesen. Wir waren ans Meer gefahren, in ein Feriendorf, wo man in einem Reitstall Ponys mieten und durch die Dünen reiten konnte. Auf dem Rückweg galoppierte mein Pony einfach los. Ich verlor den Halt und fiel in eine Hagebuttenhecke. Es tat sehr weh. Mein Vater holte das Pony zurück, hielt mir die Zügel hin und sagte: »Nicht dasitzen und weinen. Aufstehen und weiter!«

Hier, in meinem Bett, überkam mich der Wunsch, nie wieder aufzustehen. Ich schloss die Augen. Lange lag ich so.

Es war kein Zusammenbruch. Ganz sacht glitt ich in das Dunkel hinüber. Es stieg aus meinen Eingeweiden auf, wühlte sich durch meinen Magen, kroch in meine Lunge und schob sich in mein Herz. Das Dunkel war überall. Irgendwie waren mir die Tage in Mühlenstedt zu einem Zerrbild meines eigenen Lebens geraten.

Auf dem Weg vom Bett ins Badezimmer fasste ich meinen Entschluss. Ich duschte, zog meine Reisetasche unter dem Bett hervor und starrte in den Taschenmund. Gierig klaffte er mir entgegen. Meine Hände hingen müde herab.

Wirklich?, dachte ich.

Ja. Wirklich.

Mit der Tasche über der Schulter trat ich auf die Veranda hinaus. Sie saßen beim Frühstück. Ahnungslos nickte mir Alex zu. Anna winkte. Frau Moormann goss Orangensaft in die

Gläser. Thomas Schwab sah meine Tasche und runzelte die Stirn.

»Ich fahre«, sagte ich.

Einen Moment blieb es ganz still. Sie schauten mich an, mit einem Bissen Brötchen im Mund, einem Croissant in der Hand, dem Mühlenstedter *Heimatboten* auf dem Teller. Dann ließ Frau Moormann die Kanne fallen. Sie zerbarst mit einem Klirren. Orangensaft spritzte auf ihr Kleid.

»Aber doch nicht jetzt, Frau Birk«, sagte sie. »Doch nicht ohne Frühstück, kommen Sie, setzen Sie sich, ich hole erst einmal frischen Saft, trinken Sie ein Glas, und dann überlegen Sie sich alles. Warum wollen Sie denn bloß abreisen, das ist doch Unsinn, Sie sind ja gerade erst angekommen, mögen Sie Ihr Zimmer nicht? Sie bekommen ein neues, Nordlage, das ist bei dieser Hitze auch viel angenehmer, außerdem haben wir doch heute Abend das Konzert in der Aula, Barber und Bernstein, das müssen Sie sich unbedingt anhören, kommen Sie, setzen Sie sich ...«

Und so fort, immer weiter, ohne Pause. Sie redete, als sei sie durchgedreht. Die Haustür öffnete sich, und ihr Bruder rollte auf die Veranda. Verwirrt sah er von einem zum anderen. Sein Blick blieb an dem Saftfleck auf dem Kleid seiner Schwester haften.

»Frau Birk will uns verlassen.« Frau Moormann brach in Tränen aus. Sie weinte ohne Geräusch. Das Wasser rann einfach aus ihren Augen. Ihr Weinen erschreckte mich sehr. Sie wandte sich ab und ging ins Haus.

»Was ist denn passiert, Esther?« Annas Stimme klang mütterlich. Doch zugleich klang sie auch vorwurfsvoll. Ihre Stimme sagte: »Du hast Frau Moormann zum Weinen gebracht. Ist das nicht etwas undankbar?«

Ich setzte mich vorsichtig. Ich rechnete mit allem. Damit, dass Kelpie mich verbellen oder Hände aus dem Sessel wachsen und mich festhalten würden. Gebannt starrte ich auf das Frühstück; mechanisch griff ich nach einem Brötchen und bestrich es mit Butter und Honig. Es war eine Erleichterung, in das Brötchen zu beißen. Honig füllte meinen Mund. Ganz auf das Kauen und auf das nächste Brötchen konzentriert, wurde mir allmählich leichter ums Herz.

»Würden Sie mit Ihrer Abreise wenigstens bis zum Mittagessen warten?« Auf Hennings Schoß lag eine vergessene Zwiebelschale. Bekümmert sah er mich an. »Ich würde gern noch einmal für Sie kochen.«

So wie er es sagte, hätte ich am liebsten geweint. Statt dessen nickte ich.

Der Vormittag verlief trübsinnig. Alex warf mir einen traurigen Blick nach dem anderen zu. Anna legte mir ständig eine Hand auf den Arm. »Ist es wegen gestern Nacht? Das war doch nur ein Albtraum, Esther. Sonst sind die Nächte hier wunderbar ruhig.«

Ich lachte freudlos. »Es ist bestimmt nicht wegen deines Traumes. Ich will weiter, sonst nichts. Mal wieder etwas anderes sehen.«

Thomas Schwab, der Frau Moormann ins Haus gefolgt war, steckte den Kopf zum Fenster heraus. »Wir essen im Festsaal.«

Bisher hatte ich geglaubt, der Festsaal dürfe hinter seiner verriegelten Tür den Sommer verschlafen. Nun standen die Flügel dieser Tür weit offen.

Die hohen Pflanzen und die Rundbögen erinnerten eher an einen Badetempel als an ein Zimmer, in dem gegessen wurde. Es herrschte angenehme Kühle. In einem grünen Seidenkleid glitt Frau Moormann durch den Raum, eine Handbreit über dem Alltäglichen, ganz ihrer Art entsprechend. Umsichtig rückte sie hier einen Teller, dort eine Gabel zurecht. Als sie mich eintreten sah, lächelte sie. Ihr Lächeln kam mir wie eine Lüge vor. Ich erwiderte es nicht.

Alles war sorgfältig hergerichtet. An den Servietten musste ein Origami-Künstler den ganzen Vormittag gefaltet haben. Die Gläser funkelten wie Tiefseefische. Das Kerzenlicht versetzte mich zurück in meine Kindheit. Weihnachten. Geschenke. Dann hörte ich die Musik. Sie war leise und drängte sich doch auf. Eine Musik, die den Verstand verwässerte. Alles ertrank in diesem Fluss aus Tönen.

Du kannst mich nicht festhalten, Greta. Mich nicht.

Wir setzten uns. Frau Moormann servierte den ersten Gang. Abwesend zerpflückte Thomas Schwab seine Blätterteigpastete und pulte die Steinpilze heraus. Alex wirkte noch immer bedrückt. Ich fühlte mich unbehaglich. Steif saß ich auf meinem Stuhl und steckte einen Bissen nach dem anderen in den Mund. Und dann, ganz plötzlich, hatte ich genug. Mir wurde nicht übel, ich hatte nur einfach genug von dem Essen und seinem Geruch. Ich schob meinen Teller zurück. Es tat mir Leid für Henning, den meine nur halb aufgegessene Pastete vielleicht kränken würde, doch das war nun nicht zu ändern.

Der Pastete folgten Rehmedaillons. Fürsorglich lud Thomas Schwab Kroketten auf meinen Teller. Ich schüttelte den Kopf.

»Doch, Esther. Hamburg ist weit.«

Ich nahm einen Bissen und legte die Gabel weg. Die Kerzen flackerten. Ich saß da und sah mir an, wie alle um mich herum aßen, tranken, redeten, wie sich alle um Fröhlichkeit bemühten. Sogar Frau Moormann beteiligte sich heute an der Unterhaltung. Angeregt plauderte sie mit Anna. Auf einmal fand ich sie sehr beweglich. Heute Morgen ein kurzer Tränenausbruch, dann die Rückkehr zur altgewohnten Gelassenheit und jetzt eine Lebendigkeit, die mich beunruhigte. Nun wandte sie sich direkt an mich. »Ich frage mich, wie Sie in Hamburg zurechtkommen.« Ihre Stimme war Samt. »Ich frage mich, wie Sie überleben.«

Ich tunkte eine Krokette in die Trüffelsauce, aß die Krokette aber nicht. »Das ist ziemlich einfach.« Ich sah sie an. »Ich stehe morgens auf und lege mich abends schlafen und vergesse nicht zu atmen.«

Ihr Lächeln zitterte kurz. Sofort rief sie sich zur Ordnung. »Wenn ich mir die Welt da draußen ausmale – wissen Sie, woran ich dann denke?«, sagte sie ruhig. »Ich denke an ein Meer von Entscheidungen, die jeder Mensch in jeder Minute treffen muss, ganz für sich alleine. Ich denke an Männer und Frauen, die nicht glücklich sind. Ich denke an eine Gleichgültigkeit und an eine Grausamkeit, die ich nicht verstehe.«

Gern hätte ich meine Hände nach ihr ausgestreckt und ihr die Haut in Fetzchen vom scheinheiligen Gesicht geschabt.

»Ich denke an die Welt dort draußen«, fuhr sie fort, »und sehe einen freien Fall. Ich sehe einen Sturz.«

Ich rührte in den blutroten Preiselbeeren. Ich wusste, wovon sie sprach.

»Sie sprechen vom Leben«, sagte Thomas Schwab. Er sagte es so leise, dass sie es überhören konnte.

Zum Nachtisch gab es Mokkacreme mit Sahne. Die Creme roch süß und sah weich aus, und ich rührte sie nicht an.

»Mögen Sie keinen Mokkageschmack?«, fragte sie.

»Ich hebe mir die Creme für Hamburg auf. Da esse ich sie dann. In Gedanken.« Ich schob meinen Stuhl zurück. Ich wollte nur noch weg.

Auch ohne mich nach ihr umzublicken wusste ich, dass Frau Moormann mir lange nachschaute. Sogar nachdem ich den Saal verlassen und die Flügeltür hinter mir geschlossen hatte, spürte ich noch ihren Blick.

»Esther.«

Ich fuhr herum. Alex war mir in die Halle gefolgt.

»Bleib«, sagte er.

»Nein«, sagte ich.

»Der Sumpf.« Er stand jetzt vor mir. »Der ist nicht so harmlos. Ich lass dich nicht gehen.«

»Willst du die Polizei holen?« Ich legte eine Hand auf seinen Arm. Er nahm meine Hand und hielt sie fest.

»Vielleicht kommst du mal raus aus Mühlenstedt. Dann besuchst du mich. In Hamburg.« Ich umarmte ihn. Bevor er die Umarmung erwidern konnte, ließ ich ihn los und tat einen Schritt zurück. »Gib mir deine Nummer, ja? Wir telefonieren, sobald du hier weg bist.«

Er schüttelte den Kopf. »Ich habe sie vergessen.«

»Wen?«

»Meine Telefonnummer.« Er zuckte die Schultern. »Egal.«

»Alex! Dein Nachname, deine Telefonnummer – bist du sicher, dass mit dir alles in Ordnung ist?«

»Sei nicht albern. Ich habe alles im Kopf. Was willst du wissen? Ich habe in Berlin gewohnt, in einem grauen Haus, im Hinterhof stand ein Schuppen mit einem schiefen Dach, und auf dem Dach hat sich eine dicke Frau einen Garten angelegt. Ich weiß das alles noch genau. Ich habe nur meine Nummer vergessen. Reg dich nicht auf.«

Nein. Ich regte mich nicht auf. Ich hatte keine Zeit mehr

für Alex oder für das, was ihm in Mühlenstedt abhanden gekommen war.

Endlich hievte ich meine Tasche in den Kofferraum. Ich verabschiedete mich von allen, drückte Frau Moormann hundert Mark in die Hand, gab Anna und Thomas Schwab einen Kuss, wartete keine weiteren Worte ab, stieg in meinen Wagen und ließ den Motor an.

Kaum war die Pension im Rückspiegel verschwunden, hielt ich am Straßenrand und schlug den Atlas auf. Ich wollte nicht noch einmal auf Abwege geraten.

Wenn ich der Karte glauben durfte, war der Weg leicht zu finden. Ich klappte den Atlas wieder zu und fuhr los, um den Marktplatz herum und an dem Opferstein vorbei. Sehr langsam rollte ich die Straße entlang. Auf keinen Fall wollte ich die richtigen Abzweigungen verfehlen. Die Sonne zitterte am Himmel. Die Luft im Wagen war zum Ersticken. Ich kurbelte das Fenster herunter. Heißer Wind blies mir in die Augen, bauschte mein Haar und blähte mein T-Shirt. Eine Frau kam mir entgegen. An ihrer Seite ging ein kleines Mädchen, fast noch ein Baby. Ruhig und ernst hielt es sich mit einer Hand an ihrer Jeans fest. Sie sahen schön aus, die beiden. Es war ein friedliches, ein so harmonisches Bild. Trotzdem wollte ich es nicht mit nach Hamburg nehmen.

In der Nornenstraße, gegenüber einem Laden für Delikatessen, spürte ich zum ersten Mal, dass mir jemand folgte. Ich sah in den Rückspiegel. Da waren nur ein paar Jugendliche auf dem Weg ins Schwimmbad.

Das Gefühl ließ sich nicht abschütteln. Jemand folgte mir. Immer wieder sah ich in den Rückspiegel. Zwischen den Geschäften tauchten da und dort Leute auf. Rechts das Haus von Frau Hübner. Phlox und Rittersporn hatten sich zu einer undurchdringlichen Mauer verflochten. Sie lehnte am Gartenzaun und winkte. Nein. Sie winkte nicht. Sie bedeutete mir zu halten. Einen Moment verspürte ich den Impuls, einfach weiterzufahren. Dann bremste ich.

Sie öffnete das Gartentor und kam auf mich zu. Ihr Kleid war mit Nelken bedruckt, der Kragen aus Spitze. Alles an ihr sah sauber und ordentlich aus. Im Hintergrund kreischten die Wellensittiche. Sie beugte sich in meinen Wagen.

»Hallo, Esther. Ich darf Sie doch Esther nennen?«

Ich nickte. Es spielte keine Rolle mehr.

So aus der Nähe betrachtet war sie weder sauber noch ordentlich. Ihr Haar, das der Wind strähnte, roch nach verderbendem Fisch. Sie hatte sich das Kleid mit Eigelb und Marmelade bekleckert. Vorn auf ihrer Taille saß ein Fettfleck. Eine Raute. Augenförmig.

»Ich wollte schon gestern mit Ihnen sprechen.« Sie beugte sich noch etwas dichter zu mir heran. »Erinnern Sie sich? In der Stadt sind wir einander begegnet. Ich hatte Sie gesucht. Aber als ich Sie dann mit Henning sah, habe ich es lieber bleiben lassen.«

Ich starrte auf den Augenfleck.

»Ihre Freundin hat Mühlenstedt nicht verlassen. Sie ist immer noch bei Mollner. Sie wird nicht zurückkommen.«

Ich brauchte eine Weile, um zu begreifen, was sie da gerade gesagt hatte. »Was soll das heißen, sie kommt nicht zurück?«

»Alle, die nicht klarkommen, verschwinden.«

»Die nicht klarkommen?«

»Mit Mühlenstedt.« Aus großen Augen sah sie mich an. Einen Moment lang füllten diese Augen die ganze Welt aus. »Manchmal hat meine Tochter an ihrem Schreibtisch gesessen und sich mit einer Nagelschere die Unterarme zerschnitten. Es war ihre Art zu reden.« Schützend legte sie die Hände über ihre eigenen Unterarme. »Mollner hat sie mitgenommen. Er nimmt alle mit, die ...«, sie schöpfte Atem, » ... nicht mehr funktionieren.«

Rasch wandte sie sich ab und eilte zurück in ihren Garten. Sie verschwand hinter der Mauer aus Phlox und Rittersporn. Die Vögel in der Voliere schrien.

Meret war noch immer in Mühlenstedt. Und was bedeutete das? Musste ich jetzt bleiben?

Ich wollte nicht bleiben.

Der Parkplatz am Ende der Zedernallee war beinahe leer. Diese ganze verfluchte Stadt kam mir auf einmal leer vor. Nirgends eine Menschenseele. Ich fuhr weiter, schaute immer wieder in den Rückspiegel. Nein, niemand folgte mir.

Und dann, in einer winzigen, kopfsteingepflasterten Gasse voll schiefer Häuser, sah ich hinter mir den Katzenhund, eine kleine Gestalt, die in langen Galoppsprüngen meinem Wagen nachjagte. Das war der Moment, in dem ich es mit der Angst bekam.

Ich bog ab. Noch einmal. Und noch einmal. Immer wieder tauchte der Katzenhund aus dem Nichts auf, oder so, als wäre er aus einer Mauer herausgewachsen. Weiter. Weiter. Im nächsten Moment fegte er schon wieder um eine Ecke. Ich gab Gas. Auf der Straße lag ein totes Huhn, ich sah es zu spät, fuhr mitten darüber. Ein Blick in den Rückspiegel, Kelpie war fort, die Sonne fast verschwunden. Konnte es schon so spät sein? Der Himmel zwischen den Bäumen und über den Dächern und Schornsteinen blutete. Das letzte Haus blieb zurück. Die Bäume rückten zusammen. Wie ein Schatten glitt der Katzenhund um eine Ecke. Ich drückte das Gaspedal durch.

Während der nächsten Minuten dachte ich nicht einmal

an den Sumpf, so sehr war ich damit beschäftigt, von Kelpie fortzukommen. Erst als ich die weite Fläche vor mir erblickte, kehrte ich in die Gegenwart zurück. Hohes Schilf, Rohrkolben und tote Birken, zwischen denen Nebelschwaden waberten. Ich sah das alles sehr deutlich, und es wurde mir ein bisschen übel davon. Ganz automatisch drosselte ich die Geschwindigkeit. Der Motor stotterte.

»O bitte, bitte nicht jetzt!« Ich hämmerte auf das Lenkrad. »Komm schon! Komm!«

Der Wagen machte einen Satz. Der Motor erstarb. Vorne am Armaturenbrett blinkten zwei Lämpchen auf. Der Wagen rollte noch ein Stück weiter und blieb dann stehen. Ich versuchte, den Motor neu zu starten. Nichts. Kein Spucken, kein Röcheln, keine Konvulsion der Karosserie. Ebenso gut hätte ich den Zündschlüssel in einen Topf mit Blumenerde stecken können.

Ich stieg aus und öffnete die Motorhaube. Mehrere Minuten starrte ich intensiv auf das Gewirr von Kabeln und Schläuchen, als könnte ich meinen Polo durch Hypnose zu neuem Leben erwecken. Zögernd streckte ich eine Hand aus, fummelte ratlos und mit spitzen Fingern an etwas Schwarzem, Klebrigem herum und stöhnte über so viel Pech. Ich schloss die Motorhaube, stieg wieder ein und versuchte es noch einmal. Ich hätte mir die Mühe sparen können.

Reglos starrte ich auf die Tachonadel. Auf die Tankanzeige. Der Kilometerstand war bei 87.409 stehen geblieben. Die Zahlen verschwammen. Ich versuchte mich zusammenzureißen. Eine weitere Nacht in Mühlenstedt, das konnte wirklich nicht so schlimm sein.

Nein. War es auch nicht. Es war schlimmer. Ich konnte nicht in die Pension zurückkehren. Ich wollte nicht! Aber etwas musste ich tun. Auf keinen Fall durfte ich noch länger in meinem Wagen herumsitzen.

Die Taubheit wich aus meinem Kopf. Die Gedanken, die jetzt kamen, waren einfach und klar.

Noch einmal schlug ich den Atlas auf. Das nächste Dorf lag nur wenige Kilometer entfernt. Ich würde zu Fuß gehen. In Schwarzborn würde mir jemand helfen. Dort würde ich einen Mechaniker finden, einen Wagen mieten, sonst etwas tun.

Ich holte meine Reisetasche aus dem Kofferraum, wuchtete sie mir über die Schulter, biss die Zähne zusammen und machte mich auf den Weg. Winzige Froschleichen pflasterten die Straße, flach und braun und verdorrt, die Zehen abgespreizt wie Wimpern. Dann wurde der Asphalt zu Lehm und schließlich zu Leim.

Alles wuselte. Das, was nicht wuselte, war tot. Frösche, Schnecken, Würmer. Sie stanken und schleimten, sie hockten aufeinander und troffen von Säften und Schmodder. Bis zu den Knöcheln versank ich in Pfützen voll grünem Rotz. Ich stellte mir vor, wie ich auf geblähte Egel trat. Mücken flogen laut und hungrig um mich herum. Auf meinem T-Shirt klebten Käferbeine. Meine Zunge war aus Sandpapier.

Immer tiefer arbeitete ich mich in den Sumpf hinein, der Mühlenstedt offenbar wie ein Gürtel umschlang. Die Orientierung hatte ich längst verloren. Der Himmel über mir zeigte Sterne, die ich noch nie gesehen hatte. Thomas Schwab hätte sich wohl an ihrer Konstellation orientieren können. Wenn ich den Sternen folgte, würde ich unweigerlich in einem Moorteich enden. Schon heute Nacht würden die Kaulquappen meine Knochen blank saugen.

Die Luft war so zäh, dass es mir vorkam, als müsste ich sie ständig beiseite schieben. Einmal hustete ich, und braune

Bröckchen flogen mir in die Hand. Meine Turnschuhe waren durchweicht, meine Füße wund.

Sie wollten mich fertig machen. Aber wer waren sie? Die Leute von Mühlenstedt, Mollner, die Moormann, der Sumpf?

Jetzt, wo ich einmal zu verzweifeln begonnen hatte, konnte ich nicht mehr damit aufhören. Wenn ich durchkommen wollte, musste ich damit aufhören. Sofort. Ich kniete mich in den Schlamm und beugte mich über einen Tümpel in Form einer Lunge. Mit der hohlen Hand schöpfte ich ein wenig Wasser, in dem wer weiß was für Tiere schwammen. Das Wasser war warm und dicker als normales Wasser. Ich trank es gierig,wollte mich gegen den Sumpf imprägnieren. Es würgte mich, aber es tat auch gut. Das Wasser schmeckte faulig und angenehm süßlich zugleich, und es stärkte mich. Ich hatte den Sumpf jetzt in mir, und das zeigte, dass ich mit ihm fertig werden konnte. Ich fühlte mich sehr ruhig. Wenn man einen Sumpf betreten kann, dann kann man ihn auch wieder verlassen. Ich setzte mich auf einen Baumstumpf, schälte mir Turnschuhe und Socken von den Füßen und betastete eine Blase an meinem großen Zeh.

Zwischen den Rohrkolben knackte es. Die Panik, die mich auf dem Baumstumpf festnagelte, ließ sogar meine Zähne schmerzen. Aus den Schatten tauchte Kelpie auf. Dicht vor mir blieb er stehen. Ich konnte die schwarzen Punkte auf seiner Katzenschnauze zählen. Was wollte er von mir? Sahneeis, einen Hundekuchen, ein Hühnerherz?

Sein Blick, sein moosiger Mundgeruch – nach einer Wanderung durch den Sumpf war der Katzenhund mehr, als ich ertragen konnte. In diesem Moment war ich bereit aufzugeben.

Kelpie machte einen Schritt auf mich zu und legte sich vor meinen Füßen in den Schlamm. Noch immer sah er sehr groß aus. Doch zum ersten Mal wurde nun etwas Sanftes sichtbar. Seine Augen tauchten in meine Augen. Die gelbe Iris war von roten Fädchen marmoriert. Ein schwarzer Tupfenkranz umrahmte die Pupille, und diese Tupfen sahen selbst wie winzige Pupillen aus, als hätte Kelpie nicht zwei, sondern zwanzig Augen, und in jedem Auge sah ich mich gespiegelt. Während ich mich in diesem Pupillenlabyrinth verlor, zogen die letzten Tage an mir vorüber. Ich hatte Meret gesucht, doch das Problem war nicht nur Merets Verschwinden. Das Problem war auch ich selbst. Meine Angst. Sie war mir auf den Fersen. Ich konnte davonlaufen, die ganze Nacht konnte ich rennen. Die Angst rannte schneller. Während ich in Kelpies Augen sah, wusste ich plötzlich, dass es so nicht weitergehen durfte. Innehalten, die Angst zu mir kommen lassen – in diesem Moment wünschte ich mir nichts anderes. Ich war es leid, immer weiterzuflüchten. Ich wollte mich stellen. Kelpies Augen sahen in meine Augen, und ich wehrte mich nicht länger. Die Anspannung in meinen Organen löste sich. Mein Atem ging ruhiger. Auch ich selbst wurde immer ruhiger. In diesem Innehalten keimte erneut der Wunsch, zu Mollner zu gehen und ihm alles zu zeigen, was ich in meinem Innern verbarg.

Kelpies Pupillen waren riesig. Sie wuchsen noch immer, und mit ihnen mein darin gespiegeltes Gesicht. Ich konnte meinen Blick nicht lösen. Dann erschien Meret. Sie saß in meiner Küche, die Hände um eine Tasse Tee gefaltet, und erzählte von der Mauer. Von der Tür, durch die sie gehen musste, wenn sie ihre Geschichten schrieb. Ihre Stimme wurde leiser, während sie sprach. Jemand schien den Ton wegzudrehen. Ihr Gesicht löste sich auf. Ich sah jetzt das

Schlafzimmer meiner Eltern. Draußen schien die Sonne, aber die Vorhänge waren zugezogen. Auf dem Ehebett lag mein Vater. Er sah sehr müde aus, und ich wusste, er war in dem Zustand, in dem er nicht lachen, nicht einmal mehr lächeln konnte. Ich stand in der Tür und fragte, ob er zum Mittagessen herunterkäme. Er sah mich an, aber zugleich sah er mich auch nicht an. Seine Augen waren leer. Meine Angst nahm mir fast den Atem, während ich in die Augen meines Vaters blickte.

Die Erinnerungsbilder lösten sich auf. Die Angst blieb. Vielleicht war ich deshalb nach Mühlenstedt gekommen. Weil meine Angst hier auf mich wartete. Sie war an diesem Ort. Und Meret war es auch. Obwohl Petra Hübner mir schon erzählt hatte, dass meine Freundin Mühlenstedt nicht verlassen hatte, begriff ich es erst jetzt. Bisher hatte ich das Begreifen auf später verschoben. Nun wusste ich wirklich. Meine Hände, meine Lunge, mein Kopf wussten es. Ich durfte Mühlenstedt nicht ohne Meret verlassen.

Kelpie richtete sich auf. Sein schöner Katzenkopf näherte sich meinem Gesicht. Sachte stieß er mich mit der Schnauze an. Ich streckte eine Hand nach ihm aus. Zum ersten Mal berührte ich den Katzenhund. Vorsichtig strich ich über sein mit Muskeln bepacktes Kreuz. Sein Fell fühlte sich weich an, fein und flaumig wie das Haar eines Babys. Ich hatte noch immer Angst, doch in diesem Moment, mit der Hand auf dem Rücken des Katzenhundes, fühlte ich mich seit langer Zeit wieder richtig lebendig. In Mühlenstedt berührte ich etwas, das außerhalb meiner bisherigen Erfahrungen lag.

»Komm, Kelpie«, sagte ich. »Lass uns nach Hause gehen.«

Ich wurstelte mir die nassen Socken über die Füße und zwängte mich in meine Schuhe. Wir machten uns auf den Weg. Kelpie blieb so nah an meiner Seite, dass sein Atem immer wieder meine Hand streifte. Schlamm schmatzte unter meinen Füßen. Meine Beine taten weh. Ich fühlte mich fiebrig und stark zugleich, stark aus mir selbst heraus und weil Kelpie so dicht neben mir ging. Jetzt konnte ich Greta Moormann verstehen, die den Katzenhund in ihr Bett kriechen ließ.

Fledermäuse schwirrten über unseren Köpfen. Bleiche Falter torkelten durch die Nacht. Ein Pochen erfüllte die Luft, als gingen wir im Innern eines riesigen Herzens. Ich platschte durch Pfützen, stolperte über Wurzeln, versank bis zu den Waden im Wasser. Kelpie blieb. Mal hörte ich ihn hecheln, dann tief in der Kehle schnurren. Der Boden wurde fester, wurde zu Asphalt. Am Straßenrand tauchte mein Wagen auf. Ich versuchte gar nicht erst, ihn zu starten.

Später ruhte ich mich kurz auf einem Prellstein aus. Zwischen den Bäumen blinkten Lichter. Mühlenstedt lag vor mir. Warme Duftwolken stiegen aus den Gärten auf. Es war eine stille Nacht. Schlafgelähmt lag der Ort unter einem rötlichen Mond. Eine Fledermaus sauste im Zickzack an uns vorbei. Kelpie saß ganz still neben mir. In diesem Moment dachte ich nicht mehr an das, was kommen würde oder gewesen war. Meine Sorgen und Erinnerungen hatten nichts mehr mit mir zu schaffen. Als ich weiterging, tat ich es mit Bedauern, denn während ich ging, verwandelte ich mich wieder in den Menschen, der nicht hierher gehörte und der sich trotzdem für Mühlenstedt entschieden hatte.

Autos fuhren an uns vorbei, Leute auf dem Weg in einen Spätfilm, zu Freunden, einer Party. In der Ferne hoben sich die Umrisse der Pension gegen den mondhellen Himmel ab. Langsam wie ein großes Tier kam sie auf uns zu, während wir uns nicht zu bewegen schienen. Fast rechnete ich damit, dass Frau Moormann an der Tür auf uns warten würde, die

Arme vor der Brust verschränkt, das Gesicht bleich und undurchdringlich.

Die Veranda war leer. Auch in der Halle war niemand zu sehen. Aus dem Festsaal drang gedämpfte Musik, kühl und nebenbei. In die Musik mischten sich leise Stimmen. Ich stellte mir vor, wie sie dort saßen, hinter der Tür, vor den Resten einer üppigen Mahlzeit. Ich streckte die Hand aus, öffnete die Tür und trat ein.

Aus Merets Aufzeichnungen. Mühlenstedt, Juli

»Noch immer gibt es keine Wände. Ich bin in der Leere. Der Füller ist warm. Er verwächst mit meiner Hand und verwandelt sich in einen nimmermüden sechsten Finger. Während ich schreibe, zerfasert die Dunkelheit. Gestalten kriechen auf mich zu. Ich sehe Menschen mit Augen, die nicht blinzeln. Wächserne Kinder. Ein weinendes Baby, die Tränen durchzogen von schwärzlichen Adern. Mundlose Frauen. Männer, deren Gesichter eine leere Fläche sind. Sie kommen und gehen. Ich schreibe und schreibe. Eine Gartenschaukel. Ein Schwimmbad mit Yucca-Palmen-Begrünung. Eine Metzgerei, ein Denkmal, eine Pension in einem Rosengarten. Die Hitze. Der Sumpf. Ich lausche den Stimmen, die in meiner Geschichte sprechen. Ihre Worte funkeln in meinem Kopf.

Manchmal höre ich auf zu schreiben. Dann ist es, als würde ich unter Wasser die Luft anhalten. Irgendwann gehen mir die Reserven aus. Der Drang zu atmen wird übermächtig, und ich tauche auf. Schreibe weiter. Ich schreibe und schreibe.«

7
RÜCKKEHR

Schatten füllten den Festsaal. Das Licht über dem Tisch hatte man mit einem Dimmer heruntergedreht. Sie saßen einander gegenüber. Alex wandte mir den Rücken zu. Frau Moormann sog an einer Zigarette. Das graue Kleid machte sie durchscheinend, es verwandelte sie in Nebel, der sich mit dem Zigarettenqualm mischte.

Kelpie, der mit mir ins Zimmer geglitten war, trottete zu ihrem Stuhl und setzte sich neben sie. Frau Moormann drückte ihre Zigarette aus, legte ihm eine Hand auf die Stirn und streichelte ihn.

Alex wandte den Kopf. »Esther«, sagte er leise.

»Eins würde ich wirklich gerne wissen«, sagte ich. »Komme ich früher oder später als erwartet?«

Nervös rührte er in einer Tasse mit Rosenmuster. Der Kaffee darin sah eiskalt aus.

»Setzen Sie sich doch«, sagte Frau Moormann.

Ich stellte mich neben Alex. Er griff nach der Kanne, die auf einem Stövchen mit erloschenem Teelicht stand, füllte seine halb leere Tasse und schob sie mir zu. Ich schob sie zurück.

»Mein Wagen ist kaputt«, sagte ich.

»Denken Sie, ich habe Ihnen Zucker in den Tank geschüttet?« Frau Moormann musterte mich kühl.

»Nein«, sagte ich und meinte es auch so.

Mit übertriebener Konzentration stellte Alex die Kaffeekanne zurück auf das Stövchen. In der Ferne grummelte der Donner eines Wärmegewitters. »Die anderen schlafen«, sagte er. »Leg dich auch hin, Esther. Du siehst müde aus. Um deinen Polo kümmere ich mich morgen.«

Mein Polo interessierte mich nicht.

»Warum soll ich bleiben, Frau Moormann?«

Ihre Pupillen verengten sich. Draußen fuhr ein Wagen vor. Alex räusperte sich, als wollte er mir etwas erklären, sagte aber nichts. Die Eingangstür der Pension wurde geöffnet und wieder geschlossen. Kelpie, der statuenhaft neben Frau Moormann gesessen hatte, winselte und kroch unter den Tisch. Die Flügeltür öffnete sich.

Das Gesicht von Frau Moormann sah plötzlich wie abgewischt aus. Langsam erhob sie sich und ging quer durch den Saal auf Mollner zu. Begrüßte sie ihn? Es klang nicht nach einer Begrüßung. Es klang nach einer Beschwörungsformel, einem Zauberbann, mit dem sie ihn dazu bringen wollte, sie endlich auf eine andere Art und Weise anzusehen. Wie sehr musste der Blick dieser unbeteiligten Augen sie schmerzen.

Auch Alex stand nun auf und folgte ihr. Auf seinen Wangen leuchteten hektische Flecken. Mollner schaute kurz zu mir herüber. Er sah mich an wie etwas, das zu besitzen er beschlossen hatte. Die Härchen an meinen Unterarmen richteten sich auf. Mein Herz klopfte, klopfte wie verrückt. Gleich würde es auseinander fallen. Gleich würde es in Stücke gehen.

»Möchten Sie ein Glas Wein, Erik?«, hörte ich aus der Ferne Frau Moormann fragen.

Als er seine Augen von mir nahm und sie auf Frau Moormann richtete, war dieses Wegsehen wie das Zudrehen eines Hahns. Die letzten Tropfen Energie versickerten. Doch schon im nächsten Moment durchströmte mich das erlösende Gefühl, wieder tief durchatmen zu können, nachdem ich zu lange die Luft angehalten hatte.

»Ein Glas Wein, warum nicht.« Seine Stimme war weich und dunkel und erinnerte an einen warmen See bei Nacht.

Frau Moormann ging hinaus. Mollner setzte sich. Er war mir so nah, dass ich seinen Atem hören konnte. Alex schaute unruhig immer wieder zu ihm hin und schien in seinem Kopf nach etwas Klugem, Schönem, Erfreulichem zu kramen, von dem er Mollner berichten konnte. Offenbar fiel ihm nichts ein.

Frau Moormann kehrte mit dem Wein zurück, entkorkte die Flasche und füllte vier Gläser. Mollner trank. Sie beobachtete ihn mit abwartender Vorsicht, aber auch mit einer Art Gier. Ein Lächeln tropfte von ihren Lippen auf den Tisch.

Mollner stellte das Glas ab.

»Ein Essen diesmal, was halten Sie davon?«, fragte Frau Moormann. Ihre Stimme klang angespannt.

Er nickte desinteressiert und stand auf. »Ganz wie Sie wollen. Jetzt entschuldigen Sie mich bitte.«

Frau Moormann lächelte. Alles hätte sie entschuldigt, und wenn Mollner einen Schweinskopf unter dem Tisch hervorgezogen und ihr in den Schoß gelegt hätte.

Er verließ uns. Wir hörten seinen Wagen über den Kies knirschen, dann war er weg.

Frau Moormann wischte sich über die Augen. »Kelpie«, murmelte sie. »Komm zu mir.«

Der Katzenhund kroch unter dem Tisch hervor. Halb zog, halb schob sie ihn auf ihren Schoß, bis sie nahezu unter ihm begraben war. Sie legte die Arme um seinen Nacken und drückte ihr Gesicht in sein Fell. Alex fuhr mit einem Finger unentwegt den Rand seines Glases entlang. Ich hörte die Grillen im Garten; sie zirpten in einem anderen Bewusstsein. Ich hörte das Ticken einer Uhr; sie tickte in einer anderen Zeit. Frau Moormann lächelte zu mir hinüber. Ihr Lächeln war einfach nicht umzubringen. »Schön, dass Sie noch einmal mit uns feiern wollen, Frau Birk«, sagte sie.

In meinem Zimmer begann ich meine Reisetasche auszupacken und nach Mühlenstedt zurückzukehren. Ich tat es mit Sorgfalt. Jedem Gegenstand wies ich seinen Platz zu. Ordnung war wichtig. Ordnung heftete mich an die Wirklichkeit.

Nachdem ich das letzte Höschen säuberlich auf den Stapel der anderen Höschen gelegt hatte, setzte ich mich ans Fenster und schaute in den Rosengarten hinunter. Dort draußen gab es wenig zu sehen. Meine Augen empfanden das als wohltuend. Über den Bäumen leuchteten Sterne, die fremder als die Sterne waren, die ich kannte. In der Ferne heulte ein Motorrad auf. In Gedanken sah ich Mollners Gesicht: die Haut zu bleich, die Augen zu tief in den Höhlen versunken. Lange betrachtete ich dieses Gesicht. Ich wollte Mollner nicht noch einmal treffen. Und zugleich wollte ich es doch. Ich wollte es meinetwegen und wegen Meret. Ich wollte endlich durch die Tür gehen, die offen stand.

Ich erinnerte mich jetzt so deutlich an Meret, als hätten wir einander gerade erst in dem Imbiss, in dem wir gejobbt hatten, kennen gelernt. Als ich damals den Pausenraum betreten hatte, war sie mir sofort aufgefallen, mit ihrem blassen Gesicht und den winzigen Feuerwolken, die ihren Kopf umwehten. Wirklich bemerkenswert aber waren ihre Hände. Milchweiß; schmale, sehr lange Finger. Ihre Züge wirkten ruhig, fast entrückt, als hätte man sie aus einer anderen Welt herausgeschnitten. Die grünen Augen blickten nach innen.

Kerzengerade und völlig reglos hatte sie auf ihrem Stuhl am stilleren Ende des Plastiktischs gesessen, der von Fettflecken und Colapfützen klebte. Ich machte es mir auf einem der orangefarbenen Stühle bequem, füllte den Personalbogen aus, den man mir in die Hand gedrückt hatte, und wartete auf den Kellner, der mich einarbeiten sollte. Meret beobachtete mich mit einem vor Aufmerksamkeit ganz zarten Gesicht. Ich lächelte sie an. Nach einer Weile lächelte sie zurück.

Nein. Ich konnte Meret nicht aufgeben.

Über Nacht kam von den Sümpfen ein kräftiger Wind auf. Ich ging früh hinunter, unsicher, wie ich nach meinem Fluchtversuch den anderen gegenübertreten sollte. So sagte ich zunächst einmal gar nichts und setzte mich einfach zu ihnen auf den Rasen. Sie waren nicht sonderlich erstaunt, mich zu sehen. Offenbar hatte Alex schon von meiner Rückkehr berichtet.

Still lagerten wir unter den Apfelbäumen: Frühstück im Grünen, Anna schon am Morgen tief dekolletiert, ihr Busen der Busen einer stillenden Mutter und zugleich hoch und fest wie bei einem jungen Mädchen. Ihre Augen leuchteten. »Heute Abend soll es ein Essen geben!«

»Ganz spontan.« Thomas Schwab sah mich an. Ich stellte mir vor, wie Henning Moormann mit quietschenden Reifen in der Küche umherfuhr und das Essen zubereitete – über seinem Smoking eine Schürze, die ein Zelt war.

»Und deine Reisepläne?«, fragte Alex.

»Verschoben«, sagte ich.

»Gut«, sagte er.

Die Stunden bis zum Abendessen krochen dahin. Thomas Schwab verschanzte sich in seinem Zimmer, wo er wie besessen tippte. Die Pension lag im dunstigen Sonnenschein.

Ein paar Schmetterlinge torkelten zwischen den Obstbäumen umher. Es roch nach Rosen. Ich setzte mich auf die Veranda und versuchte einen der Liebesromane zu lesen, die in dem Bücherregal in meinem Zimmer standen. Es war nicht das Richtige. Im Augenblick interessierte ich mich wenig für reiche Hoferben. Ich legte das Buch beiseite und sah den Schmetterlingen zu. Eine Zeit lang dachte ich wirklich gar nichts. Kelpie schob sich aus der Haustür und trottete über die Veranda auf mich zu. Neben mir ließ er sich nieder und betrachtete mich gründlich. Seine Anwesenheit freute mich. Sie kam mir vor wie ein Freundschaftsbeweis, auch wenn sie vielleicht etwas ganz anderes bedeutete.

Am Nachmittag ging ich ein wenig spazieren. In den Straßen fand meine Unruhe ein Echo. Graue Gesichter drückten sich gegen die Fensterscheiben. Menschen hetzten an mir vorbei. Ich war froh, als ich endlich in dem kleinen Bistro saß. Vor mir dampfte ein Cappuccino, dick mit Zimt bestreut. Petra Hübner kam herein und setzte sich zu mir. Im ersten Moment dachte ich, sie hätte sich geschminkt, so schwarz waren die Ringe um ihre Augen.

»Sie sind noch immer hier«, sagte sie.

Darauf gab es nichts zu erwidern.

»Greta hat mich gebeten, gefüllte Weinblätter mitzubringen. Ich mache sehr gute gefüllte Weinblätter. Aber ich tue es nicht. Ich tue es nicht.« Sie blickte gequält vor sich hin. Von dem Fliegenfänger an der Decke löste sich eine Biene. Rücklings fiel sie auf den Tisch und begann sich mit wild rotierenden Flügeln im Kreis zu drehen. Petra Hübner griff nach der in Plastik eingeschweißten Speisekarte und zerdrückte die Biene mit einem bösen Ausdruck im Gesicht. Gelber Brei quoll auf den Tisch.

Erschrocken sah ich sie an. »He«, sagte ich.

»Die übertragen alle möglichen Krankheiten.« Sie stand auf und verließ das Bistro. Ich sah ihr nach und war mir sicher, dass sie noch gestern ein Fenster für die Biene geöffnet hätte.

In einem tulpenroten *Komm, sprich mich an*-Kleid flatterte Anna ins Zimmer. Die Perlen in ihren Ohrläppchen hoben den Karamellton ihrer Haut hervor. Das Haar hatte sie sich aufgedreht und mit einer Art Mikadostäbchen durchbohrt. Im passenden Moment würde sie es wohl herausziehen.

»Du bist ja ganz käsig«, sagte sie. »Warte, ich hol mein Rouge. Und was ist mit deinem Kleid?«

Auf meinem Bauch schwebte noch immer das geflügelte Pferd.

»Zieh dich besser um«, sagte sie.

»Lass uns hinuntergehen«, sagte ich.

Unten in der Halle wimmelte es bereits von Menschen. Stimmen schwirrten durch die Luft, wickelten sich umeinander und verwirrten sich zu Knoten und Knäueln. Jemand hatte die Flügel der Verandatür festgehakt. Ungehindert schwappte die Gästeflut ins Freie und wieder zurück. Noch immer standen Anna und ich beieinander.

»Wo ist Petra Hübner?«, fragte ich. »Siehst du sie?«

Anna schüttelte den Kopf. »Vorhin habe ich einen Spaziergang gemacht.« Sie zögerte, fuhr dann fort: »Bisher schien sie ihren Garten ja zu lieben.«

»Wer?«, fragte ich.

»Petra Hübner.«

»Wieso? Ist etwas passiert?«

»Die Blumen. Sie hat alle Blumen abgeschnitten. Den ganzen Phlox, einfach alles. Jetzt liegen sie auf einem Haufen im Gras.«

Aufmerksam sah ich mich in der Halle um.

»Ich glaube nicht, dass sie kommt«, sagte Anna. »Es waren nicht nur die Blumen.« Nachdenklich runzelte sie die Stirn. »In einem Apfelbaum saß ein Wellensittich. In der Voliere flatterten noch ein paar Kanarienvögel. Die anderen waren schon weg. Die armen Tiere. Die sind doch gar nicht für die Freiheit geschaffen. Sie werden sterben.«

»Vielleicht«, sagte ich, »will sie Mühlenstedt verlassen.«

Sie sah mich an. Der rote Lippenstift hob sich scharf von ihrer Haut ab. »Möglich ist natürlich alles.« Sie zuckte die Schultern und tauchte im Getümmel unter.

Ein Junge mit schwarzem Jackett und sorgfältig gebügelten Hosen schob sich mit einem Silbertablett voller Champagnergläser an mir vorbei. Ich nahm mir ein Glas und trank in kleinen Schlucken. Ein zweiter Junge, den man ebenfalls als Kellner verkleidet hatte, bot mir Toastbrotrosetten mit gelber Creme und Trüffelscheiben an. Mit seinen leuchtend roten Ohren und seinem ernsten Gesicht hatte er etwas Rührendes. Trotzdem schüttelte ich den Kopf. Ich hatte noch immer keinen Appetit. Dass die Trüffelscheiben an Hautfetzchen erinnerten, half auch nicht gerade.

Irgendwo spielte Musik. Mozart, mit kaum zu ertragender Fröhlichkeit. Das perlende Geklimper scheuchte mich aus der Halle. Auf einmal wollte ich nur noch weg von all den Leuten, die sich so angestrengt durch diesen Abend lächelten.

Im Hintergarten war Ruhe. Lanfsam streifte ich unter den Bäumen umher. Die Vögel in den Zweigen blieben sitzen. Der Teich dämmerte unter seiner Decke aus Entengrütze. An den Stamm einer Eiche gelehnt stand Mollner und sah mir entgegen. Im ersten Moment wollte ich umkehren.

Dann tauchte Meret auf. Ich sah sie an dem Tag, an dem wir zum ersten Mal richtig miteinander gesprochen hatten – an einem Mittwoch gegen halb fünf. Meine Schicht war vorbei, mit einem Teller Pommes und nicht gerade leise war ich in den Pausenraum eingefallen. Dort hatte sie gesessen. Eine Kellnerin mit weißer Haut und Feuerwolken um den Kopf. Der Kugelschreiber in ihrer Hand sauste dahin, als erwartete ihn am Ende der Seite eine wundervolle Belohnung. Was macht die da?, dachte ich. Eine Ballade über eine Bratwurst schreiben? Mit einem Ruck riss Meret ein paar Seiten auf einmal aus dem Spiralheft, knüllte sie zusammen und warf sie auf den Boden. Ich stellte meinen Teller ab, hob eine der Papierkugeln auf, faltete sie auseinander und begann zu lesen.

Die Axt grub sich tief in seine Eingeweide. Er stürzte zu Boden. Blut spritzte an die Wand.

»Meret«, sagte ich. »Mit so was darfst du nicht werfen. Auf keinen Fall.« Meine Worte tauchten direkt in ihre Augen. »Stell dir vor, einer aus der Küche findet das. Er wird denken, es sei ein Rezept für Chicken-Burger.«

Merets Wangen wurden so rot wie ihr Haar. Sie lächelte.

»Darf ich den Rest lesen?«, fragte ich. Und glaubte hinzufügen zu müssen: »Ich studiere Literatur.«

Offenbar machte mein Studium wenig Eindruck auf sie. Ich spürte eine leise Enttäuschung. Ich hätte Meret gern beeindruckt.

»Da sind meine Geschichten sicher eine nette Abwechslung«, sagte sie schlicht.

Sie schrieb Horror, und sie hatte Recht.

So deutlich stand mir diese Begegnung vor Augen, dass ich den Garten um mich herum vorübergehend verlassen hatte. Als ich jetzt zurückkehrte, war mir eines klar. Ich durfte Mollner nicht ausweichen. Ich ging zu ihm hinüber und stellte mich neben ihn.

Er musterte mich gründlich. »Sind Sie krank? Sie sehen blass aus. Was fehlt Ihnen?«

»Meret«, sagte ich.

Er nahm das schweigend zur Kenntnis. Wir gingen ein Stück nebeneinander her. In dem Gewirr aus Stechginster und Schwertlilien kamen wir nur langsam voran. Neben einem verwachsenen Rosenstock setzten wir uns auf eine Bank. Er schob eine Ranke beiseite und pflückte eine darunter versteckte Blüte. »Wenn man sie zu lange ansieht«, sagte er und betrachtete die rotgeäderten Blätter, »brechen sie einem das Herz.« Er zerdrückte die Blüte und ließ sie fallen.

»Warum sind Sie so viel unterwegs?«, fragte ich. »Hat das berufliche Gründe?«

»Ich arbeite nicht.« Das sagen zu können, schien ihn weder zu stören noch zu befriedigen. Er stellte es fest, mehr nicht.

»Dann sind Sie reich?«

Seine Perlmutt-Augen blickten unbewegt. »Sagen wir, ich habe genug.«

»Genug Geld?«

»Einfach genug.«

»Ich habe auch langsam genug«, sagte ich.

Er lachte. Ich hörte ihn zum ersten Mal lachen, ein tiefer, voller Laut. Ich nahm meinen ganzen Mut zusammen. »Meret ist noch bei Ihnen«, sagte ich.

»Wer behauptet das?«

»Ich.«

Unverwandt sah er mich an. »Etwas bedrückt Sie. Und das hat nichts mit Ihrer Freundin zu tun. Wie lange liegt das zurück? Fünf Jahre? Zehn?«

Nein, sagte eine Stimme in meinem Kopf, *du erzählst ihm nichts, du hältst den Mund, halt die Klappe, Esther, halt bloß die Klappe ...*

Die Stimme wurde leiser. Die Stimme verklang. Ich hörte, wie ich zu sprechen begann. Es war kein willenloses, kein ohnmächtiges Sprechen. In diesem Moment wünschte ich mir nichts so sehr wie zu reden, ihm zu erzählen. Die Tür in meinem Innern hatte sich geöffnet; jetzt wollte ich durch diese Tür hindurch.

Ich sprach von dem Tag, an dem mein Vater mich endgültig verlassen hatte, versunken in dunkelster Verzweiflung. Rein äußerlich konnte man diese Verzweiflung mit einer leichten Müdigkeit verwechseln. Ich war fünfzehn. Es war kurz vor Weihnachten. Mein Vater setzte sich in seinen Passat und fuhr davon. Ich schaute ihm nach, sah den Wagen um die Ecke biegen und hinter dem Supermarkt verschwinden.

Regen klopfte gegen die Scheibe. Ich saß an meinem Schreibtisch und versuchte mich an den Mathe-Hausaufgaben. Nach fünf Minuten aß ich das erste Stück Joghurtschokolade. Ich konnte die Aufgaben nicht lösen. Ich sah aus dem Fenster, aß noch ein Stück Schokolade und dann die ganze Tafel und noch eine Tafel. Ich wartete auf meinen Vater. Darauf, dass er zurückkehrte. Dass etwas passierte. Ich dachte an das Leben, das vor mir lag, und ich merkte, dass ich nicht damit umgehen konnte. Ich konnte nicht mit der Vorstellung von meinem Leben umgehen. Ein Dunkel lag auf mir, das ich nie zuvor empfunden hatte, es machte mir das Atmen schwer und ließ mein Herz in unregelmäßigen Stößen schlagen. Starr saß ich da, den Magen voller Schokolade, leer.

»Diesmal ist mein Vater nicht zurückgekehrt«, sagte ich. »Ein Unfall. Das hat mir jedenfalls meine Mutter erzählt.«

An die Zeit danach konnte ich mich nur undeutlich erinnern. Hell und dunkel, Tag und Nacht waren nicht mehr getrennt. Nichts unterschied die Stunden oder ließ sie schneller vergehen. Ich lag in meinem Bett und schaute vor mich hin, ohne teilhaben zu können an dem, was ich sah. Der Regen war weitergezogen. Draußen schien die Sonne. Sie wärmte mich nicht. In mir gab es nur dieses Gefühl, dass es nicht mehr gut werden würde, nie wieder. Meine Mutter sagte, ich müsse aufstehen und zur Schule gehen. Ich blieb in meinem Bett und tat nichts. Ich wollte nie wieder etwas tun. Irgendwann gab meine Mutter auf. Trotzdem kam sie noch ab und zu herein. Sie setzte sich an mein Bett. Betäubt schaute ich auf die Adern, die sich über ihre Handrücken zogen, aber ich glaube, ich sah die Adern gar nicht. Wir sprachen nicht. Wir weinten auch nicht. Wir waren einfach beieinander, jeder für sich.

Nach drei Tagen stand ich auf. Oder nach zehn. Oder nach wie viel Tagen auch immer, ich weiß es nicht. Ich verließ das Bett und lebte weiter. Woche um Woche, Monat für Monat. Meine Mutter musste jetzt mehr Touren fahren. Abends saß ich allein vor dem Fernseher. Ich sah einen Film nach dem anderen und sah zugleich nichts, aß Chips, Schokolade, kalte Pizza, kaltes Fleisch. Ich aß und wartete darauf, dass etwas geschah. Dass sich etwas änderte. Dann hatte ich alles aufgegessen und ging in das Schlafzimmer meiner Eltern. Die Kommode hockte unter dem Fenster wie ein böses Tier. Nacheinander zog ich die Schubladen auf. Ich wusste nicht, was ich suchte, bis ich es fand. Ich hatte es wohl die ganze Zeit geahnt. Ein Zeitungsartikel, den meine Mutter aus einem Lokalblatt ausgeschnitten hatte. *Tödlicher Unfall in der Nähe von Schwerin*. Lange starrte ich auf das Foto. Der Passat meines Vaters, der am Rand einer Landstraße vor einem Baum lag, sah aus wie ein Haufen zusammengeknüllter Alufolie.

»Erzähl weiter«, sagte Mollner. »Wir müssen noch nicht hineingehen.«

Den Rest des Abends saß ich vor dem Schreibtisch meiner Mutter und schaute auf das Bild. Meine einzige Empfindung war Erstaunen angesichts der Tatsache, dass ich nicht verzweifelt oder traurig war. Ich hatte meinen Vater verloren, aber das war schon vor Jahren passiert. Dort, wo mein Vater hätte sein sollen, war schon längst eine Leere.

Während ich auf das Foto starrte, konnte ich ganz klar denken, und ich dachte, dass ich zwei Möglichkeiten hatte. Ich konnte sitzen bleiben und mich dem Dunkel überlassen. Oder ich konnte aufstehen und versuchen weiterzuleben. Mich von dem Dunkel fortzubewegen.

Von dem Tag an hatte ich es vermieden zu warten oder überhaupt längere Zeit untätig zu sein. Ich hatte mein Abitur gemacht und studiert, hatte gejobbt und war auf Reisen gegangen. Ich hatte nie versucht, über meinen Vater zu reden. Über das Dunkel. Ich hatte geglaubt, dass Reden nichts bringt.

Jetzt kamen die Worte von selbst aus meinem Mund. Ich redete und redete, mich hungerte nach Worten, ich versuchte die Worte in mich hineinzufressen, statt sie herauszulassen. Während ich redete, dachte ich nicht. Ich fühlte mich nur sehr erleichtert.

»Es war kein Unfall. Mein Vater ist absichtlich gegen diesen Baum gefahren. Ich habe Angst, dass mir das Gleiche passiert. Weil es immer wiederkommt. Das Gefühl, dass ich nicht mehr kann. Dass mein Leben mich nicht mehr interessiert. Was wird nächstes Mal werden, wenn dieses Gefühl kommt? Und beim übernächsten Mal? Dieses Dunkel sitzt an einem Ort ganz tief in mir drin. Mein Vater muss diesen Ort auch gekannt haben. Ich kann das Dunkel nicht loswerden, es sitzt einfach zu tief, da komme ich nicht hin. Es ist ungefähr so, als wollte ich mein Herz loswerden, meine Vergangenheit oder sonst etwas, das einfach zu mir gehört. Irgendwann mache ich vielleicht Schluss. Wie mein Vater. Davor habe ich Angst.«

Um uns herum roch es nach sonnendurchtränktem Holz, nach nasser Erde. Warum hörte er mir zu? Aus Mitgefühl, dem Wunsch zu verstehen? In diesem Moment kam mir der Gedanke, dass ich ihm nichts erzählt hatte, was er nicht längst über mich wusste. Es war ein sehr seltsames Gefühl.

Einen Augenblick saßen wir noch still da und sahen einander an. Dann stand ich auf und ging schnell davon.

»Das Essen ist bestimmt längst eiskalt.« Alex wartete auf der jetzt menschenleeren Veranda. Seine Augen waren hell vor Zorn. »Warst du bei Mollner?«

Wortlos drängte ich mich an ihm vorbei. Er folgte mir mit schnellen, wütenden Schritten. Aus dem Festsaal drang Stimmengewirr. Durch die geöffnete Flügeltür ging ich hinein.

Die Leute standen so dicht, dass ich den Tisch nicht sehen konnte. Die beiden kleinen Kellner schlängelten sich mit ihren Tabletts zwischen den vielen Menschen hindurch. In ihrem Bemühen, alles richtig zu machen, hatten sie etwas Zerbrechliches. Es roch überstark nach Parfüm. Frauen in Abendkleidern lachten und schüttelten ihr Haar, Männer im Dinnerjacket promenierten von einem Rundbogen zum anderen. Ich fühlte mich fehl am Platz.

Mollner, der die Pension durch die Hintertür betreten haben musste, kam herein, und sofort war Anna an seiner

Seite. Ihre roten Lippen waren leicht geöffnet. Sie war so schön, dass diese Schönheit mir Kopfschmerzen verursachte. Leise begann sie auf Mollner einzureden und ließ dabei kein Auge von ihm.

Petra Hübner war nirgends zu sehen.

Die Gäste setzten sich. Die Trüffelsuppe wurde aufgetragen. Mollner, der noch immer Anna zuhörte oder an etwas völlig anderes dachte, war weit von mir entfernt. Ich mochte die Suppe nicht essen. Mein Magen war wie von innen verklebt. Als zweiten Gang gab es Schnecken. Ich schaute auf ihre Häuser, die Henning mit zu Rosetten geformter Kräuterbutter verschlossen hatte. An meinen Beinen spürte ich etwas Warmes. Mit einer Hand tastete ich unter den Tisch und griff in Kelpies Fell. Er leckte mir die Finger.

Anna redete und redete. Während sie redete, hob sie einen Arm, fasste sich an den Hinterkopf und zog das Stäbchen aus ihrem Haar. Eine schwarze Woge ergoss sich über ihre Schultern. Mollners Miene blieb ungerührt. Ich spürte einen kleinen, schadenfrohen Stich. Das Gefühl verging sofort, denn nun wurde der dritte Gang aufgetragen.

Die weißen Augen einer Lachsforelle starrten zu mir auf, und mir wurde schlecht.

Kelpie schob seinen Kopf unter dem Tisch hervor. Ich nahm die Forelle am Schwanz und hielt sie ihm hin. Seine Nüstern zitterten. Sanft lutschte er mir den Fisch aus der Hand. Um mich herum hörten ein paar Leute auf zu essen.

»Schön, wenn es allen schmeckt«, sagte ich und griff nach der Weinflasche. Ich füllte mein Glas und trank in großen Schlucken, trank den Wein wie Saft und spürte nichts. Mein Herz klopfte. Mein Herz wartete darauf, dass etwas geschah.

Platten mit Hirschbraten wurden aufgetragen. Kelpies

Augen leuchteten. Mein Magen zog sich auf die Größe einer Walnuss zusammen. Die Frau im Seidenkleid, die mir gegenübersaß, war offensichtlich sehr hungrig. Sie schlang den Hirschbraten in sich hinein, als sei dies für Wochen ihre letzte Chance, noch einmal satt zu werden. Die blonde Frau neben ihr versuchte ein Gespräch zu beginnen, doch die Hirschfrau aß einfach an ihren Worten vorbei. Immer neue Fleischportionen lud sie sich auf den Teller. Eine Mücke hockte auf meinem Unterarm. Ich wischte sie fort. Eine zweite Mücke saß auf dem Rand meines Weinglases, Mücken schwirrten aus den Rosensträußen auf, mit denen Frau Moormann den Tisch dekoriert hatte; sie liefen über das Fleisch und surrten um unsere Köpfe. Hände wedelten durch die Luft. Hier und da schlug eine Serviette zu. Die Mücken ließen sich nicht vertreiben.

Die Hirschfrau stopfte noch immer Fleisch nach. An ihrem Kinn klebte ein Tropfen Sauce. Ich sah zu Anna und Mollner hinüber. Annas Augen waren halb geschlossen. Ihre Brustwarzen drückten gegen den dünnen Stoff ihres Kleides. Sie wand sich auf ihrem Stuhl hin und her, ganz leicht, es war kaum zu sehen, und doch. Auf einmal dachte ich, dass Mollner seine Hand in ihren Schoß gelegt hatte. Dann der zweite Gedanke: Sie masturbiert. Peinlich berührt sah ich zu der Hirschfrau hin, dann wanderte mein Blick wieder zurück. Auch ein paar Männer starrten Anna jetzt unverwandt an, während Mollner an etwas ganz anderes zu denken schien.

Das Kalbsfilet wurde hereingetragen. Hörte diese ganze Fresserei denn überhaupt nicht mehr auf? Der Fleischgeruch verursachte mir einen neuen Würgereiz, lenkte mich aber wenigstens von Anna ab. In der Orangensauce schwammen Klumpen, denen man ansah, wie schleimig sie sich im

Mund anfühlen mussten. Verstohlen schaute ich zu Frau Moormann hinüber. Hatte sie das Missgeschick ihres Bruders schon bemerkt? Sie aß mit unbewegter Miene. Der Mann neben mir löffelte die Sauce wie Suppe. Eine Mücke landete auf seiner Hand. Er schlug sie tot. Sie blieb auf seinem Handrücken kleben. Gierig löffelte er weiter.

Mollner sagte etwas zu Anna. Anna sagte etwas zu Mollner. Einen Moment überlegte er. Dann stand er auf und verließ den Raum. Anna erhob sich und folgte ihm.

Im Saal wurde es still. Nicht schlagartig, aber nach und nach. Niemand sah den beiden nach. Gerade deshalb spürte ich sie umso stärker an Anna und Mollner denken, deren Schritte sich nun durch die Halle entfernten. Treppenstufen knarrten. Ich knüllte meine Serviette zusammen und schob meinen Stuhl zurück.

Die Tür zu Bärbels Zimmer war angelehnt.

Mollner saß auf der Bettkante. Er berührte Bärbel nicht und schien das Mädchen trotzdem in den Armen zu halten. In diesem Moment ahnte ich schon, was geschehen würde.

Sachte legte Mollner seine Hand auf Bärbels Hand. Sie öffnete die Augen und sah ihm ins Gesicht. Sie lag so still da, als müsse sie sich von den letzten Tagen verabschieden. Dann setzte sie sich mit einem Ruck in ihrem Bett auf.

Wie soll man jemanden begrüßen, der eine zweiwöchige Reise durch eine verworrene Welt hinter sich hat? Anna eilte zu ihr und griff nach ihrer Schulter. »Anna«, murmelte Bärbel, sah aber weiter Mollner an. Ihre Stimme zitterte leicht. »Das ist nicht mein Zimmer.«

»Du hast geschlafen, Maus.« Anna strich ihr übers Haar. Doch es war Mollner, der noch immer Bärbels Hand festhielt.

Anna nahm ihre kleine Schwester in die Arme. Mollner ließ Bärbels Hand los, stand auf und lächelte auf das Mädchen herunter. Über Annas Schulter hinweg lächelte Bärbel schüchtern zurück. Anna hob den Kopf, sah in Mollners Gesicht, und etwas in ihren Augen erstarrte. Sie ließ Bärbel los.

Mollner wandte sich ab. Auf dem Weg zur Tür trafen sich unsere Blicke. Seine Miene war undurchdringlich. Doch hinter der Undurchdringlichkeit glaubte ich etwas sehr Trauriges zu spüren.

Die Tür schnappte sacht ins Schloss.

»Geht's dir gut, Bärbel?« Anna wandte sich wieder ihrer Schwester zu. Ihre Stimme hatte sich abgekühlt. »Hast du Hunger? Durst?«

»Ich ... ich zieh mich jetzt an«, sagte Bärbel. Ihre Stimme klang beinahe so leise wie die Stimme von Meret. Langsam kletterte sie aus dem Bett. Es war seltsam, sie so zu sehen; eine Puppe zu sehen, die zum Leben erwacht.

»Ich geh dann wohl mal«, murmelte ich.

Anna nickte abwesend. »Komm«, sagte sie zu Bärbel und schob ihre Schwester zum Kleiderschrank.

Leise schloss ich die Tür.

Aus Merets Aufzeichnungen.
Mühlenstedt, Juli

»Ich nehme nicht an, dass außer mir noch andere Menschen im Schloss sind. Ich meine: richtige Menschen. Lebendige Menschen.

Ich würde gern eine Stimme hören. Sogar meine eigene Stimme wäre mir willkommen. Doch ich halte den Mund. Ich mag die Vorstellung nicht, mit mir selbst zu reden. Solche Gespräche wären die ersten Anzeichen des Wahnsinns, der hier vielleicht irgendwo wartet, geduldig, mit offenen Armen und einem weichen Lachen. Noch bin ich nicht verrückt. Auch wenn es die einfachste Lösung wäre.

Ich kann dieses Zimmer nicht verlassen. Selbst wenn ich es könnte, ich täte es nicht. Meine Angst, ihn zu treffen, dort draußen, im Labyrinth seines Schlosses, macht mich zu seiner Gefangenen. Würde ich ihm begegnen, ich würde wohl einfach zusammenklappen und vor seinen Füßen liegen bleiben, ein heulendes Häufchen Angst.

Also sitze weiter an meinem Tisch und schreibe. Worte befallen mich wie Krankheiten. Bilder schieben sich übereinander, aber sie berühren mich nicht. Ich bin nur noch Zuschauerin in einer Welt, die sich ohne mich dreht. Manchmal denke ich, dass Gott sich so fühlen könnte. Dann bin ich der Gott von Mühlenstedt. Aber schon mit dem nächsten Atemzug sinke ich wieder in mich zusammen und fühle mich hilflos. Ich kann nicht entscheiden, habe nicht die Wahl zu kommen oder zu gehen. Wenn ich der Gott von Mühlenstedt bin, so ist dieser Gott sehr kümmerlich.

Mollner hat mich mitgenommen. Ist es geschehen, weil ich es schrieb? Habe ich es geschrieben, weil es geschah? Ich erinnere mich nicht. Ich möchte gern glauben, dass dies nur eine Geschichte ist. Ich muss versuchen, es zu glauben. Wenn ich es glaube, wird vielleicht noch alles gut. Wenn das, was ich erzähle, eine Geschichte ist, gibt es ein Ende, und danach das wirkliche Leben.«

8 TOD

Während ich den Flur hinunterging, beschäftigte sich mein Kopf unablässig mit dem, was in Bärbels Zimmer geschehen war. An der Treppe angelangt, musste ich mich auf die oberste Stufe setzen. Dort versuchte ich zu überlegen. Ich schaffte es nicht. Alle Gedanken hatten mich auf einen Schlag verlassen. Nur ein Bild war zurückgeblieben. Mollner, der sich über Bärbel beugte. Ich hatte Angst. Sehnsüchtig dachte ich an mein Zimmer. Ich wollte mich in meinem Bett verkriechen, mir die Decke über den Kopf ziehen, nichts mehr sehen, nichts mehr hören, nie wieder etwas tun. Stattdessen zwang ich mich, meinen Platz auf der Treppe zu verlassen und die Stufen hinunterzusteigen.

Er saß in der Halle, auf der Couch. Die Beine hatte er übereinander geschlagen. Staub bedeckte seine Schuhe und bildete auf den Spitzen eine Kappe. An der linken Sohle klebte etwas, das eine zertretene Schnecke sein konnte. Mücken umtanzten seinen Kopf. Er verscheuchte sie nicht.

Während wir einander nur ansahen, wuchs in mir der Wunsch, mich zu ihm zu setzen. Der Wunsch war absurd, und zugleich wollte ich nichts lieber. Mollner würde sich um mich kümmern. Er würde mir meinen Vater nehmen, der in mir herumtaumelte, der sein Dunkel mit sich schleppte und mir das Leben schwer machte. Ich musste mich nur an Mollner lehnen, dann würde alles leichter werden.

Ach ja?, fragte die Stimme in meinem Kopf.

Mollner lächelte. Ich hatte keine Ahnung, wie ich auf dieses Lächeln reagieren sollte. Also blieb ich einfach stehen und sah es mir an. Sein Blick biss große Stücke aus mir heraus. Ich zwang mich, ein paar Schritte zu machen, auf diesen Blick zuzugehen.

»Ich möchte wissen, was geschehen ist«, sagte ich. »Mit Patrick Busch. Was ist jetzt mit ihm? Was ist mit Meret? Mit den anderen?«

Die Tür öffnete sich, und Alex kam in die Halle. Verwirrt sah er von mir zu Mollner und wieder zurück. Ganz ruhig saß Mollner da. Auf einmal fühlte ich mich ratlos. Mein Mut war mir vergangen. Alles war mir vergangen. Am liebsten hätte ich mich in eine Höhle verkrochen, aber die gab es nicht für mich. Schweiß lief mir über den Hals und rann in meine Kehlgrube. Mein Kleid war mir in der Mulde meines Rückens festgeklebt. Die Luft in der Halle war erstickend. Dann sah ich einen Schatten, der sich hinter den Fenstern auf die Verandatür zu bewegte. Die Tür öffnete sich.

»Ja. Ich hatte gehofft, Sie hier zu treffen.« Die Stimme von Petra Hübner klang kalt und klar wie sauberes Glas. Ihr Gesicht war reglos. Sie ging ein paar Schritte auf Mollner zu, ließ ihn nicht aus den Augen.

»Worum handelt es sich denn?« Seine Stimme klang einladend.

»Meine Tochter.«

Dem folgte ein langes Schweigen. Dann sagte Mollner:

»Gehen wir?«

»Ja.« Ihre Stimme zitterte leicht, klang aber nicht überrascht. Offenbar hatte sie diese Einladung erwartet. Mollner erhob sich und bot ihr seinen Arm. Ich registrierte das alles wie durch ein Fernglas oder eine Filmkamera. Alex rührte sich plötzlich. Quer durch die Halle kam er auf mich zu. Sein Gesicht war grau. »Geh da weg, Esther. Weg von ihm.«

Er wirkte so klein. So dünn und viel zu schwach. Mollner war riesig. Als er mit Petra Hübner an uns vorüberging, sah ich auf seiner Unterlippe eine Mücke kauern. Ich konnte mir vorstellen, dass er Petra Hübner in sein Schloss mitnahm. Ich konnte mir nicht vorstellen, dass er die Mücke tötete. Petra Hübner folgte Mollner durch die Halle und weiter, durch die Tür, die sie hinaus auf die Veranda und von uns wegführte.

Alex umklammerte meinen Arm. Es tat weh. Ich sah in sein gerötetes Gesicht. Die Luft um uns herum war kühl, das Licht in der Halle bläulich und kalt. Ich merkte erst jetzt, wie durcheinander ich war. Ich wollte nicht so festgehalten werden. Jemand sollte mich in den Arm nehmen.

Alex' Augen waren warm und ein wenig heller als sein Haar. Das Weiße um die Iris glänzte feucht. Wir standen sehr dicht. Haarsträhnen hingen ihm in die Stirn, dunkelgeschwitzt. Ich hob eine Hand und strich sie beiseite. Meine Finger rutschten auf seiner schweißnassen Haut. Meine Arme legten sich um ihn. Ich spürte sein Herz an meiner Brust. Sein Geschlecht zuckte an meinen Hüften. Wir hielten uns, bis die Geräusche aus dem Festsaal uns erreichten. Stimmengewirr, Gläserklirren, das Klappern von Besteck.

»Lass uns reingehen, Alex«, sagte ich.

Als wir den Saal betraten, wurde es nicht still, doch sekundenlang stockten die Gespräche. Hände, die Käsehäppchen zum Mund führten, erstarrten auf halbem Weg in der Luft. Frau Moormann sah weiß und krank aus.

»Bärbel ist wach«, sagte ich. »Und Mollner ist weg. Er hat Petra Hübner mitgenommen.«

Jetzt wurde es wirklich still. Eine Stille, die kaum einen Augenblick währte. Schon begannen die Gespräche von neuem, lauter als zuvor.

Wir setzten uns auf unsere Plätze. Ich suchte den Blick von Frau Moormann. Entschlossen sah sie an mir vorbei. Die Mücken summten. Das Fest würde einfach weitergehen. Doch es ging nicht weiter. Das Verschwinden Mollners hatte dem Essen den Todesstoß versetzt. Innerhalb der nächsten Viertelstunde verabschiedeten sich die Mühlenstedter unter Vorwänden aller Art. Auf dem Tisch blieben halb gefüllte Teller zurück. Nachdem sie Kelpie unter dem Tisch hervorgezogen hatte, ging auch Frau Moormann hinaus. Ich wusste, wo Kelpie heute Nacht schlafen würde.

Nur Alex und Thomas Schwab saßen jetzt noch auf ihren Stühlen. Verwirrt schaute ich die beiden an. Ruhig säbelte Thomas Schwab an einem Stück Käse herum, legte das Messer beiseite und nippte am Wein. Er wirkte in sich gekehrt, vollkommen verschlossen. Nach einer Weile kramte er sein Notizbuch und den Bleistiftstummel hervor und begann zu schreiben. Ärger flackerte in mir hoch.

»Mollner hat Frau Hübner mitgenommen«, sagte ich. »Und er hat Bärbel geweckt.«

Er unterbrach sein Schreiben und überlegte, wobei er mit dem Bleistiftstummel gegen seine Unterlippe tippte. »Einer musste das Mädchen ja wecken.«

Ich zwang mich zur Ruhe. »Ist das alles?«

Mit der flachen Hand schlug er auf den Tisch. *»Esther, Sie haben Recht, hier geschieht etwas Unerklärliches!* Erwarten Sie wirklich, dass ich so etwas sage? Ist Ihr bisheriges Leben so langweilig gewesen, dass Sie jetzt unbedingt ein Abenteuer erleben müssen?« Er packte sein Messer und begann das Käsestück auf seinem Teller in schiefe Würfel zu zerlegen. Ich beugte mich vor und zog ihm den Teller unter den Händen weg.

»Warum hat er Frau Hübner mitgenommen? Was war denn das?«, fragte ich.

»Das war, was wir schon auf der Gartenparty hatten. Er kommt, er schnappt sich jemanden, er geht. Sobald er geht, gibt es für den Rest keinen Grund mehr zu bleiben. Das gehört zum System.«

»System? Was denn für ein System?«, schaltete sich Alex ein.

»So nenne ich das«, erwiderte Thomas Schwab.

»Was nennen Sie so?«

»Das, was passiert.« Erneut setzte er den Bleistift an.

»Und was passiert, bitte schön?«, fragte Alex zornig.

»Sie leben seit einem Jahr in Mühlenstedt.« Thomas Schwab sah Alex einfach an. »Haben Sie keine Augen im Kopf?«

Mit einem Ruck stand Alex auf. Sein Stuhl kippte um. »Sie sind doch paranoid!« Rasch durchquerte er den Saal und knallte die Tür hinter sich zu.

Thomas Schwab schüttelte den Kopf. »Das bereitet mir wirklich Sorge.« Auf einmal sah er sehr müde aus. »Dass er Recht haben könnte.«

Ich schob ihm seinen Käseteller zu. »Was passiert hier, Thomas?«

»Ich weiß es nicht«, sagte er. »Ich gehe jetzt schlafen. Sonst platzt mir das Hirn. Gute Nacht.«

Im Rosengarten stand die Hitze. Es war noch nicht einmal zehn Uhr, die Sonne ging gerade erst unter. Leise schloss ich das Gartentor hinter mir.

Ziellos streifte ich durch die Straßen. Kein Mensch war zu sehen. Ich dachte an Meret. An meinen ersten Besuch in ihrer Wohnung. Wachsverklebte Halter mit stummeligen Kerzen. Dasselbe Holzregal wie bei mir, aber darin fast keine Bücher. Die Bücher lagen auf dem Boden und in Merets Bett. Ein winziger Schreibtisch. An der Decke Spinnweben und Marionetten: Hexen, Teufel, Drachen.

»Hast du einen Freund?«, hatte ich sie gefragt. Sie hatte gelacht. Ihr Lachen war leise wie fallender Schnee. Fast spöttisch. Wir sahen uns an. »Ich habe mich vor vier Monaten getrennt«, begann ich zu erzählen. »Stefan ...«

Ihr Mund wurde schmal, verwandelte sich in eine dünne weiße Linie. Unwillkürlich wich sie einen Schritt zurück, die Hände halb erhoben. Keine Beziehungskisten. Das interessierte sie nicht.

Später, als wir bei einer Kanne Tee an ihrem Küchentisch saßen, sagte ich: »Lies mir eine Geschichte vor, Meret. Wenigstens eine ganz kleine.«

»Warum?«, fragte sie.

»Weil ich es will.«

Nervös wickelte sie eine rote Locke um ihren Finger und zog daran. Der Finger lief weiß an. So kannte ich sie gar nicht. So verwirrt.

Es brauchte ein paar Tage, ein paar Kannen Tee und mehr als eine Portion Beharrlichkeit. Schließlich hatte ich sie so weit. Sonnenlicht sickerte durch das Fenster und legte sich auf den Boden. Wir saßen auf den fleckigen Dielen, auf denen wolkige Staubflocken tanzten, meine Ohren groß wie Satellitenschüsseln, ihr Rücken steif und gerade, als müsse sie sich schon im Voraus gegen mein Gelächter wappnen. Immer wieder schaute sie von ihrem Ringheft hoch; ein prüfender Blick in alle Richtungen. Ich setzte mich auf, wurde ein bisschen größer, ein bisschen massiver, versperrte alle Fluchtwege. Aber Meret wollte gar nicht fliehen. Sie wollte sich überzeugen, dass alle bei der Sache waren: ich, die Bücher, die Marionetten, die Topfpflanzen, vielleicht sogar die Geister derer, die vor ihr in diesem Zimmer gelebt hatten.

Während Meret las, konnte ich sehen, wie ihre Augen klarer, ihr Körper fester wurde. Mit Grauen gefüllte Häuser erhoben sich. Über den Dächern öffnete sich ein von fremden Sternbildern durchlöcherter Himmel. Jetzt trieb Merets Stimme Gestalten aus der Dunkelheit. Gebannt lehnte ich mich ihnen entgegen. In hohen Fontänen spritzten Blut und Gehirn.

An diesem Punkt meiner Erinnerung kehrte ich lieber in die Gegenwart und in die Straßen von Mühlenstedt zurück. Zu den Menschen, die ich hier kannte. Doch auch die Gedanken an Bärbel, an Patrick Busch und Petra Hübner waren wenig beruhigend. Ich wandte mich Alex zu. An ihm blieb ich hängen. Während ich an ihn dachte, ging ich immer schneller, ich lief, rannte beinahe, sah Kühe auf den Wiesen, die Euter geschwollen von Milch, Pferde, die sich in Berge von hartem Fleisch verwandelten; im Gurren der Tauben glaubte ich das Seufzen von Frauen zu erkennen; der Anblick einer Muttersau, die sich anstößig in einem Schlammloch wälzte, machte mir die Knie weich.

Als ich endlich in den Rosengarten zurückkehrte, war ich erschöpft, doch meine Gedanken kreisten noch immer um Alex. Wollte ich wirklich zu ihm? Ich setzte mich auf die Stufen der Veranda, stützte den Kopf in die Hände und versuchte über Alex nachzudenken. Der Mond war ein Auge.

Ich spürte seinen Blick auf mir, und das war kein angenehmes Gefühl. Sein diffuses Licht verwandelte die Rosensträucher in Ungetüme mit zu vielen Armen. Neben dem Gartenhaus kauerte etwas mit einem Tier- und einem Menschenkopf. Ich blinzelte. Es waren Bärbel und Kelpie. Das Mädchen hatte seine dünnen Arme um den Hals des Katzenhundes gelegt. Kelpie saß still da, die Ohren gespitzt. Sein Fell leuchtete wie mit Glitzerpuder bestäubt.

Es war mitten in der Nacht. Wir waren in Mühlenstedt. Bärbel gehörte ins Bett. Dort wäre sie sicher. Trotzdem sah es richtig aus, wie sie dort saß, eng an Kelpie geschmiegt. Auf einmal tat mir das Herz weh. Ja, ich beneidete Bärbel. Sie war vollkommen in diese Umarmung versunken.

Der Gedanke an die Einsamkeit meines Zimmers drückte mich fast zu Boden. Ich wollte nicht dorthin zurück. Aber hier bleiben mit Bärbel und Kelpie vor Augen wollte ich auch nicht.

Leise verließ ich die Veranda und begann ziellos durch den Garten zu streunen. Sosehr ich mich auch bemühte, dem Dunkel zu entfliehen, es gelang mir nicht wirklich. Ich litt schon so viele Jahre an ihm, und ich würde wohl auch weiter an ihm leiden. Manchmal – lange bevor ich nach Mühlenstedt gekommen war – hatte ich mir gewünscht, nicht mehr da zu sein und auf diese Weise das Dunkel endlich abzuschütteln. Über diese Last hatte ich immer geschwiegen, aus Angst, man würde mich nicht verstehen oder mitleidig den Kopf schütteln. Lieber redete ich über ungefährliche Dinge – über neue Bücher, alte Filme, mein Studium. Ich lachte und behielt den heimlichen Schmerz für mich. Ich wusste sehr viel über das Dunkel, und vielleicht sprach ich deshalb nicht darüber.

Inzwischen war ich im Hintergarten angelangt. Aus dem

geöffneten Fenster im ersten Stock drang Tastengeklapper zu mir herunter. Über dem Teich leuchteten Glühwürmchen in der Dunkelheit. Etwas regte sich im Wasser. Alex' Kopf schwebte über dem Teich. Seine Augen blinkten. Er schwamm auf den Steg zu, zog sich hinauf. Er wirkte sehr groß, wie er da auf mich zukam. Ich sah, dass er nackt war. Im Mondlicht glänzte er wie ein Seehund. Wir trafen uns auf der Mitte des Stegs. Seine Haut roch nach Wasser, frisch und zugleich schwach modrig. Ich legte die Arme um ihn. Sein Atem strich über mein Gesicht. Er wickelte sich eine Strähne meines Haars um einen Finger. Ich zog seinen Kopf zu mir herunter. Er öffnete den Reißverschluss meines Kleides. Es rutschte mir von den Schultern und fiel auf den Steg. Die Lust floss wie warmes Wasser durch mich hindurch.

Es war seltsam, mit ihm zu schlafen. Vielleicht wegen des Tastengeklappers, das jede unserer Bewegungen begleitete. Oder wegen des Mondes, der uns zu beobachten schien. Ich wollte mich auf Alex konzentrieren, aber dann war da immer wieder der Mond, und ich schaute zu ihm hoch und fühlte mich traurig, und auch als wir ins Haus gingen und uns auf mein Bett legten und der Mond nicht mehr zu sehen war, wollte die Traurigkeit nicht vergehen.

Gegen neun Uhr erwachte ich und war sofort voll da.

Neben mir lag Alex. Er hatte sich auf die Seite gerollt und die rechte Hand unter seine Wange geschoben. Sein Mund wurde von den Fingern etwas zusammengedrückt. Seine Nasenflügel zitterten. Vielleicht roch er im Traum an einem Biskuit. Ab und zu bewegte er die Lippen. Die dunkelbraunen Haare mit dem Stich ins Rötliche waren dick wie ein Pelz. Reglos lag ich da und betrachtete ihn.

Von einer Sekunde zur nächsten waren seine Augen offen. Er blieb ganz still, als versuche er herauszufinden, wo er war. Oder wer er war. Nach einer Weile lächelte er. Noch immer rührte ich mich nicht. Er war mir so nah, dass ich in seiner Iris ein sternförmiges Muster erkannte. Doch zugleich öffnete sich zwischen uns ein tiefer Spalt. Das Gefühl, hier neben ihm zu liegen, wurde unerträglich. Ich kletterte aus dem Bett, raffte meine Kleider zusammen und huschte ins Bad.

Lange stand ich vor dem Spiegel. Meine Augen kamen mir dunkler vor als sonst, größer, als versuchten sie mehr zu erkennen, als zu erkennen war. Meine Augen erschreckten mich.

Alex kam herein. Er stellte sich hinter mich und legte die Arme um meine Taille. Ich versuchte mich zu entspannen. Es gelang mir nicht. Meine Zähne bissen so fest aufeinander, dass meine Kiefer knackten. Im Spiegel sahen wir einander an. In seinem dunklen Haar entdeckte ich einen grauen Faden, dann noch einen und noch einen. Nie zuvor hatte ich diese Fäden bemerkt. Ich staunte, wie viele es waren.

»Wie alt bist du eigentlich, Alex?«

Er ließ mich los und schüttelte den Kopf.

»Nicht, Esther. Immer diese Fragen. Ich habe das hinter mir.« Er schob mein Haar zur Seite und küsste mich auf den Nacken, dann auf die Halsschlagader. »Und übrigens, ich habe es vergessen.«

Wir frühstückten auf dem Steg, eng nebeneinander, auf einem Handtuch, das Alex über die Planken gebreitet hatte. Im ersten Stock hämmerte Thomas Schwab schon wieder – oder noch immer – auf seine Schreibmaschine ein. In dem Honigglas neben meinem Teller steckte ein Messer, auf dessen Knauf eine Mücke balancierte. Wir aßen fast nichts, brauchten nur ein bisschen Kaffee. Nach dem ersten Schluck goss ich den Inhalt meines Bechers in den Teich. Alex folgte meinem Beispiel. Was Henning Moormann da zusammengebrüht hatte, schmeckte wie ein Cocktail aus Bratensoße und Hustensaft.

»Heute Nacht«, sagte ich.

»Was ist heute Nacht?«, fragte Alex.

»Heute Nacht gehe ich zum Schloss.« Ich fröstelte. Entschieden fügte ich hinzu: »Endgültig.«

»Esther, vergiss doch mal das Schloss. Du ...«

Alex verstummte und sah an mir vorbei. Seine Augen wurden immer größer. Ich wandte den Kopf. Über das verwucherte Gras näherten sich Bärbel und Anna. Kelpie folgte ihnen.

Eigentlich näherte sich vor allem Bärbel. Auf eine seltsame Art sah man nur sie. Alex starrte sie an, als hätte er noch nie ein kleines Mädchen gesehen.

Der Rücken rosenstockgerade, der Gang eines Rehs, so behutsam, als wäre sie aus Glas und könnte bei der geringsten Erschütterung in Scherben zerspringen. Das Licht bündelte sich auf ihrer Haut. Sie war so schön, dass neben ihr sogar Anna verblasste.

Alex sprang auf. »Geht's dir gut, Bärbel?«

Es war ein beinahe feierlicher Moment, als sie sich zu uns setzte. Kelpie legte sich neben sie und schob seine Schnauze in ihre Hand. Anna, die sich ebenfalls auf den Planken niedergelassen hatte, lächelte dünn. »Er mag dich, Bärbel.« Was sie wirklich sagte war: »Und das mag ich nicht.«

Bärbel rückte noch näher an Kelpie heran. Anna ließ die beiden nicht aus den Augen. Zwischendurch warf sie Alex kurze Blicke zu. Er konnte nicht aufhören, Bärbel anzustarren.

»Sie sieht krank aus, findet ihr nicht?« Annas Augen verengten sich zu Schlitzen.

»Bärbel?«, fragte ich überrascht.

»Mir geht's gut«, sagte Bärbel und lächelte.

»Was für ein Glück, dass wenigstens eine von uns alles besser weiß«, sagte Anna und öffnete ihre Augen langsam wieder.

Ich schaute sie an. Einen Moment herrschte ein fast bestürztes Schweigen. Nur das Geklapper von Thomas Schwab war zu hören. Dann legte Anna los. Diesmal wandte sie sich direkt an ihre Schwester.

»Seit zwei Wochen habe ich kaum geschlafen. Ich habe dich gefüttert, dir den Hintern abgewischt, ich ... ich ... Als hätte ich sonst nichts zu tun! Aber das ist nichts, nicht wahr?«

Die Szene wirkte so aufgeladen, dass ich unwillkürlich die Luft anhielt. Bärbels Lippen zitterten. Sie streckte eine Hand aus und legte sie auf den Arm ihrer Schwester. Eine Puppenhand, sahneweiß und pflaumenglatt, fast ohne Linien. Anna wischte die kleinen Finger beiseite. »Jetzt, wo du wach bist – lass mich wenigstens fünf Minuten in Ruhe, ja?« Die Worte spritzten aus ihrem Mund wie zornige Wespen aus einem hohlen Baum.

»Anna«, sagte ich. »Was ist denn los?«

»Oh, halt den Mund, Esther!« Sie bedachte mich mit einem vernichtenden Blick. »Du hast doch keine Ahnung.« Sie stand auf.

»Wohin gehst du?«, fragte Bärbel ängstlich.

»In die Stadt.«

Bärbel schob Kelpies Schnauze beiseite und machte Anstalten, sich ebenfalls zu erheben.

»Ohne dich«, sagte Anna und rauschte davon. Bärbel

starrte ihr nach. Wie knochenlos fielen ihre Hände herab und sanken in ihren Schoß. Nervös fummelte Alex an seinem Kaffeebecher herum. Ein Frühstück mit einem Kind, das jeden Moment in Tränen auszubrechen drohte, das war offensichtlich nichts für ihn. Für mich auch nicht. Trotzdem sagte ich: »Alex – meinst du nicht, Henning braucht deine Hilfe?«

Erleichtert ließ er uns sitzen.

»Ein Brötchen, Bärbel?«

Sie nickte. Es war reine Höflichkeit. Ihre Lippen zitterten noch immer. Ich schob den Brötchenkorb zu ihr hin. Sie zog das Messer aus dem Honig, dann saß sie wieder still, vielleicht streifte sie durch irgendwelche weit entfernten Gedanken und konnte sich zu einer Rückkehr in die Wirklichkeit nicht entschließen. Abwesend begann sie das Brötchen zu bestreichen und beschmierte sich die Finger von oben bis unten mit Butter und Honig. Dabei machte sie ein Gesicht, als schliefe sie. Ein neuer, kalter Schlaf. Plötzlich sagte sie:

»Wir sind wegen Thorsten gefahren. Er war in meiner Theatergruppe. In der Schule. Er ist sechzehn. Anna sagt, ich bin zu jung für einen Freund. Und sie sagt, ich bin zu schade für Thorsten.«

Ich konnte mir vorstellen, dass Anna ihre Schwester zu schade für alle Jungen fand. Abgesehen davon, dass Bärbel mit zwölf Jahren wohl wirklich etwas jung war.

»Wir wollten nach Österreich. Wir haben noch nie eine so große Reise gemacht«, erzählte Bärbel. »Mit Hotel und allem. Aber dann haben wir uns verfahren und sind nach Mühlenstedt gekommen. Da war gerade ein Fest. Wir haben hier Pause gemacht«, sagte sie. »Eigentlich wollten wir nur übernachten. Aber dann …« Die fehlende Erinnerung – die

Lücke in ihrem Leben – ließ sie verstummen. Zwei Wochen Schlaf. Zwei Wochen Zeit. Weggewischt. Ausradiert. In diesem Moment konnte ich sehen, wie klein sie wirklich noch war. Klein und leicht zu verletzen. Auf einmal hatte ich große Angst um sie.

»Wir sind mitten in das Gartenfest reingeplatzt«, sagte sie noch einmal.

»Feste feiern sie in Mühlenstedt sehr gern«, sagte ich.

»Aber ich habe Angst bekommen«, entfuhr es ihr. »Auf dem Fest.« Ihre Finger klammerten sich in die Falten ihres Kleides, als würde sie sonst weggesogen von ihrer Erinnerung.

»Angst?«, fragte ich behutsam.

»Ich weiß nicht. Es war … es hat sich angefühlt wie in dem Traum. Den habe ich schon sehr lange. Schon als ich ganz klein war, hatte ich den.«

»Erzähl ihn mir.«

»Es ist der Traum von dem Wesen.«

»Dem Wesen?«

Sie nickte. »Ich gehe in unseren Keller und will eine Flasche Apfelsaft holen«, sagte sie leise. »Aber die Treppe hört nicht auf, und das Licht wird immer weniger, und dann wird es auf einmal ganz grell und blau und flackert, und ich höre etwas. Meine Beine sind plötzlich wie Pudding, und ich kann nicht mehr laufen. Es kommt die Treppe herauf. Das Wesen.«

»Hast du es schon einmal gesehen?«

Sie schüttelte den Kopf. »In dem Moment, wo ich es sehe, wache ich immer auf. Das ist mir auch auf dem Fest passiert. Nur anders herum. Ich bin nicht aufgewacht. Ich bin eingeschlafen.« Geduckt und verkrampft saß sie da. Ihre eigentümlich traubenblauen Augen wirkten beinahe schwarz. »Ich war wohl sehr müde«, sagte sie schließlich und lächelte verlegen.

Frau Moormann trat aus der Küche in den Hintergarten. Während sie den Abfalleimer in die Mülltonne leerte, schaute sie zu uns herüber. Ein Suppenknochen fiel neben die Tonne, dann ein voller Kaffeefilter, der auf dem Boden platzte.

»Magst du Mühlenstedt, Bärbel?«, fragte ich.

Ihr Gesicht leuchtete auf. »Ich mag Kelpie. Und heute Morgen hat Anna gesagt, sie meldet mich bei einem Ferienreitkurs an. Man bekommt sogar ein Pflegepony, glaube ich.«

»Das ist doch schön«, sagte ich lahm.

Bärbels Miene verdunkelte sich. »Aber jetzt ist sie sauer. Vielleicht darf ich jetzt nicht mehr.« Erneut begannen ihre Lippen zu zittern.

»Wenn du willst, dann rede ich mal mit ihr«, sagte ich.

Frau Moormann verschwand in der Küche, ohne den Suppenknochen oder den Kaffeefilter aufgesammelt zu haben. Ohne einen Blick für Kelpie. Sie weiß, was hier passiert, dachte ich. Sie versteht das alles.

Anna tauchte erst gegen Abend wieder im Hintergarten auf, bepackt mit zwei lila Tüten und einem Riesenstofftier, einer Art Kreuzung zwischen Bambi und einem Science-Fiction-Monster. Ich saß auf dem Steg, die Zehen ins lauwarme Wasser getunkt. In seinem Zimmer hackte Thomas Schwab noch immer auf seine Schreibmaschine ein.

»Bärbel ist oben«, sagte ich zu Anna. »Sie hat mir etwas von einem Wesen erzählt. Weißt du, dass sie Angst hatte auf dem Fest?«

»Tu mir einen Gefallen, Esther. Kümmere dich um deine eigenen Angelegenheiten.«

Zum Abendessen ließen sich weder Bärbel noch Anna blicken. Alex war ins Dorf gegangen. Die Luft war aus Gelee. Fast war ich versucht, eine Schüssel vom Tisch zu stoßen. Einfach um zu sehen, ob sie heruntergefallen wäre. Ich stocherte in meinem Filet Wellington und konnte mir nicht vorstellen, etwas davon in den Mund zu stecken. Thomas Schwab beugte sich vor. »Darf ich ein offenes Wort an Sie richten, Esther?«

Ich schob ein Stück Filet durch die Sauce und wartete.

»Hoffentlich missverstehen Sie das nicht, aber im Sinne einer konstruktiven Kritik und aus persönlichem Interesse muss ich Ihnen sagen: Sie sehen schrecklich aus.«

Meine Gabel klirrte zurück auf den Teller.

»Habe ich Sie verletzt?«

»Ich bin nicht verletzt«, sagte ich verletzt.

»Mühlenstedt setzt Ihnen zu.«

Sein überlegener Tonfall ärgerte mich. Er redete, als wäre nur er selbst stark genug.

»Ich komme schon klar«, sagte ich.

»Das freut mich. In diesem Fall lassen Sie uns zusammenfassen, was in Mühlenstedt ...«

Gestern noch hatte er sich verweigert, jetzt wollte ich nicht mehr. »Ich habe Migräne«, sagte ich und schob meinen Stuhl zurück.

Ein Teil seiner Intelligenz lag in seiner Beobachtungsgabe. Er hatte einen Blick für das, was nicht stimmte. Wenn ich blieb, würde ihn dieser Blick herausfinden lassen, dass ich heute Nacht zum dritten Mal Richtung Schloss aufbrechen würde.

Ich hatte mich nur kurz hinlegen wollen. Als ich mit einem Ruck erwachte, dämmerte vor dem Fenster bereits der Morgen. Im Zimmer staute sich die Hitze. Mein T-Shirt klebte mir an Bauch und Brüsten. Die Leuchtzeiger meines Weckers standen auf kurz vor fünf. Einen Moment lang empfand ich Erleichterung angesichts der Tatsache, dass ich den richtigen Zeitpunkt für meinen Ausflug verschlafen hatte. Das bedeutete einen weiteren Tag Aufschub. Dann gestand ich mir ein, dass ich mich drücken, es mir bequem machen wollte. Natürlich konnte ich glauben, dass es irgendwann in der Zukunft einen günstigeren Zeitpunkt geben würde. Doch zugleich spürte ich, dass der Zeitpunkt jetzt war. Ich zog meine Turnschuhe an und verließ das Zimmer.

In den Tiefen der Pension klapperte wieder die Schreibmaschine von Thomas Schwab. Ich ließ das Klappern hinter mir und ging an Annas Zimmer vorbei. Auch an Bärbels Zimmer. Die Tür stand offen.

Noch bevor ich über die Schwelle trat, spürte ich bereits Bärbels Abwesenheit. Ihr Fehlen hatte im Raum eine Lücke hinterlassen. Ich versuchte mir zu sagen, dass sie an einem sicheren Ort Kelpie umarmte. Gleichzeitig war mir bewusst, dass nichts mehr sicher war. Es war so eine Situation, in der man sich verstecken und in seinem Versteck darauf warten möchte, dass jemand anderes die Verantwortung übernimmt. Dass sich ein anderer um alles kümmert. Aber es gab niemanden außer mir. Ich lief los. Das Haus um mich herum war wach. Die Wände vibrierten. Der süßliche Geruch, der mich umgab, nahm zu, während ich mich der Treppe näherte. Offenbar hatte Henning bis tief in die Nacht Kuchen gebacken.

Plötzlich musste ich weinen. Ich weinte, während ich lief. Mollner. Ich spürte ihn überall. Er war eine Klammer, die sich um mein Denken legte. Ich fühlte mich einer Begegnung nicht gewachsen. Aber darauf kam es nicht an. Ich wischte mir die Tränen ab und lief weiter, die Treppe hinunter, durch die Halle, den fensterlosen Flur entlang.

In der Küche schien es nichts mehr zu geben als den Geruch des Kuchens. Ich hatte das Gefühl, durch einen Biskuit hindurchzulaufen. Dann öffnete ich die Hintertür. Feuchtwarme Morgenluft strömte mir entgegen.

Bärbel stand am Ufer des Teichs. Sie trug ein geblümtes Kindernachthemd mit Schleifen an den Ärmeln. Neben ihr saß Kelpie. Im Schilf jammerte ein Frosch. Sein Gequake und das gedämpfte Geklapper von Thomas Schwabs Schreibmaschine waren die einzigen Geräusche. Die aufgehende Sonne hing schwer über dem Horizont; sie drohte jeden Moment ins Wasser zu fallen. In ihrem Licht wirkte Kelpies bläuliches Fell grau.

Zweige knackten. Bärbel wandte den Kopf. Aus dem Schatten unter den Bäumen löste sich eine Gestalt.

Mollner war drei Köpfe größer als Bärbel. Sein ganzer Körper war Sammlung und Kraft. Gegen ihn wirkte sogar Kelpie zerbrechlich. Der Katzenhund schrumpfte immer weiter. Vor meinen Augen verwandelte er sich in ein klägliches Bündel, das auf dem Bauch ins Schilf robbte

Eine Windbö fuhr durch die Zweige. Dicht vor Bärbel blieb Mollner stehen. Mir wurde ganz schwach in den Knien. Meine Beine lösten sich auf. Alles an mir löste sich auf. Vielleicht wurde ich jetzt unsichtbar.

Mollner hob eine Hand. Seine Finger strichen über Bärbels Haar, als streichelte er das Fell eines neugeborenen Kätzchens. Gebannt sah ich ihm zu. Er legte seine Hände an Bärbels Schläfen und schaute sie an, und das war seltsam und zugleich sehr schön. Bärbel öffnete den Mund und gab einen kleinen, verwundeten Laut von sich. Es klang nicht so, als hätte sie Angst oder als würde sie weinen. Über Mollners

Schulter hinweg schaute sie zu mir herüber. Unsere Blicke trafen sich, doch sie sah mich wohl nicht wirklich.

Im Schilf raschelte es. Kelpie schob sich aus seinem Versteck. Er zitterte, aber zugleich fauchte er wie eine Katze und knurrte wie ein Hund. Mollner ließ Bärbel los und wandte den Kopf. Kelpies Zähne wuchsen und schoben sich aus seinem Kiefer. Der Rachen des Katzenhundes stülpte sich um, eine fleischige, feucht glänzende Masse. Sein Schwanz peitschte die Luft.

Mollner sagte kein Wort. Er sprach keinen Befehl aus. Er war wie erstarrt. Kelpie sprang ihn an und schnappte nach seiner Kehle. In einer Geste der Abwehr streckte Mollner die Hände aus, packte den Katzenhund, schlang einen Arm um seinen Nacken und riss seinen Kopf nach hinten. Es gab ein trockenes Knacken, als würde jemand einen Hühnerknochen zerbrechen. Noch während ich das Knacken hörte, sah ich Kelpie zu Boden fallen. Seine Beine traten ins Leere. Dort drüben im Gras starb der Katzenhund, doch zugleich starb er in meinem Kopf, und die ganze Zeit konnte ich den Blick nicht von ihm abwenden.

Endlich war es vorüber. Einen Moment lang blieb es vollkommen still. Selbst Schwab hatte sein Klappern eingestellt. Dann hörte ich es, einen vielstimmigen und fernen Chor. Mühlenstedts Hunde sangen für Kelpie die Totenklage.

Bärbel, dachte ich. Sie darf das nicht sehen. Sie darf Kelpie da nicht so liegen sehen. Ich trat hinaus in den Garten. Überrascht sah Mollner mich an. »Esther«, sagte er. Seine Stimme klang weich und sehr traurig. Er wandte sich ab und verließ den Garten.

Über dem Teich flossen rote und goldene Streifen Morgenlicht ineinander. Bärbel stand einfach da. Ihre Arme hingen herab. Sie sah einem Falter zu, der vor ihr durch die Luft taumelte, schien an nichts zu denken, gerade so, als dürfte sich ihr Kopf auf keinen Fall mit dem toten Tier dort drüben beschäftigen. Ich begriff, dass sie heute Nacht etwas gesehen hatte, das sie zugleich nicht gesehen hatte. Es war zu viel für ihren Verstand. Sanft nahm ich sie am Arm und führte sie von Kelpie weg, zum Haus. Der Weg durch die Küche war für uns versperrt; in der Küchentür stand Frau Moormann. Vielleicht stand sie erst seit dieser Sekunde dort. Oder vielleicht hatte sie die ganze Szene beobachtet. Langsam, ohne auf uns zu achten, trat sie über die Schwelle und ging zu dem Bündel im Gras. Ihr heller Morgenmantel flatterte. Ihr Gesicht war weiß, die Augen in den Höhlen verschwunden. Neben Kelpie kniete sie nieder. Sie hob ihn auf und trug ihn zum Haus. Sie sah viel zu schwach aus für diese Last. Zugleich wusste ich, dass sie das Doppelte hätte tragen können. Mit dem Katzenhund in den Armen verschwand sie in der Pension.

Bärbel stand noch immer in versunkener Haltung auf demselben Fleck und schien in sich hineinzuhorchen. Ihr Zustand beunruhigte mich sehr. Ich führte sie zur Vordertür, durch die Halle, die Treppe hinauf. Die Luft war stickig. Brei füllte meine Beine. Meine Eingeweide rumorten. In den Tiefen der Pension klapperte Schwab.

Ohne anzuklopfen traten wir ein. Es war noch dunkel im Zimmer. Nur durch die Vorhänge fiel ein blasser Streifen Licht. Aufrecht, als hätte sie auf uns gewartet, saß Anna im Bett.

»Die Hunde«, sagte sie. »Was ist mit den Hunden?«

»Kelpie«, sagte ich. Meine Därme zogen sich schmerzhaft zusammen. »Kelpie.«

»Komm zu mir, Bärbel«, sagte Anna. Und Bärbel kam.

Ich trat ans Fenster, zog die Vorhänge zurück und öffnete die beiden Flügel. Kein kühlender Wind strich mir übers Gesicht. Die Luft war heiß und regte sich nicht. Zwischen den Rosenstöcken dampfte Nebel empor. Leiser, ferner Donner grollte über dem Sumpf. Ein heißer Morgen ohne Licht.

»Kelpie ist tot«, sagte ich. »Mollner ...«

Ich schaffte es gerade noch zur Toilette.

Es fühlte sich nicht an wie Kot. Es roch auch nicht nach Kot. Was da aus mir herauskam, war Wasser, und es stank nach Sumpf. Ich sah Kelpie mit gebrochenem Genick, roch von irgendwoher den süßen, heißen Kuchenduft, und ein neuer Kotschwall schoss aus mir heraus. Ich schloss die Augen und wartete, dass es vorüberging.

Als ich aus dem Bad zurückkehrte, brannte die Nachttischlampe. Anna hielt Bärbel im Arm und wiegte sie. »Ich will nicht wissen, was zwischen ihr und Mollner war.« Ihre Stimme klang ruhig; ihre Stimme machte mir Angst. Ein hysterischer Anfall wäre mir lieber gewesen. Ihr Haar stand in alle Richtungen ab. Zum ersten Mal sah ich die Falten in ihrem Gesicht. Im Licht der Lampe kam mir Anna plötzlich hässlich vor.

Sie strich Bärbel über den Kopf. Während ihr eigenes Haar allen Glanz verloren hatte, glich das Haar ihrer Schwester dickflüssigem, goldenem Honig.

»Kann ich noch etwas für euch tun?«, fragte ich hilflos.

Niemand antwortete mir. Leise verließ ich das Zimmer.

Aus Merets Aufzeichnungen.
Mühlenstedt, Juli

»Jede Nacht fließt ein bisschen mehr aus mir heraus. So fühle ich mich. Ich kann nicht weg, und wie Blut tropft etwas aus meinen Poren und verschwindet ein für alle Mal.

Heute Nacht war Mollner an meiner Tür. Ich bin ganz sicher. Er wollte mich nicht besuchen. Er wollte nur horchen, ob ich noch lebe.

Warum ich diesen Ort nicht verlasse, es nicht wenigstens versuche? Weil ich es gar nicht mehr will. Ich muss das hier erledigen. Ich muss diese Geschichte erzählen. Das Schreiben ist keine Rettung. Es bedeutet nicht einmal Erleichterung. Es ist einfach das, was ich tun muss, hier, im Schloss.

Früher waren meine Geschichten Geschichten und sonst nichts. Jetzt weiß ich, wie es sich anfühlt, in einer aus der Phantasie geborenen Welt zu erwachen.«

9
ANGST

Müde stand ich im Flur. In mein Zimmer wollte ich nicht, aber wohin sollte ich gehen?

In der Ferne tippte Thomas Schwab mit ungebrochener Kraft auf seiner Schreibmaschine herum. Doch nicht nur das Tastengeklapper, auch der Duft von Biskuit füllte den Flur und umwaberte mich. Vor meinem inneren Auge rollte Henning durch die Küche, ein besessener Bäcker, der so heftig in den Schüsseln rührte, dass ihm Teigklumpen auf Hemd und Hose spritzten. Ich sah Kuchenlaibe, die im Ofen zu Mumien vertrockneten. Fette Duftschwaden bildeten immer neue, sinnlose Figuren.

Die Tür zu dem Zimmer, das ich gerade verlassen hatte, öffnete sich. Anna trat in den Flur. Ihre Haare staken wie wurzelähnliche Gebilde aus ihrem Kopf heraus. In ihren Augen gab es keine Wärme mehr, nichts Mütterliches. Sie zog den Seidenkimono, den sie trug, enger um sich.

»Ich weiß, dass sie es wollte«, sagte sie. »Bärbel wollte, dass Mollner sie holt. Das hat sie von Anfang an gewollt.«

»Anna.« Ich schüttelte den Kopf. »Nicht.«

Sie trug nicht nur den Kimono. Sie trug einen Panzer aus Eifersucht und Verzweiflung, an dem alles abprallte. Sie hörte mir überhaupt nicht zu. Ihre Tränen hinterließen auf ihren Wangen eine glänzende Spur. Rotz tropfte von ihrer Nase. Sonst regte sich nichts in ihrem Gesicht. Da weint eine Puppe, dachte ich.

»Begehrst du ihn?«, fragte sie.

»Anna«, sagte ich. »Hör auf.«

»Du willst ihn«, sagte sie mit einer Stimme, die fremd klang. »Ihr alle wollt ihn, ihr alle!«

Sie wischte sich das Haar aus der Stirn, wandte sich ab und verschwand in ihrem Zimmer.

Einen Moment lang wollte ich ihr folgen. Der Moment verging. Ich wandte mich Richtung Treppe. Thomas Schwab klapperte wie wild.

Die Hitze auf der Veranda war eine flache Hand, die mich in die Pension zurückschieben wollte. Stille verstopfte mir die Ohren. Die Hunde hatten ihr Klagelied eingestellt. Die Vögel waren aus dem Garten verschwunden. Den Rosen entströmte ein gärender Geruch. Die fahle Sonnenscheibe, der Mond, der noch immer am Himmel klebte, das alles verstärkte den Eindruck des Unwirklichen.

Zunächst erkannte ich sie nicht. Zusammengesunken saß Frau Moormann in einem Gartensessel. Das braune Haar hing ihr in die Stirn. Der Drang überkam mich, meine Hände in dieses Gewirr zu stecken und daran zu reißen, bis sie klagte und schrie. Ich wollte etwas anderes hören als das Angstgewinsel in meinem Kopf.

Ganz still saß sie da. Sie wartet nicht auf uns, dachte ich. Sie wartet nur auf Mollner. Vielleicht wartet sie auch auf Kelpie. Darauf, dass sein Atem ihre Haut streift, sein Fell an ihren Beinen entlangwischt.

Noch immer stand dieselbe Kaffeekanne auf dem Tisch. Dieselben Sets lagen unter den Tellern. Die übrigen Requisiten, die zu einem Frühstück in Mühlenstedt gehörten, waren verschwunden. Da war nur noch Kuchen. Biskuit, frisch aus dem Ofen.

Als Frau Moormann mich kommen sah, erhob sie sich mühsam. Ich erinnerte mich daran, wie sie Kelpie fortgetragen hatte. Wohin hatte sie ihn gebracht?

Sie nahm eine der beiden Kuchenplatten und hielt sie mir hin.

Ich griff nach dem größten Stück. Es war noch warm. Ich zerrieb es zwischen meinen Fingern, krümelte mit aller Sorgfalt ihre blank geputzte Veranda voll. Eine Weile sah sie sich das an. Dann sagte sie:

»Gehen Sie nicht zum Schloss. Gehen Sie überhaupt nicht. In Mühlenstedt kann man nur ankommen.«

»Ich will nicht gehen. Ich will zu Meret.«

Sie seufzte. »Nichts zu wissen ist manchmal das Beste.«

»Nichts zu wissen ist schrecklich. Wird er mich holen?«

»Das wird er.«

»Warum?«

Verständnislos sah sie mich an. »Warum? Weil er alle meine Gäste holt.« Ihre Stimme war weich. Es war die Stimme einer Mutter, die ihr Kind besänftigt. Noch immer hielt sie mir den Kuchen entgegen. »Beinahe alle jedenfalls. Diejenigen, die mit unserer Stadt nicht zurechtkommen. Er holt immer die, die sich nicht einfügen können.«

Was versuchte sie mir eigentlich zu erklären? Dass ihre Pension eine Art Vorratskammer für Mollner war? Dass ich meinen Platz im Regal nicht verlassen durfte?

Auf einmal spürte ich eine große Wut. Mit aller Kraft schlug ich ihr die Kuchenplatte aus der Hand. Der Kuchen fiel zu Boden und zerbrach. Ein Duft quoll auf, in dem Butter und Zucker einander umkrallten, ein Duft von widerlicher Süße, der Geruch von Mühlenstedt, der Duft einer schönen Leiche.

Frau Moormann starrte auf die Kuchenbrocken. Jetzt konnte ich den Gedanken an Kelpie spüren. Sie blickte auf. Ihr Blick war eine Faust, die mich packte. Ich holte aus und schlug ihr ins Gesicht. Meine Hand traf sie knapp unter dem Auge. Sie blinzelte nicht einmal. Sie stand einfach nur da und empfing meinen Schlag. Auf ihrer Wange glühte der Abdruck meiner Hand. Sie legte ihre Finger über das Glühen, und sekundenlang verzog sich ihr Mund zu einem lautlosen Weinen. Dann brachte sie ihre Züge wieder unter Kontrolle. Doch etwas hatte sich verändert. Ihr Gesicht wollte sich nicht mehr in seinen alten Formen zurechtfinden. Ihr Mund wirkte schief, und ihr rechtes Augenlid zuckte. Sie trat einen Schritt vor. Jetzt wird sie mich schlagen, dachte ich und beugte mich ihr ein wenig entgegen.

Sie hob eine Hand und legte sie mir auf die Wange, strich so sacht darüber, dass sie kaum die Härchen auf meiner Haut streifte. Die Berührung schloss alles ein, von der Gartenparty bis gestern Nacht. Ja. Wir verstanden uns. Auf eine verquere Art verstanden wir uns.

Schweigend wandte sie sich ab und kehrte ins Haus zurück. Ich griff nach der Kaffeekanne. Ich zitterte so sehr, dass ich mir das brühheiße Getränk über die Hände goss. Schmerz spürte ich keinen; Schmerz wäre eine Erleichterung gewesen.

Thomas Schwab trat aus der Tür. Er beugte sich über das Geländer und sah zu dem Himmel auf, der heute nicht richtig hell werden wollte. Dann kam er an den Tisch und warf einen langen Blick auf den Kuchen.

»Mollner war da. Heute Nacht. Er hat Kelpie getötet.« Meine Stimme wankte.

Thomas Schwab stand ganz still. Dann zückte er sein Notizbuch und schrieb etwas hinein. Ich konnte es nicht glauben. Mit offenem Mund starrte ich zu ihm hoch. Wie konnte er jetzt schreiben? Er steckte das Notizbuch wieder weg, goss Kaffee in eine Tasse und rührte im Stehen, quirlte so heftig in seinem Kaffee, dass sich auf der Untertasse ein Tümpel bildete.

»Ist das Ihre einzige Reaktion?«, fragte ich.

»Im Moment ja.« Mit einem Ruck zog er die zweite Kuchenplatte zu sich heran, nahm sich ein Stück und biss hinein. Er kaute, schluckte, hustete. Krümel flogen über den Tisch und mir ins Gesicht. Ich wischte sie fort.

»Kosten Sie mal. Schmeckt ausgezeichnet«, sagte er.

Ich schüttelte den Kopf. Ich war sehr hungrig, doch den Kuchen würde ich nicht essen. Er griff nach einem zweiten, größeren Stück. Ich erhob mich und ging ins Haus.

Zuerst konnte ich nicht sagen, was sich außer dem Frühstück in der Pension verändert hatte. Etwas war anders; ein leises Unbehagen meldete es mir. Das Unbehagen wuchs, als ich mich der Küche näherte und allmählich begriff, was mich unbewusst schon die ganze Zeit gequält haben mochte.

In der Pension roch es noch immer nach dem getrockneten Lavendel, den Frau Moormann in Schalen auf die Fenstersimse stellte, nach gewachstem Holz und kühlen Wänden. Nun aber mischten sich in den Duft die Fäden eines süßlichen Verwesungsgeruchs, der mir aus der Küche entgegenzog. Der Geruch war so schwach, dass ich ihn nicht festhalten konnte. Möglich, dass ich mir das alles nur einbildete.

Kein Mensch war in der Küche. Trotzdem war die Küche voll. Auf dem Schlachttisch häufte sich Essen. Essen.

Mayonnaise, die nach Hummer roch. Eine Ente in Honig, Brötchen mit Walnüssen. Von Fett marmorierte Salami, rote Grütze, die in Vanillesauce schwamm, sahnige Milch in einem blauen Krug. Eine Marzipantorte, gekrönt von Blümchen aus Buttercreme, Weintrauben mit silberner Patina, Eiscreme, die schon zu schmelzen begann – offenbar hatte Henning die letzten Stunden damit zugebracht, sämtliche Vorräte der Pension zusammenzutragen.

Hier, in der Küche, war der Verwesungsgeruch stärker. Er ging nicht von den Speisen aus. Er kroch unter der Tür hindurch, die wohl in den Teil des Hauses führte, in dem Henning und seine Schwester wohnten. Behutsam drückte ich die Klinke herunter. Die Tür war verschlossen.

Ratlos sah ich mich in der Küche um. Während ich das Durcheinander auf dem Tisch noch ungläubig betrachtete, dämmerte mir, was zu tun war. Fortan würde Henning uns nichts anderes mehr als den Biskuit servieren. Und da ich den Biskuit nicht anrühren würde, musste ich mich vorbereiten.

Ich trug ein mit Müsli gefülltes Einmachglas und zwei Milchkartons in mein Zimmer. Die Milch lagerte ich im Waschbecken, das ich mit kaltem Wasser füllte. Ich kehrte in die Küche zurück und wählte ein Schwarzbrot, einen Honigtopf und einen Bund Bananen. Bei meinem dritten Gang wollte ich gerade einen Baumwollbeutel mit Äpfeln füllen, da hörte ich Henning den Flur heraufrollen. Rasch trat ich von dem beladenen Tisch zurück und stellte mich ans Fenster.

Vor mir erstreckte sich der wilde Teil des Gartens. Verlassen starb er im dämmrigen Licht. Die Spitzen der Grashalme hatten sich braun verfärbt. Die Blumen hingen traurig herab, die Büsche sahen dürr und krank aus. Das Bild des Gartens ließ weitere Bilder in mir entstehen. Ich versuchte sie beiseite zu schieben, doch es gelang mir nicht, den sterbenden Kelpie aus meinem Kopf zu verdrängen. Ich wollte nicht ständig an Kelpie erinnert werden. Aber gab es in der Pension oder im Garten irgendetwas, was mich nicht an ihn erinnerte?

Henning rollte in die Küche.

»Warum frühstücken Sie nicht?« Seine Stimme kam mir wackelig vor. »Ich habe schönen Kuchen gebacken.« Er zwang sich zu einem Lächeln. Das Lächeln verrutschte und baumelte nun grotesk an seinen Lippen.

»Er schmeckt ekelhaft«, sagte ich.

Verblüfft sah er mich an. »Sie müssen aber etwas essen.« Sein Blick maß meine Taille; offenbar sah er bereits, was in einer Woche aus dieser Taille geworden sein würde.

»Der Garten«, sagte ich.

Keine blühenden Rosenstöcke mehr. Kein grünes Gras. Trotzdem sprach ich noch von einem Garten. Moormann folgte meinem Blick und öffnete den Mund.

»Sagen Sie nicht, es ist Parasitenbefall.«

Er schloss den Mund wieder.

Man konnte dem Garten bei seinem Sterben zusehen. Auf braunem Gras moderten Büschel von Mädesüß, verrotteten Strünke von Ginster. Im fauligen Gebüsch platzten Hagebutten auf wie kleine, rote Beulen. Dürre Zweige reckten sich in den Himmel. Das, was in der Nacht geschehen war, hatte alles Leben aus dem Boden herausgetrunken. In einem Haufen schwarzer Blätter lag ein toter Spatz.

Henning wandte sich vom Fenster ab. Ich suchte seinen Blick. In seinem Gesicht zuckte es. Einen Moment lang glaubte ich, er würde mir etwas erzählen. Von Meret, von Mühlenstedt, von dem, was ihn bedrückte.

Er griff nach einem Keks, betrachtete ihn und begann ihn beinahe zärtlich zu beknabbern, einmal rundherum, und noch einmal in die andere Richtung. Er hatte keine Worte mehr für mich.

Dem Keks folgten Weintrauben. Frucht für Frucht schob sich Henning in den Mund. Er kaute so lange, so eindringlich, dass mir der Geschmack des Traubenfleischs über die Zunge floss. Er griff nach einem Stück Marzipantorte. Sein Kauen gewann an Kraft und steigerte sich noch, während er eine Salami und ein Schälchen rote Grütze mit Vanillesauce aß. Ich sah eine Träne aus seinem Auge fallen und auf seinem mächtigen Oberschenkel zerplatzen. Er merkte es nicht. Seine Finger tasteten nach dem Medaillon, das wie schlafend auf seiner Brust ruhte. Während er das Medaillon mit einer Hand umklammerte, fasste er mit der anderen nach einem Entenschlegel und einem Brötchen. In diesem Moment hörte ich von draußen ein Glucksen und sah wieder zum Fenster. Auf dem Teich quollen grüne Blasen auf. Vielleicht war es nur eine Spiegelung, bei dem dämmrigen Licht konnte man es nicht erkennen. Ich wandte mich wieder Henning zu. Es gab keinen Schlegel mehr. Und kein Brötchen. Mit totem Blick schaute er auf die Krumen in seinem Schoß. Sein verkrampfter Mund zuckte.

»Henning«, sagte ich.

Er schaute zu mir hoch, doch er hörte mich wohl nicht. Es war, als würde ein Unbekannter am Tisch sitzen. »Essen«, murmelte er. »Essen«, wiederholte er wie ein Kind, das gerade mühsam seine ersten Worte spricht. Seine Stimme war ausdruckslos, eine gestorbene Stimme. Er schob sich einen Batzen Butter in den Mund. Er stopfte sich mit Waffeln voll, die von Marmelade troffen, holte nicht einmal Luft. In seinem Gesicht klebten Brotkrumen und Fettspritzer. Er wischte eine Fliege von einem Krapfen und zwängte sich das zuckrige Ding in den Mund, wobei er ein Schluchzen ausstieß. Dann kam der Schinken an die Reihe. Er aß und aß. Ich konnte förmlich sehen, wie er sich am Sprechen hindern wollte. Seine Hände fassten in einen Haufen Hack, den er noch vor wenigen Tagen nicht hätte berühren können. Er schlang das Hack roh hinunter. Keine Zeit, das Fleisch zu braten, es musste verschwinden, sofort. Er aß und aß. Er machte mir Angst.

Die Tür ging auf, und Alex kam herein. »Heiliger Himmel.« Mitten in der Küche blieb er stehen. Henning rülpste. Es klang wie ein Stöhnen.

»Henning«, sagte ich noch einmal und trat einen Schritt auf ihn zu. Alex fasste mich am Arm. »Lass ihn in Ruhe, Esther.«

»Wir können doch nicht . . .«

»Wir sagen Greta Bescheid. Ich glaube nicht, dass wir sonst etwas tun können.«

»Bei ihm bleiben«, sagte ich. »Das können wir tun.«

Doch ich wollte ebenfalls weg. Ich fürchtete mich davor, in der Küche zu sein, allein mit Henning. Mit dem, was ihn überwältigt hatte.

Alex schob mich in den Flur. »Schau, ob du Greta im Garten findest«, sagte er. »Ich suche im Haus.«

Im Garten roch es nicht mehr nach Rosen. Es roch nach dem fetten Atem des Sumpfes. Die Rosen selbst hingen schlaff und traurig herab. Frau Moormann war nirgends zu entdecken.

Thomas Schwab kaute noch immer auf einem Stück Kuchen herum. Gedankenverloren schweifte sein Blick über den Garten. Sein Geist hatte sich in unerreichbare Regionen zurückgezogen. Anna, die ebenfalls zum Frühstück heruntergekommen war, sah blass und müde aus. Sie zerteilte ihren Biskuit mit der Gabel, spießte einen Bissen auf und schob sich die Gabel so tief in den Mund, dass ich fürchtete, sie würde ihr Rachenzäpfchen durchbohren. Wo mochte Bärbel stecken? Ging es ihr gut? Ich sah das Bild eines honigblonden Mädchens, das mit geschlossenen Augen im Bett seiner großen Schwester lag, diesmal nicht schlafend, sondern damit beschäftigt, die Ereignisse der vergangenen Nacht aus seinem Bewusstsein zu löschen.

Bärbel wollte sich nicht erinnern, und sie würde sich nicht erinnern. So funktionierte das in Mühlenstedt. Der Wunsch stieg in mir auf, etwas zu zerschlagen.

»Wie könnt ihr jetzt an Kuchen denken, verdammt noch mal!«, schleuderte ich ihnen entgegen.

»Halt den Mund«, sagte Anna. »Du machst alles kaputt. Seit du in Mühlenstedt bist, geht alles kaputt.« Sie krampfte ihre Hände ineinander. »Es war so schön.«

Ich starrte Anna an. Ich konnte es nicht fassen. In diesem Moment hasste ich sie alle. »Kelpie ist tot«, sagte ich langsam und überdeutlich.

Thomas Schwab begann leise vor sich hinzumurmeln. Straßennamen – er schien das Inhaltsverzeichnis eines Stadtplans herunterzubeten. Seine Hand bewegte sich auf den Tisch zu wie etwas Abgeschnittenes. Er griff nach einer Serviette und drückte sie sich auf den Mund, erstickte seine Selbstgespräche in dem makellos weißen Stoff.

»Hätten Sie wohl einen Kaffee für mich, Anna?«, fragte er gepresst.

Anna goss sämtliche Tassen voll und reichte ihm eine. Er

trank gierig. Auch sie griff nach einer Tasse, nippte ein-, zweimal und zündete sich eine Zigarette an. Die Zigarette verwandelte sich zwischen ihren Fingern in einen grauen Wurm, der sich krümmte, auseinander bröckelte und zu Boden fiel. Annas Gesicht hatte viel von seiner Klarheit eingebüßt, man konnte förmlich sehen, wie sich die Haut mit Sprüngen überzog. Ihr Make-up glich einer schorfigen Kruste. Sie riecht nicht mehr nach Nelken und Vanille, dachte ich. Sie riecht nach saurer Milch, nach alter Frau.

Thomas Schwab griff nach dem Kuchen. Ich beobachtete, wie er das Gebäck in sich hineinstopfte. Wäre der Kuchen Knäckebrot gewesen, in seinem Mund hätte er trotzdem kein Geräusch gemacht: Mit einer kurzen, krampfartigen Bewegung würgte er ihn unzerkaut hinunter und übergab ihn seinem Magen.

Ein blauer BMW bog in die Auffahrt ein und bremste vor der Veranda. Aus dem Wagen stiegen Brettfeld und zwei Männer, die nach Hanteltraining aussahen. Gleichzeitig traten Alex und Frau Moormann auf die Veranda.

Die drei Herren kamen über den Rasen heran. Wasser quoll unter ihren Füßen aus dem Boden. Sie hinterließen auf der Veranda eine schlammige Spur.

»Guten Morgen«, sagte Brettfeld. Seine muskulösen Freunde steckten sich synchron die T-Shirts in die Hosen. Der Kleinere hielt die Oberarme vom Körper abgespreizt. Er bewegte sich langsam; er wollte uns Zeit geben, vor seinen Muskeln zurückzuschrecken. Der Größere wirkte weich. In seiner leicht geduckten Haltung lauerte etwas Gieriges.

Den Doktortitel hatte Brettfeld zu Hause gelassen. Mitgebracht hatten er und seine Begleiter die Bereitschaft, die empfindliche Ordnung von Mühlenstedt wiederherzustellen. Mit einer Sonnenbrille schützte der Weiche seine Augen vor dem Zwielicht. Der Muskelmann, den etwas Düsteres umgab, wich unseren Blicken aus. Er wirkte verzweifelt; sie alle wirkten verzweifelt.

»Wir müssen mit Ihnen reden«, sagte Brettfeld mit einer Stimme, als hätte er lieber den Mund gehalten. »Wenn Sie bitte hineingehen würden.«

Ich schüttelte den Kopf.

Er musterte mich, ohne zu blinzeln. Seine Freunde rückten näher. Der Muskel reckte sich. Der Weiche begann zu lächeln.

»Wenn Sie reden wollen, dann reden Sie hier draußen.« Alex hatte sich zwischen mich und die beiden T-Shirt-Herren geschoben. Sein Mut hatte etwas Rührendes und machte mir klar, wie wenig wir ausrichten konnten.

Brettfeld reagierte überhaupt nicht. Mit schief gelegtem Kopf stand er einfach da und wartete, was als Nächstes geschehen würde. Der Muskel trat einen weiteren Schritt vor. Das Lächeln des Weichen wurde noch eine Spur freundlicher. Seine Zähne ähnelten kleinen, sauber abgenagten Knochen.

»Bitte gehen Sie hinein«, sagte Brettfeld.

Ich schüttelte noch einmal den Kopf, wandte mich ab und drängte mich an dem Weichen vorbei zur Treppe, die in den Garten führte. Ruhig streckte der Muskel einen Arm aus und hielt mich fest. Er war nicht grob. Die Berührung war behutsam, beinahe sanft.

»Lass sie los, Robert«, sagte Brettfeld.

Der Muskel ließ los. Eine Pause trat ein.

»Manchmal kommt jemand wie Sie.« Brettfeld runzelte die Stirn. Er sah niemanden an, doch er sprach mit mir. »Wenn man diesen Menschen begegnet, sind sie zunächst ziemlich unauffällig. Sie scheinen sich wohl zu fühlen. Und auf einmal schlagen sie Krach; auf einmal wollen sie unbedingt jemanden wachrütteln.«

»Vor zwei Jahren wohnte ein junger Mann in der Pension«, sagte Frau Moormann leise. »Er hat an den Versammlungen des Heimatbundes teilgenommen, bei der Organisation des Tennisturniers geholfen und am vierten Advent im Kulturhaus die Weihnachtsgeschichte vorgelesen. Nur war es nicht die Weihnachtsgeschichte. Als er da vorn auf dem Podium stand, begann er von Herrn Mollner zu sprechen. Von Dingen, die nicht gesagt werden dürfen.«

»Natürlich hat sich Herr Mollner darum gekümmert.« Brettfeld blickte düster vor sich hin. »Doch der junge Mann hatte genug Aufsehen erregt. In den folgenden Wochen mussten fast zwei Dutzend Menschen gehen.«

»Wohin?«, fragte ich, obwohl ich die Antwort kannte.

»Ins Schloss.«

»Jetzt fängt es wieder an.« Frau Moormann richtete ihre grauen Augen auf mich. Ihre Stimme schickte Kälte in meine Richtung. »Erst Patrick Busch. Dann Petra Hübner. Wie viele Menschen wollen Sie aus der Ruhe bringen?«

»Sie werden die Pension nicht mehr verlassen, Frau Birk.« Brettfelds Blick schweifte von mir zu Thomas Schwab und Anna. »Keiner von Ihnen.«

»Und wenn doch?«, fragte Thomas Schwab.

»Sie kämen nicht weit«, sagte Brettfeld schlicht.

Das Gesicht von Thomas Schwab rötete sich. »Sie kotzen mich an, Brettfeld, Sie –«

»Seien Sie still«, sagte Brettfeld.

»Schnauze!«, brüllte Thomas Schwab.

Die breitschultrigen Freunde nahmen ihn sanft am Arm und schüttelten ihn. Er verschluckte sich an einem Luftschwall und hustete. Sein Gesicht wurde erst rot, dann weiß. Die beiden Herren führten ihn ins Haus. Wie ein Lappen hing er zwischen ihnen; als hätte er sämtliche Knochen aus sich herausgehustet.

Sie waren nicht gemein. Sie taten nur, was aus den Regeln folgte, die in einer kleinen Stadt galten. Mit geschlossenen Augen konnte ich sie deutlich sehen: die Menschen von Mühlenstedt. Man behielt die Häuser der Nachbarn und die Nachbarn selbst im Auge. Man versorgte einander mit Fonduegeschirr, einem halben Pfund Butter oder einer Schulter zum Ausweinen. In Mühlenstedt kannte die Hilfsbereitschaft keine Grenzen. Man behandelte einander mit großer Aufmerksamkeit. Und wenn jemand nach denen zu fragen begann, die verschwunden waren, oder darüber grübelte, was im Schloss geschah, dann entging das niemandem.

Während ich so weit gedacht hatte, war Anna ins Haus zurückgekehrt. Nach kurzem Zögern folgte Alex.

»Gehen Sie bitte hinein«, sagte Brettfeld. »Oder begleiten Sie mich in meine Praxis.«

Wo er mich in gepflegter Atmosphäre mit Beruhigungsmitteln voll pumpen und mich in einem gemütlichen Zimmer so richtig ausschlafen lassen würde.

Ich wandte mich ab. Ohne ihn noch einmal anzusehen, ging ich an ihm vorbei, riss die Verandatür auf und knallte sie hinter mir zu. Eines der vielfarbigen Türfenster sprang heraus und zerbrach. Im Moment hatte er gewonnen. Ich fühlte mich schwindelig. Die ganze Zeit schon gingen mir dieselben Zeilen aus »Hotel California« im Kopf herum.

You can check out any time you like
But you can never leave.

Der Verwesungsgeruch, der nun ganz deutlich durch die Halle zog, bereitete mir Übelkeit.

Auf der Treppe kamen mir Brettfelds Freunde entgegen. Höflich nickten sie mir zu. »Er ist in seinem Zimmer«, sagte der Muskel.

»Er will niemanden sehen«, sagte der Weiche.

Es wäre mir lieber gewesen, ich hätte sie hassen können. Es wäre leichter gewesen.

Ich stieg die Treppe hinauf. Meine Füße sanken in den Teppich ein. Meine Schläfen pochten. Wenigstens der Gestank wurde hier oben schwächer.

Ich rüttelte an seiner Tür. Thomas Schwab öffnete nicht. »Bitte«, sagte ich durch die Tür hindurch.

»Ich habe zu tun«, kam es zurück.

Auf einmal fühlte ich mich sehr müde.

Von nun an begannen die Stunden zu verschwimmen. Ich lief durch die Flure und versuchte, einen Entschluss zu fassen. Ich musste hier weg, doch ich wusste nicht, auf welchem Weg ich die Pension verlassen sollte. Um mich herum schwoll die Hitze an wie eine Entzündung. Es wurde langsam unerträglich. Draußen vor den Fenstern durchzogen Wolkenfäden das Grau, als träte das Adergeflecht des Himmels hervor. Wenn sich der Gedanke an Kelpie in meinen Kopf schleichen wollte, lief ich schneller, doch dann dachte ich: Vielleicht ist es gut, wenn ich mich von Zeit zu Zeit an Kelpie erinnere. Schließlich hatte der Katzenhund seine Angst überwunden und sich gegen sein Schicksal aufgelehnt. Es war schlimm ausgegangen für ihn, doch selbst wenn er den Ausgang hätte voraussehen können, wäre das – so hoffte ich – für ihn ohne Bedeutung gewesen.

In der Pension herrschte Stille. Nicht einmal mehr das

Geklapper von Thomas Schwab hallte durch die Gänge. Nur mein Atem war zu hören. Nur meine Schritte. Die anderen blieben in ihren Zimmern. So dachte ich jedenfalls. Doch so war es nicht; nicht ganz. Bärbel, die sich offenbar von den Schrecken der letzten Nacht erholt hatte – oder der vorletzten Nacht, wie lange lief ich schon hier herum? –, sie, die Kelpies Tod gesehen und zugleich nicht gesehen hatte, durfte die Pension verlassen. Am Fenster stehend sah ich sie die Auffahrt hinunterlaufen. Ihr honigfarbenes Haar flatterte im Wind. Ihre Bewegungen waren weicher geworden, wirkten weniger kindlich. Familie Brettfeld erwartete sie am Tor. Die beiden Jungen trugen Reithelme und kleine Gerten, und auch Bärbel wurde ein Helm in die Hand gedrückt. Ein Familienausflug mit anschließendem Ponyreiten.

Ich wandte mich vom Fenster ab und nahm meine Wanderung wieder auf. Ich dachte an Meret, und mir wurde klar, dass ich an sie als etwas Vergangenes dachte, das ich nicht zurückholen konnte. Ich glaubte nicht mehr daran, dass ich Meret helfen konnte. Dieser Gedanke machte mich sehr traurig. Ich durfte nicht bei der Trauer verweilen. Ich musste ja weitergehen.

Mein Hunger wuchs, während ich lief. Ich wollte ihm nicht nachgeben. Aber mit der Zeit wurde dieser Hunger immer größer. Mit harten Händen grub er mir den Magen um. Als ich unversehens an der Tür meines eigenen Zimmers vorbeikam, konnte ich mich nicht länger beherrschen. Ich rannte, stürzte beinahe in das Zimmer und begann sofort zu essen.

Ich aß und aß. Nie zuvor hatte ich so viel in mich hineingestopft. Das Loch in meinem Magen war bodenlos, meine Gier unersättlich. Ich konnte nicht aufhören zu essen, schlang alles hinunter, was ich aus der Küche beiseite geschafft hatte. Zu spät merkte ich, dass es ein Fehler war, diese Mengen in mich hineinzustopfen. Kaum hatte ich den letzten Bissen hinuntergeschluckt, drängten die ersten Bissen schon wieder herauf. Ich lief ins Badezimmer, wo ich mich unter krampfhaftem Würgen über die Toilettenschüssel beugte. Mit tränenden Augen versuchte ich, mich von Brot, Müsli und Bananen zu trennen. Doch es wollte nichts kommen. Meine Beine zitterten. Ich musste mich auf die Fliesen setzen. Im Klobecken gurgelte es. Ich schaute in das Becken und sah in einem steten Rinnsal Wasser in die Schüssel nachlaufen. Aber es war kein Wasser. Auf dem Grund der Schüssel schwamm grünlicher Schlick, schleimig und zäh. Darin dümpelten schwarze Stücke, Blutegel vielleicht. Das Wasser lief und lief. Das Becken füllte sich bis zum Rand mit grünlichem Zeug. Das Wasser lief immer weiter, lief über, tropfte auf die Fliesen und bildete einen Teich. Ich rappelte mich auf und stolperte aus dem Bad.

Ich fühlte mich schwach und elend und innerlich ausgehöhlt. Es durfte so nicht weitergehen. Den Kopf in die Hände gestützt saß ich auf meinem Bett und spürte, wie die Spannung in meinen Beinen sich löste und mein Herz immer ruhiger klopfte. Ich erinnerte mich deutlich an Meret, und ich versuchte, nichts zu verklären. Ich redete mit ihr, und das tat mir gut. In diesen Minuten, auf dem Bett, konnte ich sie erreichen, war ganz bei ihr. Einen Moment lang schien sie neben mir zu stehen und mir etwas ins Ohr zu flüstern, das nun als Erkenntnis in mich einsickerte und sich festsetzte.

Aus Mühlenstedt führte keine Straße hinaus. Der Weg, auf dem ich Mühlenstedt verlassen musste, führte durch das Schloss.

Ich dachte an Mollner. Natürlich konnte ich hier auf ihn warten. Schon bald würde es wieder ein Fest geben, und diesmal wäre wohl ich diejenige, die ihn auf sein Schloss begleiten würde.

Doch ich wollte nicht mehr warten.

Aus Merets Aufzeichnungen. Mühlenstedt, Juli

»Hier, in diesem Zimmer, kreist meine Geschichte mich ein. Während sie wächst, werde ich immer weniger. Zwischendurch lege ich den Stift beiseite und atme einfach die Luft um mich herum ein. Sie riecht nach der Angst von denen, die sich früher hier fürchteten, in diesem Zimmer, das für jeden ein anderes Zimmer ist.

Als ich von Mühlenstedt zu schreiben begann, ist dieser Ort da geworden, was ich schrieb, oder schrieb ich von dem, was war? Aber die Antwort würde mir nicht helfen. Mit all meinem Wissen könnte ich doch nichts anderes anfangen als zu schreiben und zu versuchen, am Leben zu bleiben.«

10
ABSCHIED

Der Geruch im Flur war stärker geworden. Schon nach den ersten Atemzügen wurde mir schwindelig. Ich nahm mich zusammen, ging durch den Geruch hindurch zu der Tür, hinter der Thomas Schwab wohnte. Die Tür war nicht mehr verschlossen. Ich trat ein. Der Schreck fuhr mir wie ein kalter Bolzen in die Kehle.

Sowohl das Zimmer als auch sein Bewohner waren in Auflösung begriffen. In wildem Durcheinander oder einer nur ihm verständlichen Ordnung folgend lagen überall verstreut die Requisiten, die Thomas Schwab für sein Manuskript benötigt hatte. Kugelschreiber und Bleistiftstummel, Spiralblöcke und Kaffeetassen.

Er sah krank aus. Obwohl er vor mir stand, schien er auf dem Boden zu kauern. Ich musste an meinen Vater denken, diesen stillen, abgewandten Mann, der auf einem Stuhl gesessen, auf seinem Bett gelegen und an mir vorbei ins Leere geblickt hatte.

Ich näherte mich Thomas Schwab vorsichtig. Hinter meiner Stirn pochte es. Er sah mir entgegen. Sein Jogging-Anzug roch, als hätte er ihn aus einer Mülltonne herausgefischt.

»Ich möchte mich von Ihnen verabschieden«, sagte ich.

»Wir können nicht weg«, sagte er. Seine Stimme klang fremd.

Ich wollte nach ihm fassen, ihn schütteln. Doch ich stand einfach nur da. Meine Arme hingen herab. »Unsere Freiheit hängt von uns ab«, sagte ich.

»Ach du lieber Gott«, sagte er. »Ersparen Sie mir das.« Die Augen dunkel vor Müdigkeit. Er ging zum Schreibtisch, griff nach dem Kuchen, der dort auf einem Teller lag, biss hinein, kaute, verzog das Gesicht und spuckte etwas in seine Hand. Es war ein Zahn. Er legte den Zahn auf den Tisch. »Zerfall«, sagte er. »Vor allem dort oben.« Er klopfte sich so behutsam gegen die Stirn, als fürchte er, seine Finger könnten Knochen durchstoßen. Ich hätte ihn gern berührt, wagte es aber nicht. Neben dem Kuchen wartete eine geblümte Kaffeekanne, riesig, als bade Thomas Schwab in Kaffee. Er will sich den Schlaf austreiben, dachte ich. Im Schlaf würden sie kommen, die Träume, oder Geschöpfe, die ihm den Verstand wegkauten.

Die Schreibmaschine stand mit den Tasten zum Fenster. Drumherum Kaffeepfützen und Taschentuchklumpen und zahllose Bögen Papier. Er bemerkte meinen Blick. »Das Manuskript? Ich habe abgeschlossen. Hab's zerrissen. Sechshundert Seiten. Keine zählt. Ich habe jetzt anderes zu tun.«

Ratlos betrachtete ich die Papiere auf dem Schreibtisch, die ein Muster aus Strichen und Linien zeigten.

»Man muss wissen, welches die kürzesten Wege sind«, sagte er.

Tondernstieg las ich. *Elisabethkamp. Neuer Markt. Südwall.*

»Eins führt zum anderen«, sagte er. »Der Eckerkamp mündet auf den Wilmerstieg. Die Meinertstraße endet am Hinsenfeld.«

Er goss Kaffee in eine Tasse, die klebrig aussah, hielt mir die Tasse hin. Ich schüttelte den Kopf. Er kippte sich den Kaffee in die Kehle. Ein Rinnsal kleckerte über sein Kinn.

Still standen wir beieinander, in der Dämmerung, getrennt von der Pension, in der winzigen Welt dieses Zimmers, wo Geräusche und Farben nur noch gedämpft existierten. Ein sicherer Ort, in diesen Minuten, in unserer Vorstellung. Sicher vor Mühlenstedt.

Thomas beugte sich über die Papiere, blätterte, schüttelte den Kopf und fuhr sich mit der Hand durchs Haar. Es schneite von seinem Kopf, schneite auf die Fingernägel, die auf der Tischplatte lagen, auf den Zahn, abgeschnitten, abgebissen, abgefallen. Sorgfältig schob er die Überreste zusammen.

»Sehen Sie, Esther.« Er hielt einen Papierbogen hoch. Die Linien zitterten. Gleich springen sie aus dem Papier heraus, dachte ich. Gleich springen sie ihm ins Gesicht.

Thomas knüllte die Seite zusammen. Seine Augen schauten leer. »Von der Weidenstraße zum Bahnhof. Von der Universitäts-Bibliothek zur Frauenklinik, macht 18 Mark 80, auf zwanzig, danke.« Er fiel auf einen Stuhl, als hätte ihm jemand die Beine weggetreten. »Ich hab's nicht gepackt«, sagte er und lachte. »War jede Nacht unterwegs. Stellen Sie sich vor. Ein Historiker, der Taxi fährt. Gibt Hunderte solche. Vorträge wollte ich halten. Bücher schreiben.« Das Lachen, immer lauter. »Bücher! Jemand sollte sich an mich erinnern.« Das Lachen brach weg. Sein Blick rutschte ins Ungefähre. »Hat nicht mal für die Doktorarbeit gereicht. Aber mein Hirn, das hab ich noch immer«, sagte er. »Das nimmt mir keiner. Ich saß im Taxi. Musste mir Geschichten anhören, musste mir die Polster voll kotzen lassen, reichen Säcken die Koffer zum Auto schleppen, das Maul halten, wenn sie auf dem Rücksitz ihre Mausis vögelten. Aber mein Hirn, das hab ich behalten.« Er klopfte gegen seine Stirn, ballte die Hand zur Faust, schlug sich selbst.

»Thomas!« Ich zog den Atem ein.

»Das da nimmt mir keiner weg. Das sage ich mir immer wieder. Morgens nach dem Aufstehen. Abends vor dem Schlafengehen. Immer und immer wieder.« Ein Schimmern auf seinem Gesicht, eine Träne vielleicht, schon wieder fort. »Manchmal muss man abhauen. Raus aus der Scheiße. So was kommt vor. Bei mir alle drei Jahre. Danach fährt man wieder drei Jahre und klappt noch mal zusammen.« Er fegte die Seiten vom Tisch. »Ich hab Angst, Esther. In meinem Kopf kriecht etwas herum, das will mir ins Hirn.« Mit dem Fuß schob er die Seiten auseinander. Ich mochte nicht hinschauen, wollte nicht sehen, wie er die zitternden Linien zertrat. Seine Hand schloss sich um ein Kuchenstück und zerdrückte es. Die Krümel fielen auf die Seiten, und ich stellte mir vor, wie sie aufquollen, immer mehr Krümel hervorbrachten, immer neuen Kuchen.

»Gehen Sie jetzt, Esther.«

Er presste die Lippen aufeinander, als müsse er sicher gehen, dass keine weiteren Worte aus seinem Mund herausfielen; als fürchte er, der Vernunftrest, der ihm geblieben war, könnte ihn auf diesem Weg verlassen.

An der Tür blieb ich noch einmal stehen und schaute auf den Menschenschatten, der da am Schreibtisch lehnte. »Sie könnten versuchen mitzugehen«, sagte ich.

Er schüttelte den Kopf. »Das ist jetzt Ihre Welt, Esther. Ich will die Welt nicht noch einmal neu kennen lernen. Mein Kopf kann nicht mehr umdenken.«

Es war so dunkel, ich konnte ihn kaum noch erkennen.

Die Tür ihres Zimmers stand einen Spaltbreit offen. Es war dieser Spalt, der mich einen Moment mit verrückter Hoffnung erfüllte.

Dieselbe Dämmerung wie im Zimmer von Thomas

Schwab. In der Luft ein Alte-Leute-Geruch: ranzige Butter, muffige Laken. Das Bett schwebend im dämmrigen Licht. Darin lag zwischen Decken und Kissen eine mir fremde Frau. Die Wende, die ihr Leben genommen hatte, trat so deutlich hervor, dass ich Anna nicht gleich erkannte.

Das Haar hatte sie sich bis zur Kopfhaut abgeschnitten. Glasmurmelaugen, rund und viel zu groß. Die Haut über den Wangenknochen straff gespannt. Ihr Kopf lehnte an einem Kissenhaufen, die Beine lagen unter einer Wolldecke versteckt. Über der linken Brust hatte sich der Stoff ihres Nachthemds bräunlich verfärbt. Auf einem Tischchen in Griffnähe lag ein Spiegel. Auch ein Rosenstrauß stand dort. Er wirkte völlig fehl am Platz.

Ich setzte mich auf die Bettkante. Müde hob Anna einen Arm, berührte eine Rosenblüte. Die Blütenblätter rollten sich auf und fielen herab.

»Was ich anfasse, das stirbt«, sagte sie.

Ich streckte eine Hand aus, unschlüssig, ob ich sie berühren wollte. Sie drehte den Kopf weg. Der Ausschnitt ihres Nachthemdes verrutschte. Ich schaute auf eine graue Brust. Dort, wo das Herz saß, hatte sich ein nässendes Ekzem gebildet. Anna zog ihr Nachthemd zurecht. Die Tür öffnete sich. Mit roten Wangen wehte Bärbel herein, ganz Farben und Fröhlichkeit, noch schöner, als ich sie in Erinnerung hatte.

»Sie haben Babys!«, rief sie. »Die Brettfelds haben Hundebabys! Acht Stück, und ich darf mir eins aussuchen. Ich darf mir doch ein Hündchen aussuchen, Anna?« Sie schaute zu ihrer Schwester hin und sah gleich wieder weg.

»Anna ist krank«, sagte ich.

»Ja, aber Dr. Brettfeld will sich um sie kümmern, und er sagt, es ist nicht so schlimm. Ich kann bei ihnen wohnen, bis Anna gesund ist, das ist doch nett von ihnen, oder?« Wieder blickte sie zu ihrer Schwester hin. »Das ist doch toll, oder?«

»Ja«, sagte Anna.

Bärbel begann ihre Sachen zusammenzusuchen und in einen Koffer zu stopfen. »Sie holen mich ab, und Dr. Brettfeld hat versprochen, dass er sich um dich kümmert.« Ein letzter ängstlicher Blick, als könne ihre Schwester sie doch noch zurückhalten. Schnell schleifte sie ihren Koffer aus dem Zimmer und schloss die Tür. Ein Rumpeln im Flur. Bärbel war fort.

Still lag Anna da, die Hände auf der Wolldecke gefaltet. Ich betrachtete die Decke, unter der nichts mehr zu sein schien, kein Körper, nichts. Anna, verloren gegangen in irgendeinem Traum, einer Phantasie. Ich beugte mich vor, nahm ihren Kopf zwischen beide Hände und küsste sie auf den Mund, verankerte sie in meinem Gedächtnis. Leise stand ich auf. An der Tür blickte ich noch einmal zurück. Da lag sie, die Augen geschlossen. Ihr Nachthemd hatte sich wieder verschoben. Das unsichtbare Herz. Das Ekzem. Die linke Brust. Die Brustwarze hatte sich aufgerichtet. Ihre Hände, unter der Bettdecke, vergraben im Nichts. Ihr Atem ging schneller. Sie zuckte. Ich wollte das nicht sehen. Hastig schloss ich die Tür.

Aus der Halle drangen die Stimmen der Brettfelds herauf, dazwischen erklang Bärbels Gezwitscher. Bärbel, die jetzt glücklich war. Die es geschafft hatte. Die jetzt nach Mühlenstedt gehörte und nachts von Mollner träumen durfte. Irgendwann würde sie wieder anfangen, sich zu fürchten. Vielleicht auch nicht. Vielleicht würde sie es schaffen, mit geschlossenen Augen weiterzugehen.

Sie verließen die Pension. Haben sie es gerochen?, dachte ich. Das, was verwest?

Der Wandspiegel in einer Ecke des Flurs warf mein Bild zurück. Eine ganz unsinnige Wut erfasste mich, und ich trat zu. Der Spiegel spuckte Glas. Eine große Scherbe traf mich am Arm und fiel mir vor die Füße. Ich hob sie auf. Was, wenn auch ich mich schon veränderte? Wenn mir aus der Scherbe etwas entgegenblickte, dessen Haut mürbe geworden war und dessen Inneres aus Rissen quoll, was, wenn meine Zähne sich schwärzten und mein Haar zu Staub zerfiel?

Ich sah in die Scherbe. Mein Gesicht war noch immer mein Gesicht. Ich wickelte die Scherbe in ein Taschentuch und steckte sie ein.

Aus der geöffneten Küchentür sickerte Licht. Zuerst verstand ich nicht, was ich sah. Ich verstand auch nicht, was ich roch.

Der Gestank nach Moder und Schlick war sehr stark. Doch es roch nicht nur nach Sumpf. Es war der Verwesungsdunst, der mich zurückprallen ließ und der hier noch viel stärker war als in den Fluren. Aber ich musste ja hineingehen. Ich konnte die Pension nicht verlassen, ohne mich von Henning zu verabschieden.

Überall standen verschmierte Töpfe und schwarz verkrustete Pfannen. An den Wänden klebten Nudeln und Erbsen und rotzgelbe Streifen. Dazwischen wuchs moosähnliches Zeug. Mücken surrten durch die Luft. Der Schlachttisch war übersät von verdorbenen Speisen, auf denen Maden wimmelten. In der Mitte des Tisches, sorgfältig nebeneinander aufgereiht und noch dampfend von der Hitze des Ofens, warteten drei goldbraune Kuchen auf die Gäste der Pension.

Schon der Geruch, der über dem Tisch hing, war grauenvoll. Doch je näher ich der Tür kam, die in das Reich der Moormanns führte, desto schlimmer wurde der Gestank. Ich wollte nicht wissen, was hinter der Tür steckte. Ich wollte es nicht sehen.

Henning kauerte in seinem Rollstuhl. Mit weit geöffneten Augen und zugleich wie schlafend nagte er an etwas herum, das einem Gummistreifen ähnelte. »Hunger«, murmelte er, »Hunger.« Er sang das Wort, als wäre es ein Lied. Mit einem Ruck drehte er einem schleimigen Huhn einen Schenkel vom Leib und biss hinein, kaute, riss, schluckte, knackte den Knochen und saugte ihn aus. Dann griff er in eine Obstschale. Eine Pflaume fiel herunter und rollte mir vor die Füße. Ich hob die Pflaume auf. In der Frucht klaffte ein Spalt. Vorsichtig drückte ich ihn auseinander. In dem dunkelgelben Fruchtfleisch wand sich die Spitze eines Wurms. Henning nahm mir die Pflaume aus der Hand und schluckte sie wie eine Kopfschmerztablette. In seinem Gesicht zuckte es. Gleich wird er reden, dachte ich. Wenn ich nur ganz still bleibe und mich nicht rühre.

Er öffnete den Mund. Zwischen seinen Lippen quoll ein Wort hervor, doch beinahe unkenntlich, als kaute er beim Sprechen auf seiner Zunge herum, immer wieder dasselbe Wort: »Guido.«

Seine Hand griff nach einem Fleischlappen, einem ledrigen Ding, vielleicht der Urahn aller Steaks und Schnitzel. Seine Kiefer mahlten. Speichel, vermischt mit kleinen braunen Stücken, blubberte zwischen seinen Lippen hervor. Sein Gesicht war nur noch die Ruine des Gesichts, das ich kannte. Mit zitternder Hand zog ich die Spiegelscherbe hervor und prüfte meine eigenen Züge, betastete sie vorsichtig mit den Fingerspitzen. Ich hatte Angst. Ich fürchtete, dieses Gesicht könnte auseinander fallen. Wenn es aber zerfiel, was würde sich zeigen? Vielleicht würde sich die Veränderung so unmerklich vollziehen, dass man es nicht bemerkte. Einen kurzen Moment verweilte ich bei diesem Gedanken. Dann schob ich ihn hastig beiseite. Ich durfte nicht denken. Ich musste durchhalten.

Es war mein Gesicht. Es gehörte noch immer mir. Ich flüsterte Merets Namen; ihr Name würde mir helfen, mein Gesicht zu behalten. Ich dachte so fest an sie, wie ich nur konnte. Inmitten des Gestanks und der verwesenden Lebensmittel stand ich da und dachte an meine Freundin als an die Frau, mit der ich an Weihnachten Kekse gebacken hatte, mit der ich gestritten und der ich meinen Liebeskummer anvertraut hatte.

Ich sah in die Spiegelscherbe und prüfte mein Gesicht.

Es war mein Gesicht.

Henning hörte nicht auf zu essen, als ich zu ihm ging. Das Hemd über seinem geschwollenen Bauch war aufgeplatzt, die Knöpfe abgesprungen. Er trug nichts darunter. Auf den Fleischwülsten wuchsen Haare, ein dünnes Fell. Sein Körper ekelte mich an. Und zugleich haftete diesem Leib eine Würde an, die mich dort erwischte, wo mein Herz schlug. Behutsam löste ich seine Finger von dem schimmeligen Brot, das er sich gerade in den Mund stopfte, legte meine Handflächen an die Seiten seines Kopfes und wandte sein Gesicht zu mir hoch. Er war nun gezwungen, mich anzuschauen. »Du musst mit mir reden«, sagte ich. »Worüber ist ganz egal. Ich höre dir zu.«

Er schluckte das Brot in seinem Mund hinunter. Seine Lippen zitterten. Es kam nicht heraus. Es konnte ihn nicht verlassen. Ich beugte mich zu ihm hinunter und küsste ihn. Auf seinen Lippen schmeckte ich das Fleisch, das er gegessen hatte. Ich küsste mich tiefer in seine Lippen, in seinen Mund hinein, so tief, bis ich in ihm war, ihn fühlte. Ich küsste mich in den Kern von Henning Moormann hinein.

Als wir uns voneinander lösten, blieb es eine Weile still. Dann stieg aus Hennings Kehle ein Schluchzen auf. Er weinte wie einer, der seit Jahren nicht geweint hat, unbeholfen, haltlos, als könnte er nie wieder aufhören. Ich strich ihm über die nasse Wange. Er löste die Kette von seinem Hals und legte das Medaillon in meine Hand. Es war warm von der Hitze, die sein Körper verströmte. Behutsam öffnete ich den Verschluss. Zwei Zähnchen kullerten in meine Hand.

»Die hat er verloren, als er sieben Jahre alt war«, sagte Henning leise. »Er trocknete Blumen und klebte sie auf Papier. Er sammelte gestreifte Steine und beobachtete Frösche und Kröten.« Henning würgte, sprach weiter. »Mit sechzehn begann die Krankheit. Sie breitete sich Stück für Stück aus, lähmte erst seine Beine und dann seine Hände. Ich schob ihn im Rollstuhl spazieren. Die Fohlen liebte er besonders. ›Die mit ihren Stockbeinen‹, sagte er immer. Stundenlang sah er ihnen zu.« Henning hielt inne. Er griff nach einer neuen Pflaume. Sie rutschte ihm aus der Hand und fiel zu Boden.

»Ich wollte Guido beschützen«, sagte Henning. »Er war doch mein Bruder. Ich fürchtete immer, Mollner könnte ihn holen. Ich versteckte Guido. Er war so still. Ich dachte, das wäre sein Glück. Ich hoffte, er würde ... den Mund halten. Dann gab es wieder ein Fest. Ein Essen. Wir fangen gerade mit den Tauben an, da geht die Tür auf. Guido – er sagt, er will mit Mollner reden. Er sagt, er hat ja viel Zeit, wenn er so in seinem Rollstuhl sitzt, da hat er sich viele Gedanken gemacht. Über das Schloss und alles. Ganz bleich ist er. Und dann nimmt Mollner ihn mit.« Henning sackte der Kopf auf die Brust. Er weinte wieder. Er schluchzte wie ein Kind oder wie ein sehr alter Mensch. »Guido«, weinte er. »Ich habe dagesessen. Ich habe zugesehen und nichts getan.«

»Was hättest du denn tun können?«, fragte ich leise.

»Ich hätte mit meinem Bruder gehen sollen«, sagte er schlicht. »Aber ich hatte Angst. Guido ist fort. Und ob ich in seinem Rollstuhl sitze oder nicht, es wird mich nicht zu ihm bringen.« Er stützte die Hände auf die Armlehnen und versuchte sich hochzustemmen. Seine Beine waren es nicht mehr gewohnt zu stehen und knickten weg. Er sackte zurück in den Stuhl.

»So sind wir«, sagte er. »Keiner rührt sich. Alle haben Angst vor dem Schloss. Dem Unbekannten.« Er sah mich an. »Weißt du noch, die Hamburger, Esther? Das ganze Fleisch. Wie du das angepackt hast. Da habe ich es gesehen. Ich habe gesehen, dass du nicht stillhalten würdest. Aber ich wollte es nicht sehen. Ich hatte Angst.«

Ich legte die Zähnchen in seinen Schoß. Er schniefte und sah aus großen, feuchten Augen beschämt und unglücklich zu mir auf. Behutsam streichelte ich seine Hand, die sich um die Zähnchen schloss.

»Mollner war immer da.« Er sprach schneller und schneller. Offenbar wollte er dies rasch hinter sich bringen, konnte aber auf eine gewisse Genauigkeit nicht verzichten. »Ich glaube nicht, dass er geboren wurde. Vielleicht hat er sich selbst aus der Hölle herausgeholt. In der Hölle ist er hart wie Stein geworden. Er hat nichts Weiches, nichts Schwaches oder Nachgiebiges. Das vergisst man, wenn er vor einem steht. Du darfst es nicht vergessen.«

»Sag mir, wie ich zu seinem Schloss komme.«

»Ich weiß es nicht. Es liegt irgendwo in diesem Park. Keiner kennt das Schloss. Aber manchmal sehe ich es in meinen

Träumen. Ich glaube, wir alle träumen von dem Schloss. Ich sehe Mollner in das Schloss hineingehen, und es sieht so aus, als würde er in sich selbst hineingehen.« Er schüttelte den Kopf. Sein Gesicht war fahl. Schweiß bedeckte seine Stirn.

Meret hatte mir gezeigt, dass ich gehen musste. Auf einmal hatte ich das Gefühl, keine Sekunde länger bleiben zu können, sofort aufbrechen zu müssen. So stark war dieses Gefühl, dass mir ganz schwindelig davon wurde. Ich hatte mich über eine Kluft gebeugt, die bodenlos war. Zum Schloss, jetzt, sofort. Ich wollte zu Mollner, wie auch immer es für mich ausgehen würde.

»Möchtest du mit mir gehen, Henning?«

»Nein.«

Die Stimme, die hinter uns sprach, war trocken, sie knisterte wie Zweige in einem Feuer. Ich wandte den Kopf.

Die Tür – die letzte Schranke zwischen uns und dem Totengeruch – war weit geöffnet. Auf der Schwelle stand Hennings Schwester. Sie roch nach Verwesung. Ich sah ihre Augen und sah, wo sie in den letzten Stunden angekommen war.

Greta Moormann hatte Greta Moormann verlassen und dabei alles mitgenommen. Die Kühle. Die Ruhe. Und den letzten Funken Zuneigung, den sie für ihren Bruder empfunden haben mochte.

»Ich werde jedenfalls gehen. Auch ohne Henning.« Meine Stimme zitterte.

Schnell durchquerte sie die Küche und griff nach einem Messer, das auf dem Schlachttisch lag. Fleischfasern klebten an der Klinge.

»Greta!« Henning stemmte sich aus seinem Rollstuhl hoch und griff nach ihrem Arm. Er berührte sie, und etwas in ihren Augen riss auf. Hass und Wut quollen hervor und die Enttäuschung darüber, dass sie nie dort ankommen würde, wo sie sich hinwünschte. Das Messer wurde ein Lichtstreif, der die Luft zerteilte. Der Lichtstreif traf Henning an der Kehle und verschwand. Ein Blutstrahl schoss hervor und spritzte auf Gretas Brust. Sie ließ den Griff des Messers los und begann zu schreien. Sie klang wie ein kleines, sterbendes Tier, hoch, dünn und hoffnungslos.

Henning blieb still. Sie trat einen Schritt zurück wegen des Blutes, das noch immer sprudelte, oder weil der Tod Platz brauchte, sie beiseite schob. Henning sackte auf die Fliesen. Die ganze Küche fiel jetzt und kippte auf mich zu. Der Eidotterton der Tapete, die mit Paketschnur zusammengeknoteten und an einem Balken zum Trocknen aufgehängten Chilischoten, alles trat überdeutlich hervor. Und zugleich verschwand die Küche, löste sich auf. Reiß dich zusammen, Esther. Hau ab, bevor Greta mit dem Schreien aufhört. Vor meinen Augen explodierten rote Punkte. Mein Nacken kribbelte. Meine Füße wateten durch zähen Brei. Dann war ich aus der Küche heraus und in dem dunklen Flur, in der Halle, auf der Treppe, oben.

Wohin sollte ich gehen? In mein Zimmer wollte ich nicht. In diesem Moment bog Alex um die Ecke. Im Halbdunkel glänzten seine Augen wie Glassplitter. »Was ist da unten los, Esther?«

Sein Gesicht entfernte sich von mir und schwamm wieder auf mich zu und entfernte sich erneut. Ich trieb in warmem, stinkendem Wasser, das mir in die Ohren sickerte und meinen Mund füllte. Ich musste das Wasser schlucken, das Wasser war Gift, es schmeckte nach Galle, ich taumelte, fiel auf die Knie und übergab mich. Ich erbrach und erbrach wieder, konnte nicht aufhören, mich zu erbrechen und alles, was ich in Mühlenstedt in mich hineingegessen hatte, in heißen Klumpen in den Flur zu würgen.

»Esther!« Alex kniete neben mir. Ich weinte und verschluckte mich an meinem Erbrochenen und hustete und weinte weiter. Die Angst war ein Draht, der die ganze Zeit um mein Herz gelegen hatte. Nun wurde er festgezogen. Es tat mehr weh, als ich mir hätte vorstellen können.

»Henning ist ... sie hatte ein Messer, Alex, sie ... sie hat ihn umgebracht. Wir müssen hier raus.«

Sein Gesicht war ausdruckslos. Alles, was er tat, war neben mir zu sitzen. Ruhig. Verhalten. Abwartend. Doch während er wartete, begriff er allmählich, was ich gesagt hatte. Seine Beherrschung begann sich aufzulösen. Sein Gesicht blieb noch immer ohne Ausdruck, kein Muskel darin regte sich. Aber es verlor alle Farbe. Mit einer unbeholfenen und ratlosen Geste half er mir auf die Beine. Seine Augen ließen mich nicht los. Hinter ihm sah ich Frau Moormann den Flur heraufkommen. Auf ihrem Gesicht lag ein Film aus Tränen und dem Blut ihres Bruders – das Blut an ihr roch süß und betäubend. Alex wandte den Kopf. »Greta.« Er flüsterte. »Um Himmels Willen. Greta.«

»Du solltest dich um Esther kümmern! Du solltest dich kümmern, Alex!«

Mit aufgerissenen Augen sah ich von einem zum anderen.

»Esther hätte das Tor sowieso entdeckt«, sagte Alex tonlos. Er starrte auf das Blut an ihr. »Sie hätte so oder so keine Ruhe gegeben.«

»Du hättest dafür sorgen müssen. Wir hatten eine Vereinbarung, Alex!« Sie wischte sich über das klebrige Gesicht. »Du darfst hier leben – mit großer Wahrscheinlichkeit unbehelligt leben –, wenn du mir hilfst, mich um die Leute von draußen zu kümmern. Wie soll es jetzt weitergehen?«

Alex straffte sich. »Ich bringe Esther in ihr Zimmer. Bald wird es wieder ein Fest geben. Mollner wird sie mitnehmen. Sie und dann die anderen.«

Auf einmal wandte sich Frau Moorman direkt an mich.

»Sie meinen, Sie hätten etwas erreicht? Täuschen Sie sich nicht! Sie können hier alles durcheinander bringen, aber wenn Sie erst weg sind, wird man Sie vergessen. Es wäre nicht das erste Mal.«

Mit diesen Worten wandte sie sich ab und stolperte davon.

Ich sah Alex an. Das ganze Gespräch hatte etwas Unwirkliches und doch Logisches gehabt. Alex versuchte nach meiner Hand zu greifen. Ich trat einen Schritt zurück und stieß gegen ein Fenstersims.

»Ich kann mich an deinen Vornamen erinnern«, sagte ich. »Aber ich kann ihn nicht aussprechen. Du Schwein. Du hast von Anfang an dazugehört, und ich kann deinen Vornamen nicht mehr aussprechen. Jetzt hast du auch deinen Vornamen verloren.«

»Hör zu, Esther«, sagte er. »Bitte.«

»Warum hast du das getan? Ich habe dir vertraut. Herrgott, ich habe dir vertraut!« Ich wandte mich ab und starrte aus dem Fenster, ohne den Garten zu erkennen. Alex trat hinter mich. Ich sah uns beide in der Fensterscheibe gespiegelt, zwei verschwommene Gesichter von blasser Farbe. Er legte mir die Hände auf die Schultern und drückte seine Wange an meinen Hinterkopf.

»Wir sind uns ähnlicher, als du denkst.« Ich konnte die Tränen in seiner Stimme hören. »Aber du hattest dein Zuhause. In dir. Ich wusste nie, wohin ich gehöre. Wohin ich gehen soll. Es gab immer zu viele Wege. Ich habe studiert und wusste nicht wofür. Ich habe Freunde gefunden und wieder verloren. Irgendwann wollte ich nur noch den Kopf in den Sand stecken. Und dann kam Mühlenstedt. Am Anfang war es großartig. Als ich gemerkt habe, dass nicht alles großartig ist, hat Greta mir ein Angebot gemacht.«

»Ein Angebot?«

»Ihre Gäste – ich sollte ihnen zeigen, dass Mühlenstedt eine gute Sache ist. Und ich habe es gern getan. Hier verlief mein Leben nach Plan. Ich musste nichts entscheiden. Mühlenstedt hat mir die Möglichkeit gegeben, meinen Weg zu finden und mich selbst zu mögen.«

»Es hat dir die Möglichkeit genommen, deine eigenen Entscheidungen zu treffen. Eines Tages wird Mollner dich mitnehmen.«

»Aber ich kämpfe ja nicht gegen Mühlenstedt! Ich sorge dafür, dass alles so bleibt, wie es ist. Genau wie Greta und Brettfeld und ein paar andere.«

»Und dafür lässt euch Mollner in Ruhe?«

»Er holt die, die auf der Kippe stehen.«

»Du hättest Nein sagen können.«

»Ich habe mich danach gesehnt, gebraucht zu werden.«

»Du hattest dein Referendariat.«

»Ich hatte nichts.«

»Du hast dich für Mühlenstedt entschieden.«

Meine Lippen zitterten. Mir war schon wieder übel.

»So ist es nicht, Esther«, sagte er leise. »Du hast mir gezeigt, dass es auch anders geht. Dass man sich nicht verliert, nur weil man die Regeln nicht befolgt.«

»Ja«, sagte ich. »Schade, dass du nichts daraus gemacht hast.«

»Ich kann dich zum Tor bringen. Ich helfe dir hinüber.«

»Das werden Brettfeld und seine Leute verhindern.«

»Wir fahren mit meinem Wagen. Ich gehöre doch zu ihnen. Mich lassen sie in Ruhe.«

Benommen sah ich aus dem Fenster. Ich schien durch das falsche Ende eines Fernglases zu gucken. Der Rosengarten war weit weg. Die menschenleere Straße, auf der da und dort ein Auto parkte, die Straßenlaternen – das alles war ein Traum, unerreichbar fern.

»Lass uns gehen«, sagte Alex.

Ja. Nicht, weil er es sagte. Sondern weil ich es wollte.

Die Haustür stand offen. Die Veranda war leer. Alex' Käfer parkte hinter dem Birnbaum. Ich stieg ein und kauerte mich in den Fußraum. Von draußen war ich nun nicht mehr zu sehen. Alex breitete eine Decke über mich und setzte sich ans Steuer. Wir verließen den Rosengarten und fuhren schweigend durch die stillen Straßen. Irgendwann wurde mir so heiß, dass ich unter der Decke hervorkroch.

Die Wolken am Himmel hatten sich aufgelöst. Sternbilder, die ich nicht kannte, schwebten über uns wie funkelnde Insekten. Die Häuser verloren sich in der Nacht. Bäume und Gestrüpp rückten näher. Der Geruch des Sumpfes wurde unerträglich. Alex blickte zu mir herüber. Seine Hände, die das Steuer hielten, zitterten leicht. Wir fuhren, bis aus der Dunkelheit das Tor auftauchte.

Aus Merets Aufzeichnungen. Mühlenstedt, Juli

»Ich kann nur bleiben. Doch das Schreiben fällt mir immer schwerer. Meine Gedanken verknoten sich, mein Hirn blockiert. Die Worte sacken weg. Pausenlos denke ich jetzt an Esther. Sie kam mir immer vor wie ein fest verwurzelter Baum. Das mag zum Teil daran gelegen haben, dass sie mich nie wirklich hinter ihre Fassade blicken ließ. Wenn sie Kummer hatte, packte sie den Kummer weg und lebte weiter. Ich dagegen habe mich, sobald es schwierig wurde, aus der Wirklichkeit zurückgezogen.

Ich kann nicht mehr, ich kann nicht mehr! Mit den Fäusten schlage ich auf den Boden ein und beginne zu schreien, versuche mich aus dem Zimmer herauszuschreien, bis ich meine eigene Stimme nicht mehr höre. In der Dunkelheit taste ich nach dem Füller. Ich muss weitermachen. Aber es ist so schwer. Ich weiß einfach nicht, ob ich das hier zu Ende schreiben kann.«

11

DER PARK

Vor dem Tor wachte eine Armee von Katzen. Aus grünen und gelben Augen starrten sie uns stumm entgegen. Es überraschte mich nicht, sie hier zu sehen. Als wir zwischen ihnen hindurchgingen, rührten sie sich nicht. Sie sahen uns einfach an, mit diesem seltsam abwartenden Katzenblick.

»Bereit?«, fragte Alex.

Ich nickte. Er sagte nun nichts mehr, verschränkte nur die Hände und ließ mich einen Fuß hineinsetzen. Ich packte das Gitter und zog mich hoch. Es war leicht hinüberzuklettern. Ich staunte – eigentlich hatte ich schon an diesem Punkt mit Schwierigkeiten gerechnet.

Ein Seil hatten wir nicht mitgenommen. Wir wussten wohl beide, dass ich kein Seil brauchen würde.

»Esther«, sagte Alex.

Wir standen sehr dicht, zwischen uns das Gitter.

»Die war gut, deine Räuberleiter«, sagte ich.

»Geh einfach immer weiter«, sagte er. »Bleib nicht stehen. Und schau nicht zurück. Schau nicht nach Mühlenstedt.«

Er hatte seine Hände um die Eisenstangen geklammert. Ich sah ihn wie an meinem ersten Abend in Mühlenstedt, ein junger Mann, der ein wenig falsch zusammengesteckt wirkte. Seine Arme schlackerten zu lang an seinem Oberkörper. Die Beine waren zu dünn, während auf den Hüften ein Polster lag, was ihm von weitem die Silhouette einer Frau verlieh. Das Haar ringelte sich feucht in seine Stirn. Ich hatte ihm oft in die Augen gesehen, aber nun konnte ich mich nicht erinnern, welche Farbe sie hatten. Das erschien mir plötzlich unverzeihlich. Ich würde meinen Gang zum Schloss nicht überstehen, wenn ich die Farbe seiner Augen nicht kannte.

»Alex«, sagte ich. »Sind sie braun oder blau?«

Verwirrt sah er mich an. »Was?«

»Deine Augen.«

»Grün. Meine Augen sind grün.«

Er wandte sich ab und ging schnell davon.

Ich war allein. Nie zuvor war ich so allein gewesen. Vor mir lag starr und kalt der Park. Lange Zeit stand ich einfach da und belauerte die Schatten unter den Bäumen. Halb rechnete ich damit, dass Mollner aus ihnen hervortreten könnte. Ihm hier zu begegnen, in der Wildnis, das würde ich nicht aushalten. Einen Augenblick schien etwas Durchsichtiges in der unbewegten Luft zu schweben. Ein weißer Schimmer legte sich um die Bäume und über das Gras. Ich roch einen Hauch von regennassem Moos. Gleich darauf war die Luft wieder nur Luft, und das einzige Licht war das Licht des Mondes. Eine unsichtbare Hand legte sich von hinten zwischen meine Schulterblätter und schob mich vorwärts. So machte ich den ersten Schritt.

Der Mond starrte auf mich herunter. Auf jedem Grashalm steckte ein Tropfen, der das Licht reflektierte. Blasse Falter klatschten mir ins Gesicht. Schneckenhäuser knirschten unter meinen Füßen. Ich ging und ging. Der Weg nahm kein Ende. Vielleicht ging ich im Kreis. Vielleicht konnte man sich dem Schloss nur in Spiralen nähern. Die Luft wurde kühler, das Licht dunkler und weicher. Wind hatte sich in den Zweigen verirrt und suchte verzweifelt einen Weg hinaus. Zwischen den Bäumen schimmerten hier und da silbrige Teiche. Die knorrigen Wurzeln alter Weiden ragten ins Wasser wie Ungeheuer, die ihre Hälse beugen, um zu trinken.

Erst schwach, dann immer deutlicher glaubte ich eine Stimme zu hören. Sie zog sich über mir in der Luft zusammen und sank auf mich herab, schob sich in meine Ohren und hallte in meinem Kopf wider, ein helles Sirren wie von einer Grille. »Von draußen scheint alles immer viel leichter als von drinnen, ist es nicht so, Esther?«, sirrte die Stimme.

Mein Herz hämmerte in meinem Hals. Ich durfte nicht stehen bleiben; diesmal durfte ich nicht stehen bleiben. Ich richtete meinen Blick fest auf die Bäume vor mir und machte einen Schritt auf sie zu. Noch einen Schritt. Die Stimme wurde lauter. »Kehr um!«

»Sei still!«, rief ich und hielt mir mit beiden Händen die Ohren zu.

»O Esther, Esther!«, zwitscherte die Stimme. Ihr Lachen ließ mich fast in die Knie gehen.

»Still«, flüsterte ich und starrte nach vorn zu den Bäumen, versuchte mich an ihnen zu orientieren. Von den Zweigen lösten sich die ersten Blätter. Sie sanken nicht zu Boden, schwebten auf mich zu. Ich glaubte winzige Gesichter zu sehen, die mir stumm entgegenschrien. Ich hob die Hände, um die Gesichter abzuwehren, und sie verwandelten sich wieder in Blätter.

Die Panik war jetzt sehr nah. Mit weit geöffneten Augen sah ich in alle Richtungen. Was mochte dort zwischen den Bäumen auf mich lauern? Die sirrende Stimme verklang in einem schrillen Lachen, dann war nur noch das Säuseln des Windes zu hören. Die Nacht um mich herum bewegte sich.

Mollner, dachte ich.

Allmählich kam eine Art Lähmung über mich. Ich wollte mich auf den Boden setzen, in den Nachthimmel schauen und gar nichts mehr tun. Dieser Drang war sehr stark, und ich musste mich zwingen weiterzugehen.

Vor mir tauchte eine mannshohe Hecke auf. Ihre Blätter wisperten mit tausend Zungen. Ineinander verschlungene Ranken wölbten sich zu einem Torbogen auf und bildeten einen dornigen Tunnel. Einzelne Ranken wehten schwach im Wind, wobei sie ein seltsam singendes Geräusch erzeugten. Eine Bö fegte heran und schob mich in den Tunnel. Ich folgte seinem Verlauf, wobei ich da und dort einem Dornenzweig ausweichen musste. Nach einigen Schritten betrat ich eine von kurzem Gras bewachsene Wiese. Das Mondlicht verwandelte sie in eine schneebedeckte Fläche. Am anderen Ende der Wiese, vielleicht hundert Meter entfernt, schimmerte ein Licht.

Das, was ich dort in der Ferne sah, war nicht das, was ich erwartet hatte. Kein Schloss, sondern ein schwarzer Klotz von etwa zehn Meter Höhe und dreißig Meter Länge mit nur einer Tür und, soviel ich sah, einem winzigen, erleuchteten Fenster.

Lange sah ich hinüber und versuchte meinen Mut zu sammeln. Ich musste jetzt die Wiese überqueren. Wachsam und vorsichtig machte ich mich auf den Weg. Büsche und verkrüppelte Bäume duckten sich rings um die Rasenfläche. Auf dem Rasen selbst erhoben sich zahllose lebensgroße Statuen, Männer und Frauen, Alte und Kinder, alle mit dem gleichen entsetzten Gesichtsausdruck. Angst quoll mir aus diesen Steinaugen entgegen. Meine eigenen Augen sahen sicher nicht viel anders aus. Wind strich um die reglosen Körper. Das Licht des kleinen, kalten Mitternachtsmondes, der hoch über uns am Himmel stand, fiel auf ihre Schultern.

Langsam ging ich zwischen den Statuen hindurch und fragte mich, ob Mollner sich irgendwo in der Nähe aufhielt, während ich hier vor seinem Schloss umherstreifte. Einmal glaubte ich im Gesicht einer Frau Merets Züge zu erkennen. Dann wieder sah ich einen Mann, der Patrick Busch ähnelte. Unsicher blieb ich stehen. Doch beim zweiten Hinsehen gab es kein Wiedererkennen.

Viele der weiblichen Figuren waren schwanger. Vor meinen Augen hob eine Mutter den Kopf und schielte mich an. Ich wich zurück. Eine Gänsehaut kribbelte meine Arme herauf. Nein. Die Statue hatte sich nicht bewegt. Noch immer hielt sie den Kopf gesenkt. Aber die Lebendigkeit, die ich gespürt hatte, blieb.

Mir war schwindelig. Langsam, um nicht zu stolpern, ging ich weiter und ließ die düstere Versammlung hinter mir. Das Schloss – das, was die Mühlenstedter wohl *das Schloss* nannten – war nun sehr nah. Vor den Stufen, die zu der Tür emporführten, blieb ich stehen. Wieder glitt mein Blick über den mächtigen Bau. Diesmal erkannte ich ihn.

Das Schloss war aus glattem, glänzendem Stein und vollkommen schwarz, ein Abbild jenes Denkmals auf dem Marktplatz. Oder vielmehr war das Denkmal ein Abbild des Schlosses. Derselbe Stein, der Kälte abstrahlte und dem man nicht zu nahe kommen wollte, den zu streicheln es einen aber doch drängte, weil seine Vollkommenheit zur Berührung verführte. Ein Stein wie ein schwarzer und glatt polierter Knochen, der sich aus der Erde herausgeschoben hatte und der nie verrotten würde, der immer in den Köpfen der Mühlenstedter sein würde. In seiner Kälte und seiner Abgeschlossenheit waren sowohl das Denkmal als auch das Schloss Mühlenstedt. Die eleganten Häuser, die vollen Kühlschränke, die schwangeren Frauen, die Gesichter, die immer lächelten – sie lenkten nur von diesem wirklichen Mühlenstedt ab.

Ich wollte das Schloss berühren und fror zugleich bei dem Gedanken. Meine Hände krampften sich ineinander. Dann steckte ich sie in die Hosentaschen. Vorsichtig stieg ich die Stufen zu der einzigen Tür hinauf.

Diese Tür, das erkannte ich nun, war eine schimmernde Fläche, eine Art Spiegel aus geschwärztem Glas. Ich sah mich selbst in dem Spiegel, doch nur als Schatten, umgeben von seltsamen Bildern, die in das Glas eingeschliffen waren, Bilder von Gewalt, Zerstörung und Tod. Ich sah Menschen, die sich unter Peitschenhieben wanden. Menschen, denen Teufelsgestalten das Fleisch von den Knochen rissen. Tote, aus deren Mündern Würmer quollen.

Jetzt, vor dem Spiegel stehend, kam es mir so vor, als hätte sich meine Angst nach außen gekehrt und in Bildern dargestellt.

Es war ganz still. War Mollner im Schloss? Wieder sah ich in den Spiegel und betrachtete die Umrisse meiner Gestalt. Mein Gesicht blieb verschattet. Ich holte tief Luft, nahm die letzte Stufe, zog eine Hand aus der Hosentasche, streckte sie aus und berührte vorsichtig das Glas. Meine Finger fühlten seine Wärme, sein Leben. Der Spiegel glitt zurück wie eine Drehtür, die sich öffnet. Vorsichtig drückte ich noch einmal dagegen. Der Spalt vergrößerte sich, aber noch immer hätte sich ein Mensch nur mit Mühe hindurchzwängen können. Statt einzutreten blieb ich auf der Schwelle stehen. Jenseits der schmalen Öffnung herrschte Finsternis.

»Mollner?«

Hätte ich es nicht besser gewusst, ich hätte geschworen, dass meine Stimme einer anderen Person gehörte und dass diese Person aus weiter Ferne sprach.

Reglos stand ich da. Ich wusste nicht, was ich denken sollte. Ich konnte den Blick nicht von dem Spiegel abwenden. Mein Herz schlug in meinem Mund. Ich drückte fester gegen den Spiegel. Lautlos glitt er zurück.

Die Luft, die mir aus dem Schloss entgegenströmte, vibrierte. Mollner stand vor mir. Er sah direkt in meine Augen. Trotz der ihn umgebenden Finsternis konnte ich sein Gesicht deutlich erkennen. Es war blass, die Haut straff und so glatt wie das Innere einer Muschel. Er reichte mir die Hand. »Komm«, sagte er. Ich nahm seine Hand. Ich ließ mich von ihm ins Innere seines Schlosses ziehen. Die Dunkelheit verschluckte uns sofort.

Aus Merets Aufzeichnungen. Mühlenstedt, Juli

»Draußen ist Herbst oder früher Winter. Oder sonst eine Jahreszeit. Ich weiß nicht, wie viele Tage vergangen sind, seit ich in dieses Schloss geraten bin. Ich weiß auch nicht, wie viele Seiten ich geschrieben habe. Meine Hand macht einfach immer weiter.

Dieses Zimmer ist nun meine Wirklichkeit. Es ist eine kleine Wirklichkeit, doch zugleich kann ich in ihr eine ganze Welt erschaffen und sie mit allen möglichen Menschen bevölkern. Warum habe ich ausgerechnet Esther gewählt?

Ich bin weniger allein, solange ich von Esther schreibe.

Und wenn es vorbei ist, das Schreiben, was kommt danach? Wie fühlt es sich an?

Wenn ich doch nie wieder etwas fühlen müsste.«

12
DAS LETZTE ZIMMER

Hinter uns fiel die Tür ins Schloss. Rings um mich spürte ich eine Kühle, die mir in den Tagen von Mühlenstedt ganz fremd geworden war. Die Luft roch nach feuchtem Staub. Mollner deutete in den leeren Raum, der sich vor uns erstreckte und den ein trübes Licht, das von den Wänden selbst ausging, nur schwach erleuchtete.

»Sieh dir ruhig alles an«, sagte er.

Zögernd bewegte ich mich von ihm fort und durchquerte den Raum, der viel größer war als die Halle oder der Speisesaal der Pension. Auf der anderen Seite des Raumes öffnete sich ein Durchgang, der in einen Korridor führte. Ich blickte zurück. Mollner stand noch immer an der Eingangstür. Obwohl er weit weg war, sah er sehr groß aus. Er regte sich nicht. Ich wandte mich von ihm ab und betrat den Korridor.

Der Gang führte ein paarmal um die Ecke und dann eine lange Zeit geradeaus. Überall herrschte dasselbe bleiche Licht, das nur den Boden vor meinen Füßen erhellte. In diesem Licht sah ich andere Gänge, die nach rechts oder links führten. Es war verwirrend und hoffnungslos, sich den Weg zu merken. Das Schloss war viel größer, als es von außen den Anschein gehabt hatte. Aber trotz der Windungen, die der Gang nun wieder machte, hatte ich nicht das Gefühl umherzuirren, nein, ich suchte etwas, wenn ich auch noch nicht wusste, was. Allmählich verlangsamten sich meine Schritte. Ich war mehr als müde. Doch der Gedanke, irgendwo anzuhalten, tröstete mich nicht. Er erfüllte mich mit einem tiefen Unbehagen. Ich ging und ging. Mein Hunger, den ich längst vergessen hatte, regte sich wieder, ja, mit der Zeit wurde er immer stärker, bis mein Körper nur noch aus leeren Höhlen bestand. Trotz allen inneren Widerstrebens wollte ich mich gerade hinsetzen, da stieß ich auf eine Tür. Ohne lange zu überlegen öffnete ich sie und trat ein.

Das Zimmer mochte so groß sein wie mein Zimmer in der Pension. In der Mitte stand ein von Samtvorhängen eingefasstes, ansonsten aber sehr schlichtes Bett. Alles war furchtbar staubig. Sogar in den Falten der Vorhänge und in den Vertiefungen der Stuckornamente, die in die Wände eingearbeitet waren, lagerte Staub.

Außer dem Bett gab es nur einen Stuhl und einen Tisch. Als ich näher trat, sah ich auf dem Tisch ein Stövchen mit flackerndem Teelicht, darauf eine Kanne, daneben eine Tasse und ein Teller mit Biskuit.

Ein Geräusch an der Tür ließ mich den Kopf wenden. Am Türrahmen, im Halbdunkel kaum zu erkennen, lehnte Mollner. Offenbar war er mir gefolgt. Oder er war auf anderen Wegen zu der Tür gelangt und hatte hier geduldig auf mich gewartet.

»Ich brauche kein Zimmer«, sagte ich verstört. »Und kein Bett.«

Mollner kam langsam quer durch das Zimmer auf mich zu. Dicht vor mir blieb er stehen. Er legte eine Hand an mein Gesicht. Seine Finger strichen über meine Schläfen, die Wangen, den Nacken. Auf einmal wollte ich das tun, was ich die ganze Zeit, seitdem ich ihn zum ersten Mal gesehen hatte, tun wollte: mich fallen lassen, mein Gesicht in diese Hand legen und still werden, mich nicht mehr rühren, nie wieder. Meine Ausmaße schrumpften, während seine wuchsen. Nie zuvor hatte ich jemanden so sehr existieren gespürt. Nie hatte ich selbst so wenig existiert. Er füllte sich mit mir, so dass ich, als seine Hand herabsank, mich in ihm zu sehen glaubte, wenn auch unkenntlich und ins Groteske verzerrt.

Nimm dich zusammen, Esther.

Ich trat einen Schritt zurück. Ohne zu wissen, was genau ich damit meinte, hörte ich mich sagen: »Ich will das jetzt hinter mich bringen.«

Dieser Wunsch war plötzlich sehr stark, vielleicht sogar stärker als meine Angst. Das, was im Schloss passieren sollte, sollte jetzt passieren und damit Schluss.

Wortlos wandte sich Mollner ab und verließ das Zimmer.

Nach einer Weile setzte ich mich an den Tisch. Es gab kein Fenster, durch das ich in den Park hätte hinausschauen können. Vor mir dampfte die Teekanne. Ich wollte den Tee nicht trinken. Und schon gar nicht wollte ich den Biskuit essen. Aber der Hunger quälte mich so sehr, dass ich gar keine Wahl hatte.

Der Biskuit schmeckte weniger süß als in meiner Erinnerung. Eigentlich schmeckte er sogar recht erträglich. Nachdem ich drei Stücke hastig hinuntergeschlungen hatte, legte ich mich in meinen Kleidern aufs Bett und schloss die Augen. Es kamen keine Gedanken, und das erleichterte mich sehr. Ich hörte nur meinen Atem und das Rauschen meines Blutes in den Ohren.

Aus tiefem Schlaf schreckte ich hoch. Wie viel Zeit war vergangen? War es noch immer Nacht? Oder war der nächste Tag schon angebrochen? Die folgende Nacht? Auf einmal verwünschte ich den Umstand, dass ich niemals Uhren trug; auf einmal schien es mir verzweifelt wichtig, die Uhrzeit zu kennen. Ich wollte die Orientierung nicht verlieren. Doch schon jetzt kam mir das Gefühl dafür abhanden, wo oben und unten war, wo hinten und vorn.

Ich durfte hier nicht liegen bleiben.

Benommen kletterte ich aus dem Bett und verließ das Zimmer. Wieder begann ich den Flur entlangzuwandern. Der Steingeruch des Schlosses drang mir in die Nase. Meine Füße sanken in den Boden ein, sanken tiefer und tiefer. Erschrocken zog ich sie heraus. Mit wachsendem Entsetzen kämpfte ich mich vorwärts. Mit jedem Schritt blieben meine Füße erneut stecken, und ich konnte mich nur mit äußerster Kraft befreien. Ich stolperte los, keuchte, strauchelte, wäre fast gefallen, rappelte mich wieder hoch, lief weiter. Der Boden wurde allmählich fester. Ich war mir sicher, mindestens hundert Meter gerannt zu sein, vielleicht mehr. Aber als ich zurückblickte, war das Flurstück hinter mir nicht einmal fünf Meter lang.

Schweiß rann mir von der Stirn. Meine Knie zitterten. Vorsichtig setzte ich meinen Weg fort, den leeren, sich windenden Gang hinunter. An seinem Ende stand eine Tür einen Spaltbreit offen. Auf einmal erfasste mich die unsinnige Hoffnung, hinter der Tür würde Meret auf mich warten. Petra Hübner, Patrick Busch oder Guido. Sie mussten hier irgendwo sein, es schien mir ganz unmöglich, dass nichts von ihnen übrig geblieben sein sollte als das, was ich im Schlosspark gesehen hatte. Ich lief zu der Tür und stieß sie auf.

Vor mir lag dasselbe Zimmer, das ich erst vor kurzem – wie viel Zeit war vergangen? – verlassen hatte. Ich wollte nicht in dieses Zimmer zurückkehren, und so stolperte ich weiter, durch Gänge und Flure, bis ich eine neue Tür entdeckte, und hinter der Tür dasselbe Zimmer, und auch hinter der nächsten Tür, und hinter der nächsten.

Ich irrte durch endlose Flure und Korridore. Noch immer trieb das drängende, ja quälende Gefühl des Suchens mich an. Die Lage der Gänge war, soweit ich dies beurteilen konnte, von keinen Regeln bestimmt. Zufällig gingen sie ineinander über und waren vielleicht das Ergebnis von Ideen, die das Schloss auf eine chaotische und doch planvolle Weise selbst hervorbrachte. Wenn es so war, dann wusste das Schloss offenbar noch nicht genau, worauf es hinauswollte. Ebenso wenig wie ich wusste, was ich suchte. War dies ein Spiel, das sich Mollner für mich ausgedacht hatte? War er in der Nähe? In welchem Abstand zueinander befanden wir uns? Manchmal glaubte ich ihn in der Ferne zu sehen, doch dann verschwand er in einem der Gänge, und ich war mir sicher, auf ein Trugbild hereingefallen zu sein.

Nachdem ich sehr lange gelaufen war, kehrte ich schließlich doch in das Zimmer zurück. Der Hunger hatte wieder begonnen, mich zu plagen, ja, ich war hungriger als je zuvor. Doch obwohl ich auch sehr müde war, legte ich mich nicht auf das Bett. Ich nahm nur von dem Kuchen und verließ das Zimmer gleich wieder. Den Kuchen aß ich im Gehen.

Weiter ging ich, immer weiter, Stunde um Stunde. Je länger ich lief, desto vergeblicher fand ich mein Tun. Es hatte wohl wenig Sinn zu suchen und nicht einmal zu wissen, wonach. Nein, ich konnte nicht sagen, was ich zu entdecken hoffte. Würde denn irgendetwas, das ich hier fand, meine Lage verbessern? Das Gefühl durchlief mich, im Kreis zu laufen, immer wieder an denselben Ausgangspunkt zurückzukehren. Bis ich vor der Tür anlangte, die anders war.

Sie sah genauso aus wie alle anderen Türen, an denen ich vorbeigekommen war. Doch sie strahlte etwas ab, das mir

Angst machte. Der Himmel war oben, die Erde unten. Es gab Schwerkraft und magnetische Anziehung, Atomkerne und Elektronen. Und es gab das, was sich hinter der Tür verbarg. Ich spürte die Andersartigkeit, eine Art Raum, aus dem kein Fortkommen wäre, einen fenster- und türenlosen Ort. Wenn es ein Zimmer war, dann war es ein letztes Zimmer.

Rasch wandte ich mich ab und ging schnell fort, versuchte ungeschehen zu machen, dass ich die Tür gefunden hatte, und bis zu dem Punkt zurückzukehren, an dem ich fern von jeder Entdeckung im Schloss umhergeirrt war.

Ich rannte. Kalte Luft füllte meinen Mund, drängte meine Kehle hinunter und stach mir in die Lunge. Ich nahm mir fest vor, die Tür fortan zu meiden, sofern man etwas meiden kann, von dem man nicht weiß, wo es sich befindet. Ich versuchte, die Tür zu vergessen. Das war nicht leicht. Es war unmöglich. Immer wieder tauchte sie unvermutet in einem der Gänge auf. Nie konnte ich an ihr vorbeigehen, ohne stehen zu bleiben und mit beiden Händen über das Holz des Türblatts zu streichen. Ich lauschte. Ich wusste nicht, worauf ich wartete. Mein Kopf sank gegen die Tür. Irgendwann raffte ich mich auf und setzte meinen Weg fort, suchte benommen das Zimmer mit dem Bett, dem Tisch und dem beruhigenden Duft des Kuchens.

Der Biskuit war weich und süß wie Honig. Ich konnte nicht aufhören, ihn zu essen, stopfte mir ununterbrochen große Kuchenstücke in den Mund, kaute fast gar nicht und schluckte die Brocken so hinunter. Wer mochte nun in der Pension den Biskuit backen? Alex vielleicht? Hatte Henning ihm genug beigebracht?

Essen, essen! Losgelöst von meinem Willen schob meine Hand Kuchen nach. Ich aß, dabei war mir schon lange schlecht. Der Speichel in meinem Mund mischte sich mit dem Kuchen und verklumpte zu einem Ball, der in meinem Mund anschwoll. Ich würde an dem Kuchenball ersticken.

Ich spuckte den Biskuit aus und wischte mir mit zittrigen Fingern den Mund ab. Mein Herz schlug sehr schnell. Raus aus dem Zimmer, den Gang hinunter. Die Tür. Ich griff nach der Klinke, zog mich hoch und drückte sie herunter.

Vor mir lag ein enger Korridor, in dem ein matter Schimmer zitterte. Schritt für Schritt ging ich in den Korridor hinein, mit weit geöffneten Augen, die sich nur zögernd im kränklichen Licht zurechtfinden wollten. So schmal und niedrig war dieser Gang, dass meine Arme und Schultern die Wände streiften und ich mir den Kopf immer wieder an der Decke stieß. Die Luft war zäh und drückte gegen meine Augäpfel. Der Korridor wollte kein Ende nehmen. Mir wurde angst und bange in dieser Enge. Kehr um, Esther, kehr um, kehr um ... Doch meine Füße hörten nicht auf zu gehen. Meine Füße hatten vergessen, wie man ein Gehen beendet. Und es war ja auch gut zu gehen. Jedenfalls war es besser, als noch weiter vor der Tür zu flüchten. Natürlich fürchtete ich mich, aber so wartete ich wenigstens nicht, und mit jedem Schritt wurde mir etwas leichter ums Herz.

Der Korridor führte mich in ein kleines Zimmer, viel kleiner als der Raum mit dem Bett und dem Biskuit, den ich inzwischen so gut kannte. Ich war im Letzten Zimmer angekommen. Es war ein leeres Zimmer.

Es gab hier überhaupt nichts Besonderes, nur nackten Boden und nackte Wände. Auf einmal spürte ich, wie erschöpft ich war. Seit Stunden, vielleicht sogar seit Tagen war ich gegangen und gegangen und hatte mir kaum eine Pause gegönnt. Jetzt setzte ich mich auf den Boden und stützte den Kopf in die Hände.

In diesem Moment des Innehaltens fiel das Dunkel auf mich und begann mich von allen Seiten einzuschließen. Es war anstrengend, so furchtbar anstrengend, mich aufrecht zu halten, nicht in mich zusammenzusinken und mich auf den Boden zu legen. Vielleicht sollte ich einfach aufgeben, und um den Rest würde sich Mollner kümmern.

War auch Meret in diesem Zimmer gewesen? Aber es war wohl ein anderes Zimmer gewesen. Jeder hatte seine eigene Dunkelheit.

Ich tastete nach der Spiegelscherbe in meiner Hosentasche und prüfte mein Gesicht. Es war mein Gesicht, doch es sah älter aus, älter und fester. Das Pfadfindermädchen mit dem Pferdeschwanz war verschwunden. Dieses neue Gesicht durfte ich nicht aufgeben. Doch je mehr ich mich gegen das Aufgeben wehrte, desto stärker wurde der Wunsch, einfach loszulassen, und ich vergrößerte den Wunsch noch, indem ich mich so heftig gegen ihn stemmte. Ich war es leid, mich zu wehren. Wozu kämpfte ich, für was? Vielleicht war es keine große Sache, hin und wieder im Dunkel zu versinken. Ein kleiner Defekt, vor dem ich mich mein Leben lang gefürchtet hatte. Was bedeutete das schon? Ich schloss die Augen. Die Verspannungen in meinem Körper lösten sich. Das Dunkel strömte jetzt ganz ungehindert in mich ein, doch ich fürchtete es nicht mehr. Allmählich begann der Strom langsamer zu fließen. Ich rollte mich zusammen und blieb so liegen. Meine Wange ruhte auf dem kalten Stein. Ich hörte meinen Atem, aber ich fühlte ihn nicht. Ich fühlte überhaupt nichts, starrte nur auf das Fleckchen Boden vor mir.

Irgendwann legte ich die Hände auf meinen Bauch. Die

Haut meines Bauches zitterte unter der Berührung, als wollte sie die Innenflächen meiner Hände küssen. Ich spürte das Dunkel, wie ich es bisher nicht hatte spüren können.

Früher, als ich sehr klein gewesen war, hatte ich an meinen Vater geglaubt. Mein Vater war ein großer und starker Mann gewesen. Mit der Zeit wurde er auch zu einem traurigen Mann, der sich mehr und mehr nach innen wandte. Ich konnte mir nicht länger einreden, der Mittelpunkt seines Lebens zu sein. Der Mittelpunkt im Leben meines Vaters war Dunkelheit. Zu dieser Zeit verblasste allmählich der Glanz, der ihn umgab.

Als ich zwölf Jahre alt war, wurde er zu dem Vater, der sich völlig von mir und meiner Mutter abwandte. Damals begann er für mich zu sterben. Und noch ein wenig später, ich war fünfzehn, war er nur noch ein Mann, der wie ein Fremder mit uns am Tisch saß und den ich nicht mehr erreichen konnte. An einem siebten August auf einer fernen Landstraße wurde sein Sterben dann real vollzogen.

Jetzt, zehn Jahre später, lag ich im Letzten Zimmer, allein mit mir, und mir wurde klar, dass ich den Tod meines Vaters vorausgeahnt und ihn gefürchtet hatte, seit er aufgehört hatte, der große und starke Vater meiner Kindheit zu sein. Ich hatte nicht die Kraft gehabt, ihn am Leben zu halten. Jetzt gab es keinen Vater mehr. Er war gegangen und würde nicht zurückkommen. Es würde kein Wunder geben. Ein Leben, das vielleicht gut und schön begonnen hatte, war schlimm ausgegangen, und ich konnte es ebenso wenig ändern wie irgendjemand sonst. Ich hatte jetzt das gleiche Dunkel in mir, und auch mich würde es besiegen. Es musste schön sein, einfach einzuschlafen. Die Dinge würden weiterlaufen, nur ohne mich.

»Nun, Esther?«

Ich wandte den Kopf. Wie von selbst sahen meine Augen dorthin, wo die Stimme gesprochen hatte. Ein Mann kam auf mich zu. Ich konnte ihn nicht deutlich erkennen. Er näherte sich mir mit einer Sicherheit, mit der sich Menschen bewegen, denen ein Ort vollkommen vertraut ist. Unverwandt starrte ich zu diesem Mann hinüber, bis meine Augen in Wasser schwammen und alles zu einem undeutlichen Fleck zerfloss. Ich wusste, es war jemand, vor dem ich mich fürchtete.

Mit dem Handrücken wischte ich die Tränen fort. Ich sah, wie sich der Mann neben mich setzte, sah in sein Gesicht und erkannte meinen Vater. Seine Augen waren dunkel und weich. Angst packte mich. Ich wollte meinen Vater nicht. Doch er blieb bei mir. Nicht als etwas, das sich kontrollieren ließ, sondern als etwas, das mich kontrollierte. Er streckte eine Hand aus und legte sie mir auf die Stirn.

»Meine Kleine.« Die Stimme meines Vaters klang in meinen Ohren so angenehm wie das Rauschen eines warmen, weichen Wassers. Unaufhaltsam floss seine Stimme in mich ein. Es war eine schöne Stimme, und sie sprach in dem Rhythmus, in dem ich atmete. Es war angenehm, mich ihrem Klang zu überlassen.

»Ich habe Milchreis mit Zimt und Zucker gekocht«, sagte mein Vater. »Einen ganzen Topf voll. Er steht draußen im Wagen. Wir sollten ein Picknick machen, was meinst du? Und ich habe noch eine Überraschung für dich«, sagte er. »Komm, Esther. Steh auf. Wir wollen den Milchreis essen, und dann wollen wir fahren. Du brauchst dich um nichts mehr zu kümmern.«

Sie war so weich, diese Stimme. Ich wollte mich ihr so gern überlassen.

»Möchtest du fahren, Esther?«

Ja. Nein. Ich weiß nicht. Zehn Atemzüge noch, dann würde ich meinem Vater antworten. Ich erinnerte mich jetzt sehr deutlich an die Vergangenheit, und zum ersten Mal wollte ich diese Erinnerung auch.

»Esther.«

Ganz sanft sagte er meinen Namen. alles drehte sich.

»Esther.«

Ich schüttelte den Kopf, streckte mich lang aus und schloss die Augen. Ich dachte an meinen Vater, und zum ersten Mal dachte ich gern an ihn. Ich schlief ein und schlief traumlos, bis ich erwachte, müde, aber froh. Eine schwere Arbeit lag hinter mir. Ruhe hüllte mich ein. Die Ruhe war das, was auf der anderen Seite des Dunkels war. Ich fühlte mich schwach und leer, doch ich wusste, ich würde aufstehen können. Meine wackeligen Beine würden mich tragen. Ich ging durch Gänge und Flure. Irgendwann vergaß ich, aus welcher Richtung ich gekommen war, und glaubte, im Kreis zu laufen. Dann sah ich in der Ferne das mit Mondlicht gefüllte Rechteck einer offenen Tür. Ich ging auf das Licht zu. An der Tür stand Mollner. Als hätte er seinen Platz an der Schwelle des Schlosses nie verlassen. Er hielt etwas in der Hand. Es war ein kleines, in türkisfarbenen Samt eingeschlagenes Buch. Der Einband schimmerte. Er reichte mir das Büchlein.

Die Seiten knisterten zwischen meinen Fingern. Sie fühlten sich leicht fettig an. Die Schrift war gedrängt und rund. Eine Jungmädchenschrift. Ich kannte diese Schrift. Sie gehörte Meret. Ich klappte das Buch zu. Stumm sah ich Mollner an. Wir schauten einander einfach in die Augen, so, wie wir das bei unserer ersten Begegnung getan hatten. Dann ging ich an ihm vorbei und trat hinaus in den Park.

Der Mond leuchtete am Himmel wie ein silbriges Loch.

Sein Licht machte die Stufen bleich. Behutsam stieg ich die Treppe hinunter. Verlassen schlummerte die Wiese im Mondlicht. Wind hauchte über mein Gesicht wie ein warmer Atem, strich über meine Kleider und blies den Staub des Letzten Zimmers davon, der vielleicht noch an mir haftete. Der Wind verstreute die Staubkörner im Park. Tief sanken sie ein und verloren sich im Schoß der Erde.

Langsam ging ich über die Wiese. Zwischen den Statuen saßen die Katzen. Nicht, weil sie mich erwartet hätten oder mich verabschieden wollten. Sie saßen einfach dort, weil sie dort sitzen wollten, auf den Füßen der Figuren, auf ihren Köpfen. Eine Katze hatte sich auf dem Gesicht eines Babys zusammengerollt, eine andere lag im Schoß einer knienden Frau. Manche rieben ihre Flanken an den Beinen der Figuren. Ich ging zwischen den Statuen hindurch und spürte die Blicke der Katzen, doch ihre Blicke waren mir nicht unangenehm. Ich fühlte mich den Tieren nah, obwohl ich nicht zu ihnen gehörte. Einmal glaubte ich, die Figur wieder zu erkennen, die mich an Meret erinnert hatte. Doch ich blieb nicht stehen, um sie näher zu betrachten, ließ sie hinter mir. Es war ein trauriger Moment, doch es war eine klare Traurigkeit, nicht das Dunkel, das ich so oft empfunden hatte. Es war eine Traurigkeit, die mich woandershin führen konnte, eine Traurigkeit, die Schritte erlaubte, Schritte hinaus aus Mühlenstedt. Ich fühlte mich müde, aber zugleich auch warm und ruhig. Die Luft roch wieder nach Moos und feuchten Steinen und aus der Ferne nach Autoabgasen. Ich sah in das Sternendurcheinander am Himmel. Ich ging jetzt auf den Dornentunnel zu. Am Eingang des Tunnels wandte ich den Kopf und sah in der Ferne schwarz und hoch das Schloss in den Himmel aufragen. Dann lief ich los. Hinter mir blieb Mollner zurück, und mit ihm sein Geheimnis;

hinter mir waren die Ängste, die er ans Licht gebracht hatte. Meine Schritte raschelten im Gras. Meine Kräfte ließen nach, doch ich wusste, sie würden ausreichen. Ich spürte das Tor als einen Teil von mir. Ich blieb nicht stehen, bis es vor mir aus der Dunkelheit aufragte. Es ließ sich leicht öffnen. Ich ging hindurch, ganz ohne Räuberleiter.

Tau tropfte von grünem Schilf. Bleiche Falter taumelten in der Luft. Am Straßenrand parkte ein roter Polo mit weißen Rallyestreifen.

Es kam mir ganz natürlich vor, meinen Wagen hier vorzufinden. Die Tür war nicht abgesperrt, im Zündschloss steckte der Schlüssel. Das Wageninnere roch nach geschmolzener Schokolade. Der Motor sprang sofort an.

Was weiter passieren würde? Eine Zeit lang würde es schön sein, wieder zu Hause zu sein. Irgendwann würde etwas anderes kommen.

Aus Merets Aufzeichnungen.
Mühlenstedt, Juli

»Meine Welt ist leer, denn Esther hat meine Welt verlassen. Doch ich glaube nicht, dass die Leere andauern wird. Ich kann mir andere Menschen nach Mühlenstedt holen. Immer mehr Menschen. Mühlenstedt bleibt.«